KB034243

혁명 속의 여성,

여성,

북한의 여성문학

여성 속의 혁명

지은이

김재용 金在湧, Kim Jae-yong
원광대 교수. 연세대 영문학과와 동대학원 국문학과 박사.

이상경 李相瓊, Lee Sang-kyung
카이스트 교수. 서울대 국문학과와 동대학원 국문학과 박사.

혁명 속의 여성, 여성 속의 혁명 북한의 여성문학
초판인쇄 2022년 10월 25일 **초판발행** 2022년 11월 10일
지은이 김재용 · 이상경
펴낸이 박성모 **펴낸곳** 소명출판 **출판등록** 제1998-00017호
주소 서울시 서초구 사임당로14길 15 서광빌딩 2층
전화 02-585-7840 **팩스** 02-585-7848
전자우편 somyungbooks@daum.net **홈페이지** www.somyong.co.kr

값 19,500원
ISBN 979-11-5905-667-3 94810
      979-11-5905-664-2(세트)
ⓒ 김재용, 2022

이 연구는 아모레퍼시픽재단의 학술연구비 지원을 받아 수행되었음

냉전과 식민의
글로벌 동아시아
문학 총서

005

혁명 속의 여성, ─── 여성 속의 혁명

북한의 여성문학

김재용 · 이상경 지음

차례

일러두기

1. 북한소설을 인용할 때 독자의 가독성을 고려하여 고유명사를 제외하고는 현행 남한의 철자법에 따라 다듬었다.

2. 남한에서 북한 작품을 구하여 읽기 힘들기 때문에 독자의 편의를 위하여 가급적 해당 대목을 길게 인용하면서 논의를 전개하였다.

3. 이 책에는 두 저자가 북한문학과 관련하여 기존에 발표한 논문과 저서의 내용이 부분적으로 포함되어 있는데 집필 과정에서 공동의 논의를 거친 것이고, 또 인용의 번잡함을 피하기 위하여 본문에서는 출처를 일일이 밝히지 않았다. 관련 논저의 목록을 책 끝에 밝혀두었다.

북한문학의 다층성과 여성문학

    북한문학에 접근하는 가장 전통적인 인식은 '북한문학은 당의 공식적인 정책을 그대로 대변한다'는 것이다. 냉전 이후 남한 사회에서 통용된 이러한 인식의 틀은 지금도 여전히 강력한 힘을 발휘하고 있다. 1980년대 말 '북한 바로 알기' 운동의 일환으로 북한문학이 소개되면서 전통적인 이러한 인식을 깨는 작품, 예를 들면 백남룡의『벗』1988과 같은 작품을 통해 기존의 인식 틀이 조금씩 무너지기 시작했지만 큰 흐름은 바뀌지 않았다. 2000년대 들어 '황진이 현상'이라고 불리울 만큼 파격적으로 큰 영향을 발휘했던 홍석중의『황진이』2002는 이러한 인식 틀을 깨는 데 크게 기여하였다. 이 소설은 남한에서의 문학상을 수상했을 뿐만 아니라,[1] 영화로도 제작될 정도로[2] 선풍적인 인기를 끌었다. 그럼에도 불구하고 여전히 북한문학은 당의 공식적인 정책을 대변하는 것이라는 오래된

---

1   홍석중의 장편소설『황진이』는 2002년 북한에서 출간된 뒤 2004년 남한에서는 처음으로 2004년 정식 계약을 통해 출간되었고 같은 해 제19회 만해문학상을 수상했다.

2   장윤현 감독, 송혜교·유지태 주연으로 2007년 개봉했다.

익숙한 인식은 현재에도 적지 않은 힘을 가지고 있다.

이런 점에서 북한의 여성문학은 기존의 인식 틀을 깨고 충격을 주는 매우 신선한 존재라고 할 수 있다. 여기서 '북한의 여성문학'이라 함은 북한의 여성작가들이 쓴 작품을 가리킨다. 여성문학의 의미 규정이나 범위에 관해서는 다양한 이론과 논의가 있지만 여기서는 작가의 '성별'을 기준으로 삼아 논의를 출발시킨다. 북한에서 산출된 작품을 대상으로 '여성문학'이라는 범주를 설정한 논의는 처음 시도되는 것이어서 우선은 범박하게 작가의 '성별'로 논의의 출발점을 삼는다.

지금까지 북한문학에서 '여성문학'이라고 표방된 것은 없다. 해방 직후 「남녀평등권법령」이 제정[1946][3]된 이래 공식적으로 북한에

---

3   1946년 7월 30일 공포된 「남녀평등권법령」은 아래와 같다.
    제1조. 여성은 경제, 문화, 사회 및 정치생활의 모든 영역에서 남성과 동등한 권리를 갖는다.
    제2조. 여성은 남성과 동등한 자격으로 국가 상위 기간에 대한 선거권 또는 피선거권에 대한 권리를 갖는다.
    제3조. 여성은 직장과 급여 및 사회보장과 교육에 대하여 남성과 동등한 권리를 갖는다.
    제4조. 여성은 남성과 같이 자유 결혼에 대한 권리를 갖는다. 당사자의 동의 없는 속박과 강압된 결혼을 금지한다.
    제5조. 부부관계에 문제가 발생하여 결혼생활을 계속 유지하지 못하게 될 때 여성 역시 남성과 동등한 입장에서 자율적인 이혼을 할 수 있다. 어머니는 이혼한 남편에 대하여 자녀 양육비에 관한 소송을 제기할 수 있다. 이혼 소송과 자녀 양육비에 관한 소송은 인민재판의 결정에 따른다.
    제6조. 여성의 결혼 연령은 만 17세 또는 그 이상으로 하고 남성은 만 18세로 한다.
    제7조. 중세기의 봉건적인 인습에 의한 일부다처제나 배우자 또는 첩으로 맞기 위한 부녀자의 매매와 같은 여성들의 인권침해는 금지한다. 공식 또는 비

는 '여성문제'가 존재하지 않는 것으로 되어 왔기 때문이다. 그 전 사회에서 자행되던 여성 차별과 억압은 철폐되었기에 '여성문제'는 존재하지 않으며 이제 여성이 북한 사회 건설에 어떻게 이바지할 것인가 하는 것만이 문제라는 것이다. 그러니 여성들에게 특수한 것으로서 '여성'문제와 그에 기반한 여성문학이 존재할 명분이 없었다. 남녀평등권법령으로 상징되는 북한의 공식적인 여성정책은, 여성의 사회 참여를 통해 남녀평등이라는 이상을 현실에서 구현한다는 것이었다. 그런데 실제 여성의 삶에서 이것은 해방과 억압의 이중적 의미를 갖게 된다. 사회적 노동에 여성이 참여한다는 것은 공적 영역에서 배제되어 있던 여성이 사회 구성원으로서 존재를 인정받게 된다는 점에서 해방의 의미를 가지지만, 의식의 측면이나 물적 조건이 뒷받침되지 못할 경우 전통적으로 여성의 몫이었던 가사 노동에 더해 새롭게 사회적 노동의 부담까지 '이중의 짐'을 여성이 지게 되는 것으로 오히려 억압이 될 수도 있다. 그런 점에서 '여성문학'으로 표방된 것은 없지만 다음과 같은 방식으로 북한여성문학을 상정해 볼 수 있을 것 같다.

첫째, 북한 사회에서 남녀평등권법령의 제정은 공식적인 차원에서 여성이 봉건적 억압에서 해방되었다고 선언하고 사회적 활동에 평등하게 참여하는 것을 보장한 것이므로 여성들에게만 특

공식 매음행위와 기생 고용 제도는 금지한다. 위 사항을 위반하는 자는 법에 의해 처벌된다.
제8조. 이 법의 선포로 여성에 대한 일상의 법령은 무효로 한다.

수한 것으로서 '여성'문학이 존재할 명분이 없다. 해방 직후 남녀평등권법령이 제정된 이래 공식적으로 북한에는 '여성문제'가 존재하지 않는 것으로 되어 왔다. 그 전 사회에서 자행되던 여성 차별과 억압은 철폐되었기에 '여성문제'는 존재하지 않으며 이제 여성이 북한 사회 건설에 어떻게 이바지할 것인가 하는 것만이 문제라는 것이다. 그러나 법령이 제정되었다고 해서, 특히 선언적 의미의 법령이 제정되었다고 해서 곧바로 현실이 바뀌는 것은 아니다. 법령의 제정과 법령의 구체적 실천은 별개의 문제이기에 실제적인 삶의 조건에서 배태되어 있는 '여성문제'는 여전히 존재할 수밖에 없다. 게다가 법령 자체도 여성들이 사회적 활동에 자발적으로 참여하는 것과 사회적 노동에 강제적으로 동원되는 양 측면을 모두 포함하고 있었다. 실제 북한의 여성정책은 여성이 가부장제적 억압으로부터 해방되기 위해 평등한 사회적 활동 참여를 보장하는 측면과 국가 생산력을 높이기 위해 모성을 효과적으로 동원한다는 양 측면이 혼재되어 있다. 시기에 따라 정책의 강조점이 달라지지만 북한의 남녀평등권법령과 여성정책은 참여와 동원, 혹은 그 결과로서의 해방과 억압이라는 이중성을 가지고 있는 것이다. 그런데 국가의 통제가 강한 북한 사회의 경우, 바깥으로 드러난 법률이나 제도, 공식적으로 언표된 정책과 강령 같은 공식적 언술 이면에서 비공식적으로 발화되는 삶의 현실은 다성적 발화가 가능한 소설 장르를 통해서 가장 잘 드러날 수 있다. 따라서 여성작가의 소설 작품은 미묘한 갈등 양상을 잘 포착하고 있을 것으로 기대된다.

둘째, 집단주의가 강조되는 북한 사회의 성격상, 작가 개인보다는 작품이 부각되는 측면이 강해,[4] 작가 개인에 대한 연구나 정보는 그리 많지 않다. 남쪽에서 관련 자료를 접하기가 어려운 상황에 여성작가는 그 존재가 상대적으로 더 미약하고 잘 알려져 있지 않기에 '여성'작가를 특정하기 어렵다. 그러나 해방 후부터 나오고 있는『조선녀성』같은 잡지에는 많은 여성이 시와 소설을 발표하고 있으며 개인 시집이나 작품집을 낸 여성들도 있다. 그리고『조선문학』에도 여성이라고 생각되는 작가들의 작품이 자주 실리고 있다. 이렇게 북한에서 출간된 잡지에 실리거나 단행본으로 발표된 여성의 작품을 읽어보면 정책이 요구하는 문제뿐만 아니라 다른 남성작가의 작품에서는 찾아보기 어려운 여성 자신의 문제를 예민하게 담아내는 경우가 많다. 아직도 여전히 북한 여성의 삶에 대한 사적인 접근이 어려운 상황에서 남녀평등이 이루어졌다고 공식적으로 언표되지만 실제 삶은 그렇지 못한 미묘한 갈등의 현장을 포착하는 것은 아무래도 소설 문학의 꼼꼼한 읽기를 통해서 수행할 수밖에 없다. 소설 역시 북한의 문예 정책 안에서 간행되지만, 소설 장르의 특성상 여러 인물의 목소리가 갈등하고 충돌하는 현장을 담게 되고 그곳에는 공식적인 말 이외에도 비공식적인 목소리가 끼어들어 오기 때문이다.

북한의 여성작가들이 쓴 작품들은 남한의 독자에게 충격을 준

---

4   이런 경향이 심해진 1970~80년대 초반에 나온 '불멸의 역사 총서' 같은 경우는 아예 작가의 이름이 밝혀져 있지도 않다.

다. 우선 북한에도 여성문학이 존재한다는 사실이 그 자체로 새로운 것이다. 1990년대 이후 봇물처럼 쏟아져 나온 남한의 페미니즘문학에 익숙한 이들에게 여성문학 자체는 새로울 것이 없다. 하지만 북한에서 이러한 문학이 있다는 것은 쉽게 상상하지 못한다. '북한문학' 하면 당연히 당의 공식적인 정책을 그대로 보여주는 것이라고 믿는 이들은 더욱 그러하다. 북한에 여성인 작가들이야 존재하겠지만 여성문제를 다루는 여성작가들이 있다는 것, 그들에 의해 씌어진 북한의 여성문학이라는 것을 그 자체로 받아들이기 어려운 것이다.

그런데 북한에도 여성문학은 분명 존재한다. 해방 이후부터 지금까지 북한의 여성문학은 그 정도와 방향의 차이에도 불구하고 항상 존재하였다. 특히 고난의 행군 이후에는 여성문학이 훨씬 더 본격적으로 전개되었다. 냉전적 인식에 익숙한 이들은 북한 여성문학에 대해서 여성문제를 다룬 작품이 있다 하더라도 북한 국가의 여성정책을 그대로 대변하는 그러한 작품일 것이라고 단정할 수 있다. 그런데 실제로 해방 이후 임순득의 작품부터 고난의 행군 이후 독특한 인식을 보여주는 김자경의 소설까지 여성문제를 다룬 문제적인 작품들은 당이나 국가의 정책을 그대로 보여주는 것과는 거리가 멀다. 물론 여성작가이지만 현실에 입각한 여성문제에 대한 진지한 추구 대신에 안일하게 당이나 국가의 여성정책을 그대로 대변하는 그러한 작가들도 존재하지만 그런 작가들은 이 책에서 다루지 않았다. 이 책에 언급하는 여성작가 8명은 모두 현실에 입각하여 문제를 예리하게 관찰하면서 여성문학의 새로운 방향과 가치를 드러낸 이들이다.

북한 여성문학 역시 젠더와 섹슈얼리티를 문제삼으며 전개된다. 제도나 명분상의 평등과 실제 현실에서의 불평등은 임순득부터 시작된 북한의 여성문학에서 가장 심각하게 다루어지는 문제이다. 특히 농업협동화가 도입된 이후 사회주의가 널리 선전되면서 젠더의 문제는 새로운 각도에서 제기되었다. 사회주의가 되면 여성해방도 자동적으로 이루어진다는 인식이 널리 퍼져 있던 상황에서 여성작가들은 실제 현실에 눈을 뜨게 된다. 분명히 사회주의 사회가 되었기 때문에 여성해방이란 것도 자연스럽게 되리라고 이야기되지만 현실에서는 그렇지 않은 것을 보면서 새롭게 이 남녀 불평등 문제에 문제의식을 가지게 된다. 여성들의 사회적 참여만을 두고 여성해방이 완성되었다고 선전되었지만 이 역시 여성작가들은 받아들이기 어려운 것이다. 생산력을 높이기 위하여 여성 노동의 동원일 뿐이지 진정한 여성의 사회적 참여는 아니라는 것이 이들 여성작가들의 인식이었다. 국가가 여성을 동원하는 것과 여성들이 자발적으로 참여하고 자신의 목소리를 내는 것은 분명히 차이가 있다. 바로 이 지점에서 여성작가들이 자신의 목소리를 내면서 여성문학이 존재하게 되는 것이다. 이 점은 1950년대 중반 이후 리정숙 등의 작가들에서 시작하여 고난의 행군 이후에 등장한 작가까지 이어진다고 할 수 있다. 사회주의 건설이 여성해방을 낳으리라는 국가주의적인 인식에 강력하게 반발하면서 새로운 틈을 만들어 내고 그 속에서 억압된 여성들의 목소리를 작품에 담는 것이다.

젠더에 비해서 섹슈얼리티 문제는 북한의 여성문학에서 그다지 뚜렷하지 않다. 그럴 수밖에 없는 것은 이 문제를 다루게 되면 자칫 부르주아 반동문학으로 취급되거나 혹은 퇴폐문학으로 낙인찍힐 수 있기 때문이다. 여성들의 사랑이나 성적 욕망의 문제를 취급하는 것은 그런 점에서 매우 힘든 것이다. 전후 북한 사회를 배경으로 한 임순득의 「어느 한 유가족의 이야기」는 그런 점에서 획기적인 작품이었다. 전쟁미망인의 성적 욕망과 사랑을 다룬, 당시로는 매우 낯선 작품이었다. 하지만 이러한 섹슈얼리티 문제는 임순득과 같은 작가도 더 강하게 밀고 나갈 수 없었다. 이후 리정숙을 비롯하여 많은 여성작가들이 여성들의 사랑을 다루면서 이 섹슈얼리티 문제를 건드리긴 했지만 임순득이 보여준 것과 같은 차원의 것은 보기 힘들었다. 물론 이것이 완전히 억압되어 있는 것은 아니고, 작가들도 여러 가지 방식으로 이를 드러내려고 노력했기에 심층적 텍스트 분석을 통하여 이를 드러내는 것이 필요하지만 그렇게 강한 것이 아님은 분명하다. 그러다가 이 문제가 부각된 것은 남성들의 무기력이 표면화되고 전통적인 남성중심주의가 약해지던 고난의 행군 이후 시기의 여성문학이다. 특히 김자경의 소설은 그런 점에서 주목을 요한다.

젠더와 섹슈얼리티 문제를 핵심으로 하는 북한의 여성문학은 크게 고난의 행군 이전과 이후로 나누어 볼 수 있다. 이렇게 나누어 보는 이유는 고난의 행군 이후에 여성작가들이 대거 등장하였다는 사실뿐만 아니라 전통적인 북학 여성문학의 틀이 이 시기에 이르러 바뀌었다는 점 때문이다. 고난의 행군 이전의 여성문학은 국가사회주의의 공식적 이데올로기와의 긴장 속에서 나온 것이기 때문에 공식적 이데올로기와 비공식적 목소리 사이의 긴장이라는 문제틀을 항상 지니고 있어야 작품 분석이 가능하다. 그런데 고난의 행군 이후에는 전혀 달라진다. '정보산업사회를 기반으로 한 강성대국'이 제기되면서 사회주의 그 자체보다는 세계화 속에서 살아남을 수 있는 강성대국을 만드는 것이 더 큰 과제가 되었다. 그런 만큼 여성작가들도 과거 국가사회주의와 여성해방 사이의 긴장보다는 새로운 미래와 사회에서 여성들이 어떤 역할을 할 수 있는지에 더 큰 관심을 갖게 되고 이를 토대로 작품을 창작하였다. 고난의 행군 이전에는 국가의 힘이 강하게 작동하였지만, 고난의 행군 이후에는 그렇지 못하게 된 것이다. 배급 체계가 무너지는 등 국가의 힘이 크게 무력화되었고, 특히 이 시기에는 북한의 국가도 이 점을 인정하였다. 1999년에 한창 북한이 어려울 때 정성옥이 세계 마라톤 대회에서 우승했다는 소식은 남성들의 무기력과 대조되는 여성들의 활약을 그대로 보여주는 것이었다. 마치 일제강점기 때 손기정 선수가 베를린 올림픽에서 금메달을 땄을 때 현진건을 비롯한 많은 기자가 손기정의 사진 속 가슴 위에 있는 일장기를 지워가면서까지 식민지 조선인의 기상을 보여주려고 한 것과 비슷한 것이었다. 이후 사회 각 방면에서 여성 영웅을 찾고 이를 형상화하는 작업이 전 국가적 차원에서 행해지면서 여성의식의 성장이 급속하게 진행되었다. 물론 세벌농사를 성공시킨 여성이라든가, 과학자로서 큰 성취를 이룬 여성이라든가, 숱한 고아들을 데려다 키운 여성을 국가가 홍보한 것은 사실이지만 실제로 인민들은 그와 무관하게 여성들의 사회적 역할을 가늠하게 된 것이다. 이후 이들 여성 영웅들을 둘러싼 많은 작품이 나오고 이와 동반하여 여성작가가 대거 등장한 것은 북한문학 역사상에서 획기적인 일이라고 할 수 있다. 그런 점에서도 고난의 행군 이전과 이후를 나누어 고찰하는 것은 매우 적절하다.

　이 책에서는 북한 여성작가의 작품을 고난의 행군 이전과 이후로 나누고 각 시기별로 문제적 여성작가 4명씩을 뽑아 집중적으로 분석한다. 해방 이후부터 고난의 행군 시기까지는 임순득, 리정숙, 강복례 그리고 최상순 네 작가를 중심으로 분석한다. 일제강점기부터 당시의 '여류문학'과 구별되는 '부인문학'을 이야기하면서 여성해방문학을 지향했던 임순득은 해방 후 북한문학의 출발점이라고 할 수 있다. 고난의 행군 이후 시기에는 한정아, 김혜영, 리라순 그리고 김자경을 분석하고자 한다. 김자경은 고난의 행군 이후 등장한 다양한 여성작가 중에서 젠더와 섹슈얼리티 양방향에서 자기의 목소리를 분명하게 내는 가장 문제적인 작가로서 북한 여성문학의 앞날을 전망할 수 있게 하기에 제일 마지막에 두고 분석했다. 8명의 여성작가들은 여성의 목소리를 기반으로 북한문학의 다층성을 형성한다. 이외에도 많은 여성작가들이 특히 고난의 행군 이후에 존재하지만 이 책에서는 이 8명의 작가를 중심으로 서술하면서 필요한 범위 내에서 그 밖의 작가들도 다룰 것이다.

북한의 여성문학은 그 자체로 매우 소중한 의미를 갖지만 북한문학의 재인식에도 일정한 역할을 할 것이다. 임순득부터 김자경까지 여성작가들을 통하여 북한문학을 읽는 것은 매우 제한적일 수밖에 없다. 실제로 해방 이후 지금까지 북한문학은 남성들이 주도하였기 때문에 당연히 이들에 대한 분석이 병행되어야만 북한문학의 전체적 실상에 다가갈 수 있을 것이다. 하지만 북한의 여성문학은 그 자체로 문제적이다. 왜냐하면 여성문학은 북한 체제에서 공식적으로 존재하지 않는 여성문제에 민감하게 반응하면서 비공식적인 목소리를 재현하기 때문이다. 여성문학이 가진 다성성을 통해 우리는 북한의 문학을 새롭게 읽어낼 수 있다.

제1부

해방 이후의 여성문학

제1장

국가사회주의와 여성해방의 긴장

　해방 직후 북한의 여성문학은 민족해방과 여성해방의 상관관계를 질문하는 데서 시작하였다. 제국 일본의 억압에서 벗어나 새로운 사회를 건설하려고 할 때 사회해방은 필수적이었다. 민족해방은 그 자체로 중요한 의미를 갖지만 그것만으로 새로운 사회를 건설할 수는 없다. 해방 후 새로운 사회를 건설하기 위해서는 여러 가지 제도적 의식적 차원의 개조가 필요한데 이를 준비할 수 있는 기간이 넉넉지 않았기 때문에 매우 혼란스러운 상황이었다. 특히 남북의 통합이 어려워지고 소련 후원하에서 새로운 단독정부를 수립하는 상황이라 더욱 그러하였다. 진정한 민족해방은 사회적 해방 없이는 큰 의미를 갖기 어려웠고 그 사회적 해방에서 여성해방의 문제는 매우 중요한 의미를 가졌다. 이러한 문제의식을 가장 뚜렷하게 보여준 이가 일제강점기부터 여성해방이란 개념을 사용하면서 여성문학의 독자성을 주장하였던 임순득이다. 임순득은 일제강점기부터 민족해방이 진정 의미를 가지려면 여성해방을 비롯한 사회해방 없이는 불가능하거나 혹은 제한적이라는 것을 너무나 분명하게 인식하고 이를 균형 있게 실천해 나가려고 했던 인물이다. 해방 직후에 임순득이 쓴 일련의 소설들은 바로 이러한 문제의식을 담고 있다. 남녀평등법이 제정되었음에도 불구하고 일상의 의식에 남아있는 강한 가부장적 남성주의를 드러내는 작업을 행하였다. 제도와 의식의 괴리를 예리하게 파헤친 임순득의 소설은 민족해방과 여성해방과의 긴장을 아주 잘 보여수었다.

1950년대 중반부터 북한 사회는 농업협동화를 계기로 사회주의 단계로의 진입을 강하게 선전하면서 여성문학의 상황은 이전과는 현저하게 달라진다. 사회주의는 모든 억압의 해소를 주장하기 때문이다. 여성문제 역시 계급 사회에서 비롯된 것으로 보았기 때문에 계급이 해소되는 사회주의 사회에서는 여성문제도 자연스럽게 소멸된다고 보는 것이다. 물론 여성문제를 계급문제와 연동하여 보지 않는 이들도 많았지만 당시 북한의 국가는 그러한 인식을 가졌던 것이다. 그렇기 때문에 남녀 차별에서 비롯되는 여성문제가 설령 존재한다 하더라도 그것은 유제에 불과하기 때문에 시간이 지나 사회주의 사회가 정착되면 큰 노력 없어도 해소될 수 있다고 생각하였다. 하지만 여성작가들은 현실에서 여성들이 겪는 억압적인 것을 감지하였고 이것이 단순히 사회주의 사회의 정착과 더불어 자연스럽게 소멸될 성질의 것이 아님을 알게 되었기에 여성들의 목소리를 내는 것이 매우 필요한 일이며 여성작가들은 이 일을 도맡아야 한다고 생각했던 것이다. 리정숙은 이러한 문제의식을 가진 최초의 여성작가라고 할 수 있다. 그는 현실에 존재하는 남성 중심의 가부장적 의식은 사회주의 진척에 따라 해소될 그런 성질의 것이 아니고 독자적으로 존재하는 것임을 강하게 인식하였다. 그렇기 때문에 사회주의 사회에서 일어나는 남성중심주의를 작품을 통해 드러내는 작업을 지속적으로 펼쳤다. 이러한 작업은 사회주의 사회에서 여성문제는 자연스럽게 해소된다는 국가의 이데올로기와 충돌할 가능성이 매우 높기 때문에 아주 조심스러운 작업이기도 하였다. 하지만 리정숙은 이 작업을 슬기롭게 해냈고 이후 여성작가들의 모범이 되었다. 1957년에 발표된 리정숙의 단편소설 「선희」는 그러한 작업의 원형에 해당하는 작품이다. 남성 우월 사상에 젖은 작업반장이 여자 작업반원을 예속시켜 자신의 업적 향상과 출세에 이용하려는 것을 강하게 비판한 이 작품의 문제의식은 이후의 대부분의 여성문학에 이어진다. 1991년에 나온 최상순의 『느티나무』는 농촌 현장 체험을 더 높은 지위로 상승하기 위한 디딤돌로 사용한 남성과 그런 이익과는 무관하게 느티나무처럼 자기 마을을 지켜 이제는 주인인 된 전쟁미망인과의 대조를 통해 국가사회주의와 여성해방의 긴장을 선명하게 보여주었다. 리정숙의 「선희」와 최상순의 『느티나무』를 함께 읽으면 그 오랜 세월의 흐름에도 불구하고 국가사회주의와 여성해방 간의 긴장은 여전하다는 것을 알 수 있다.

임순득과 리정숙은 주로 1967년 유일사상체계 이전에 활동을 하였고, 강복례와 최상순은 1967년 이후에 작품을 창작하였다. 그렇기 때문에 강복례와 최상순의 작품에는 '수령의 형상'들이 삽입

되기도 하지만 큰 틀에서는 변화가 없기 때문에 연속적으로 살펴고자 한다. 고난의 행군 이전과 이후의 경계선은 여성문학의 틀이 바뀌기 때문에 구분하여 보는 것이 필수적이지만 1967년 유일사상체계는, 북한문학 전체에서는 획을 긋는 사건이지만, 여성문학에서는 그렇지 않다. 그렇기 때문에 해방 이후부터 고난의 행군 이전까지를 네 작가 중에서 임순득과 리정숙을 하나로, 강복례와 최상순을 다른 하나로 나누어 고찰하고자 한다. 이는 큰 연속적 흐름 속에서의 작은 구분이라 할 것이다.

제2장

임순득

북한 여성문학의 출발점

1. 해방 전후를 잇는 다리로서 강경애 소환

임순득이 해방 후에 쓴 유일한 평론이 1949년 8월 『문학예술』 제8호에 실은 「『인간문제』를 읽고―간단한 약력 소개를 겸하여」 이다. 『문학예술』은 북조선문학예술총동맹 기관지로서, 1949년 3 월 노동신문사에서 강경애의 『인간문제』가 단행본으로 나온 것을 기념하여 이 글을 실은 것으로 보인다. 일찍이 「여류작가 재인식론」[1] 에서 강경애의 「어둠」을 높이 평가하고 "좋은 작가여!"라고 감탄 했던 임순득은 이제 본격적인 강경애론을 쓴 것이다.

실상 강경애의 『인간문제』는 1934년에 『동아일보』에 연재된 뒤 단행본으로 출간되지 못했기 때문에 제대로 된 평가도 받지 못했 다. 당시의 인쇄와 출판 상황에서 신문 연재소설은 꼼꼼하게 스크 랩하지 않으면 다시 찾아 읽기 쉽지 않았고, 작품이 연재되던 당시

---

1   임순득, 「여류작가 재인식론」, 『조선일보』, 1938.1.28~2.2.

는 카프가 해산되고 맹원들도 검거된 상황이라『인간문제』를 제대로 읽어낼 수 없는 상황이었던 것이다. 임순득도 해방 전에는『인간문제』를 읽지 못했다. 만약 읽었다면 자신의 평론에서 언급하지 않았을 리가 없기 때문이다. 결국 강경애의『인간문제』에 대한 최초의 소개와 평가는 1949년의 단행본에 실린 기석복의「서문」[2]이고 임순득의 것이 두 번째가 된다. 그리고 그 이후 북한에서 강경애에 대한 평가는 기석복과 임순득이 내린 것을 거의 그대로 따르고 있다.

기석복의「서문」은 강경애의 생애를「자서소전」을 인용해 소개하고,『인간문제』가 연재 당시에 검열로 삭제당하기도 했다는 것, 소설 서두에 놓인 '원소 전설'의 의미, 선비와 간난이의 사회적 소생, 신철이, 덕호, 옥점이의 형상의 진실성, 리서방 형상의 부족한 부분들을 분석했다. 그러고 나서『인간문제』는 "1930년대 조선의 정치 정세를 예술적으로 표현한 일대의 사상적 작품", "비판적 사실주의의 방법"을 사용했지만 "자연주의적 방법을 이용한 예들"도 많은, "사상적 예술적 방면에서 우수한 작품으로 새로운 민주주의적 문화를 창건하는 우리에게 유산물로 이바지 될 것이다"라고 평가하였다. 실상 기석복은 일제시대에 식민지 조선에 있지 않았고 해방 후 소련에서 들어와서 노동신문사의 주필을 하던 인물이었다. 그런 만큼 일제시대의 문학이나 문단에 대한 이해는 없는 상태에서 일반론 수준의 '서문'을 썼다.

---

2   기석복,「서문」, 강경애,『인간문제』, 평양 : 로동신문사, 1949.

이러한 기석복의 「서문」이 강경애의 작품을 소개하는 수준의 것이었다면 임순득의 평론은 같은 작가로서 또 같은 여성으로서 좀 더 적극적으로 문학사에서 강경애를 평가하는 입장을 취했다.

우선 여성문학사의 입장에서 드물게 보는 여성작가로서 특별히 귀중한 존재인 강경애가 일반 독자들에게 널리 알려지지 못한 것은 당시 시류에 따르는 여성작가가 아니었기 때문이라는 점을 지적한다.

강경애 씨와 같이 광범한 사회적 주제를 자기의 창작적 세계로 하여 그 주제를 일정한 과학적 세계관에 여과시켜 어데까지나 자기의 창작 사업을 '사회생활의 도구'가 되게 하며 '사회적 투쟁에 참가하는 적극적 수단'이 되게 하며 따라서 '사회와 인민을 위하여 중요한 의의를 가진 사상의 표현형식'으로 삼았던 여성작가는 거의 없었다고 하여도 과언이 아니다. 씨와 동시대의 여성작가들의 작품세계가 과연 어떠한 것이었던가. 그에 대해서는 일일이 묻지 않기로 하더라도 어떠하든 그들의 작품이 진정한 인민의 벗이 되기에는 너무도 부패한 자본주의적 퇴폐가 아니면 유독한 세기말적 니힐에 빠져 불건전한 신음을 일삼고 있지 않았던가. 때로는 비록 민족을 일컫는 일이 있었다 할지라도 통틀어서 그것은 비인민적이며 적어도 인민의 괴로움과 또는 앞으로의 그의 희망과 행복을 위한 투쟁과 승리의 세계와는 거리도 인연도 먼 것이었다. 그리고 그는 반드시 당시의 여성작가에만 한한 문제가 아니다. 그만큼 또 어려운 시대적 제약을 부정할 수 없었던 것도 사실이다.[3]

이런 점은 이미 임순득이 1930년대 후반에 썼던 평론에서 지적했던 것을 좀 더 분명하게 정리해서 되풀이 말한 것이다. 흥미로운 것은 '여류'문학과 '부인'문학을 구별해서 썼던 임순득이 여기서는 '여성작가'라는 용어를 쓰고 있다는 점이다. 이것은 앞의 두 용어보다는 훨씬 중립적인 용어인데, 1949년의 북한에서는 더 이상 '여류'와 '부인'으로 구별해야 할 만한 문학적 현상은 없다고 생각한 것 같다. 그리고 실제로도 해방 전 임순득이 '여류'문학이라고 비판했던 작가들은 해방 후 모두 이남 지역에 있었다.

또한 여성이 '이중 삼중의 굴레'를 벗어나는 길은 노동자가 되고 노동자가 단결하는 데서 시작한다고 하는 맑스주의 여성해방의 길을 『인간문제』가 그리고 있다는 점도 포착했다.

마찬가지 영세한 빈농의 딸로서 무지몽매한 채 악덕지주의 농락적 희생물이 된 간난이와 선비가 점차 여자도 이중 삼중의 굴레를 박차고 떳떳한 인간으로 살 수 있다는 자각으로부터 여성노동자가 되어 부두 노동자의 대열과 손을 잡고 그들에게 할 수 있는 공동적 전투로 활약하는 것은 그들이 처한 절실한 현실생활이 가르쳐 준 지상명령이었고 그들을 둘러싼 계급적 입장에서 당연히 도달할 귀착점이었다.[4]

여성이 쓰고 있는 이중, 삼중의 굴레란 성적, 계급적, 민족적 억

---

3   임순득, 「『인간문제』를 읽고 – 간단한 약력 소개를 겸하여」, 『문학예술』, 1949.8.
4   위의 글.

압이다. 보통 여성의 억압을 말할 때는 성적, 계급적 억압을 가리켜 '이중'의 억압이란 용어를 사용하는데 여기에 임순득은 피식민지인의 경험으로부터 민족적 억압을 하나 더 넣었다. 1920년대 말 1930년대 초의 학생 맹휴의 세례를 받고 혁명적 노동조합 운동과 경성꼼그룹의 자장 안에서 임순득이 획득한 인식의 수준을 보여 주는 것이라 하겠다.

다음으로 임순득은 일제시대의 문학사에서 강경애가 간도지방에서 벌어진 항일무장투쟁을 의식적으로 작품 속에서 담아낸 매우 특별한 작가임을 처음으로 지적했다.

씨는 일찍이 생활에 쫓겨간 먼 이역 간도에서 빨치산의 진면목을 포착하고자 유격대에 들어가려고 한 일도 있었다. 그러나 씨는 천부의 예술적 재질을 들여 작가의 과업을 수행하였다. 그리하여 씨의 창작세계는 곧 씨의 향수의 노래이기도 하였던 것이다. 그러기에 (…중략…) 쫓긴 유랑민이 비참하게 패배의 잔명殘命을 이어가는 것이 아니라 조국광복의 투사로서 삭북朔北의 바위 밑을 뚫고 수림 속을 헤쳐 혁명적 역량을 장성시키는 그 영용한 모습을 누구보다 재빨리 볼 줄 아는 눈을 가졌던 것이다. 그러기에 당시 문인으로서 너무도 끔찍한 사실에 아연실색할 뿐 누구 한 사람 감히 엄두도 못 내던 간도공산당 20여 명의 사형사건을 단편 「어둠」속에서 측면적으로나마 우리 인민들에게 보여 주었던 것이다. 또 단편 「유무」에서도 꿈의 형상을 빌어 원수 일제가 애국자들을 학살하는 장면을 보여주려 애썼던 것이다. 이렇듯 씨는 죽지

않은 조선 인민의 혈투의 숨소리를 전 인민에게 전달하려 고심하였던 것이다.[5]

강경애가 항일 유격대에 들어가려고 한 적이 있었다는 것, 그것이 여의치 않자 창작으로 '죽지 않은 조선 인민 혈투의 숨소리'를 전달하려 했다고 하는 문학사적 의미를 정확하게 짚어내었다. 그리고 그런 만큼 암흑과 반동의 시기에도 절망하지 않고 전향하지 않는 의지와 희망을 가지고 있었다는 것을 높이 평가했다.

그밖에 원소 전설이나 총독부 건물에 대한 묘사 대목에서 읽을 수 있는 바, 검열을 피하면서 일제의 패망을 예견하는 방법, 선비의 아버지가 지주의 심부름으로 빚 받으러 가서 목격한 처참한 빈궁에 대한 섬세하고 눈물 어린 묘사 방법 등을 높이 평가한 뒤, 임순득은 "『인간문제』는 민촌의 『고향』과 함께 해방 전 조선 문학작품 중에서 사상적으로 예술적으로 우수한 것의 하나일 뿐만 아니라 새로운 우리의 민주주의적 문학예술 창건에도 이바지하는 바가 많을 하나의 유산"이라고 자리매김했다. 그냥 훌륭한 것이 아니라 누구도 이의를 달지 않는 이기영의 『고향』과 같은 수준의 작품이라고 말하는 것. 이것은 해방 전 강경애의 「어둠」에서 당대 다른 남성작가를 능가하는 여성작가의 가능성을 보았던 임순득이 해방 후 뒤늦게 발견한, 일제시대 여성작가의 수준이었다. '여류'문학

---

5   위의 글.

과는 구별되는 '부인'문학을 창작해야 된다고 주장했던 평론가 임순득이 자기 이론을 현실에서 튼튼하게 뒷받침해주는 작가를 뒤늦게 만났을 때 얼마나 기뻤겠는가. 또한 그의 이른 죽음이 얼마나 안타까웠겠는가.

2. 민족해방과 여성해방의 긴장

임순득은 1947년 12월 『조선문학』 제2집에 「솔밭집」을 발표했다. 『조선문학』은 북조선문학예술총동맹에서 발행한 것으로 1947년 9월에 창간호를 내었다. 『조선문학』 창간호에는 이북명의 「로동일가」 같은 당시 북한 지역의 대표적 문인의 작품이 실렸다. 그 두 번째 호에 최명익의 「기계」와 함께 임순득의 「솔밭집」이 실린 것은 당시 문단에서 임순득이 이미 상당한 평가를 받고 있었다는 것을 보여준다. 또한 해방 직후의 여성작가들이 상황을 살펴보면 임순득은 당시 이북 지역에서 거의 유일한 여성작가이기도 했다. 해방 전에 등단했던 여성작가들 중 백신애와 강경애는 해방 전에 죽었고, 박화성은 작품 활동을 쉬고 있었다. 해방이 되었을 때 최정희, 장덕조, 지하련, 한무숙은 남쪽에 살고 있었다. 이선희는 원산 쪽에 살았던 것 같으나 확실하지 않고 1946년 『서울신문』에 「창」이란 소설을 발표한 뒤로는 자취를 찾을 수 없다. 이북 지역에는 임순득과 임옥인이 살고 있었는데 임옥인은 1946년에 월남했다. 그런가 하면 지하련은 1948년경 월북했지만 거기서는 작품활동을 하지 못했다. 즉 임순득은 일제 말기까지 작품 활동을 했으며, 친일 논의에서도 자유로운 입장이었고 작품의 지향도 분명했기에, 이북 지역에서 당장에 작품을 쓸 수 있는 여성작가는 임순득밖에 없기도 했던 것이다.

「솔밭집」은 자전적 년모를 띤 여학교 교사 '나'의 일인칭 관찰자 시점에서 해방이 용례 어머니의 삶에 가져다 준 변화를 그렸다. '나'는 원산의 여학교 수리 교사로 해방 전에는 강원도 추지령[6] 모퉁이 샐경 들판에서 살았는데 그때 '솔밭집'으로 불리던 용례 어머니를 알았다. 그녀는 딸만 둘이어서 아들을 못 낳는다고 남편에게 세 모녀가 함께 구박과 학대를 받으며 살았다.

걸핏하면 간나만 둘 있으니 그까짓 깨어진 장독깨 질그릇만 하랴고 그전 구차한 살림에 심술만 늘어, (…중략…) 용례아버지는 비온 틈을 타서 곧잘 빨래를 해가지고 들어오는 아내에게 달려들어 함지박이 곤두박질치도록 머리채를 뒤흔들고,

"이 에미나야, 늙어 가면 뭘 바라고 살자니. 남처럼 저장이 있니 자식새끼가 있니. 허구한 날 일 귀신만 들려 애가 말러죽겠구나. 어쩌자고 하필 네 년이 내게 앵겼단 말이냐. 김차술이 팔자가 이렇구나. 이년아, 선영 볼 낯이 없다. 이년아."

---

6   추지령은 강원도 회양군과 통천군의 경계에 있는 고개이다.

(…중략…)

"이년들 네 삼 모녀, 염병에 땀도 내지 말고 몰사죽음해라. 그럼 홀홀
단신 북해도 탄광에 석탄무덤을 판들 오주명이 그놈한테 구박받는 거
보다 낫겠다."[7]

이렇게 최하층의 남성가부장에게 학대받고 살던 여성은 해방
후 토지 개혁과 민주개혁으로 당당해지고 생활도 안정되었다. 동
네일을 지도적 위치에서 해내고 살림도 여유가 생겨 간식거리를
잔뜩 이고 인사차 여학교에 들러 자기의 딸들이 누릴 새로운 세계
를 꿈꾸게 된 것이다. 해방이 한 여성의 삶을 어떻게 바꾸어 놓았
고 또 바꾸어 놓을 것인가를 실감 나게 보여주는 가장 인상적인 장
면은 다음과 같이 용례 어머니가 근대적 부엌시설에 감탄하면서
자기 딸도 교육을 시키겠다고 하는 대목이다.

가사실습실 수도 장치, 으리으리한 찬장, 요리대, 모두 둘러보고 만
져보며 희한해서 입만 떡 벌린다. 가스 불을 켜 뵈니 냄새도 역하지만
도깨비 불같다고 끄려 했으나 수도를 트니깐 반색을 한다.
"아유 벽 사이서 물이 졸졸 흐른다니."
수돗물 줄기를 소금섬에 꽂아놓고 서슬을 받았으면 좋겠다는 것이다.
(…중략…)

---

7   임순득, 「솔밭집」, 『조선문학』, 1947.12.

"용롄 몰라도 우리 용순이 넌만 해도 이런 데서 공부랑 허겠지?"

"그르믄요. 살림도 허지요. 그땐 따로 제 살림만 한다고 행주치마에 매이지 않습니다. 공동식당에서 밥 해주고 공동세탁소에서 빨래 해주고."

"그럼 에펜넨 집에서 낮잠만 자나, 온 벨 소릴 다한다."

"공장에 가 일허구, 농장에 가서 기계 부려 노래와 함께 김을 매고 …… 집에 와선 신문을 보든 춤을 추든 산보를 가든……."

"원산 아줌마 이야기 듣고 보니 도깨비한테 홀린 상싶소. 아모턴 사람의 자식은 가르치고 볼 일이지."[8]

용례 어머니에게 해방이란 자신은 미처 누리지 못한 '희한'한 삶 —고된 노동에서 해방되고 학교에서 공부하는 것—을 딸들이 누릴 수 있게 되는 것이었다. 그리고 그 희한한 삶은 일제시대 사회주의 여성운동에서 꿈꾸었으나 밖으로 소리 내어 말하지 못했던 강령이기도 하다. 공동식당에서 밥해주고, 공동세탁소에서 빨래해 주는 가사노동의 사회화, 직장에서 일하고 나머지 시간은 휴식과 여가 활동으로 보내는 8시간 노동제라는 꿈. 도깨비에게 홀린 것 같은 '꿈'이었지만, 해방이 된 마당에서는 그 꿈이 이제 실현될 수 있을 것이라는 기대가 「솔밭집」에서 용례 어머니라는 최하층 여성의 입장에서 감격적으로 토로된 것이다.

작가의 자전적 요소가 강한 소설 「우정」1949.3은 겉으로 내세운 것

---

8   위의 글.

은 소련군 장교의 우정이지만, 그 이면에서 작가는 활달하고 진취적인 아내와 내성적이고 소극적인 남편 사이의 심리적 갈등을 통해 한 여성이 내적 외적 속박에서 벗어나 주체로 서게 되는 과정에 역점을 두었다. 소설의 주인공 화숙이는 한의사를 하는 부모 밑에서 오빠와 함께 순조롭게 자랐고, 여자치고는 눈치가 없는 매우 활달한 여성이다. 반면에 남편인 세익은 외톨이로 거친 세파를 헤쳐 나오면서 인간관계의 차가운 면을 많이 보아 남의 일거수 일투족에 민감하고, 그래서 다른 사람과 잘 지내지도 못하는 꽁한 성격이다. 그는 미결감에서 독일어 사전을 외우다시피 하면서 독일어를 배워 3, 4개 국어를 구사할 만큼 어학에 능했지만 일제 말기 교육과정에서 외국어를 없애는 통에 학교에서 쫓겨나면서 훨씬 더 신경질적이 되었다. 그때 화숙의 친정 오빠는 사상 사건에 관련되어 감옥살이를 하다가 끝내 옥사를 했는데 그런 처남에 대해서도 세익은 신경질적이다.

"당신 오빠란 가장 단순한 위인이란 걸 알아야 하오. 어떤 의미에서는 사는 데 고민도 없으렷다!"
"당신은 뭔데 그리 고민투성이고 단순치 못하시오?"
"나야 생각하는 갈대 아닌가?"
제법 세익은 무슨 빙자를 하려고 하였으나, 사실 자기도 생각하는 길을 조금도 준순逡巡하는 일 없이 다만 군세게 나아가는 처형妻兄을 보고 정면으로 공격할 만한 아무 것도 없는 것이었다. 더구나 오만 사람들이 갖은 둔갑을 다하여 지하나 살 구멍을 찾는 시절에도, 동하지 않고 독감에서 장기의 형을 받고 그물을 뜨고 앉았을 모습을 눈앞에 그릴 때, '생각하는 갈대'의 자부하는 마음이란 마치 소줏장처럼 바람만 불어도 흐르르 날 것 같다. 고만 울적하고 세익은 가슴에 치밀어 오르는 자기혐오에 느끼한 선지덩이를 참지 못해 화숙에게 여편네가 장독 단속이나 할 게지 쥐뿔 나게 문학 공부가 뭐냐고 닥치는 대로 그저 행패를 부리던 그였다.[9]

이처럼 자존심은 강하면서도 소심하여 행동에는 나서지 못하고, 그 자책감으로 자기와 주위 사람을 비웃으면서 신경질을 부리는 그런 남편을 화숙이는 일제시대에는 이해하고 연민하면서 감내해 왔다. 그 시절은 시류에 휩쓸리지 않고 자기를 지킨다는 것 자체가 투쟁인 그런 시절이었기 때문이다. 그런데 해방이 되어서도 여전히 자폐적인 세계에 갇혀 아내에게 투정을 하는 세익을 화숙이는 더 이상 감내할 수 없고, "가시밭같이 까다롭고 턱턱 막히는" 세익의 그런 어두운 면에 져서는 안 된다고 생각한다.

세익에게 뚜렷한 항변 하나 못한 자기가 새삼스럽도록 못나 보였다. 그러고 보니 같이 사는 동안 실없이 주눅 들고 만 것을 아니 느낄 수 없었다. 이제부터는 이 천만 가지가 가시밭길이 까다롭고 턱턱 막히는 세익에게 져서는 안 된다는 생각이 머리를 쳐들었다. 무슨 한 가정을 영위하

---

9   임순득, 「우정」, 『문학예술』(1949.3)에 발표한 것을 확인했으나 아직 잡지는 찾지 못했다. 인용은 임순득, 『잊을 수 없는 사람들』, 조선녀성사, 1957에 실린 것을 저본으로 했다.

는 부부가 승부를 겨룬다는 것이 아니라 어둡고 꾀까다로운 것에 밝고 곧은 것이 짓눌려서는 안 되겠다는 강력한 욕구가 치미는 것이었다.[10]

이 대목은 조금 확대 해석하면 '민족' 해방이란 과제 앞에서 아직 전면에 내세우지 않았던 '여성' 해방의 목소리를 이제는 내어야겠 다는 것이다. 그것은 남성과 여성 사이의 문제라기보다는 인간다운 삶의 문제로서, 즉 어둡고 까다로운 것으로부터 곧고 밝은 것으로 나아가는 '자기 해방'의 과정이 필요하다는 것이다. 자기 해방의 과 정으로서 해방 후에 화숙이가 남편과 벌이는 부부 싸움은 남녀 사 이의 개인적인 생활에서도 해방이 이루어져야 진짜 해방이라는 것, '개인적인 것이 정치적인 것'임이 드러나는 생생한 대목이다.

수일 후 화숙은 친정에서 돌아와 그 차중담을 이야기하였다. 세익은 미처 다 듣기도 전에 주책없이 그따위로 굴고 다닌다고 퉁을 주는 것이 었다. 마을 사람들까지 입맛을 다셔가며 그렇게 재미나게 들어 주던 이 야기가 아닌가. 화숙은 뭐가 주책없단 말이냐고 대꾸를 하였다.

"당신은 아마 백 번 죽었다 깨어나도 그 해군 장교처럼 되긴 힘들리 다. 왜 해방된 오늘날 자기 해방은 좀 못하세요? 나도 인젠 하고 싶은 말 다 하구야 살걸! 대담하고 솔직하게……."

"장하오, 안다니처럼 뿌로큰 잉글리쉬나 지껄이며 다니고…… 천박

10   위의 글.

하긴!"

"당신 말 좀 고치세요. 천박한 게 그렇게 싫은 사람이 어떻게 그리 상대방을 수하자 다루 듯한 말씨야요? 말끝마다 나를 얕잡으면 그래 당신은 올라가는 것 같구려. 그리구 남의 이야기에 대하여 본의는 밀쳐놓고 자기 기호를 강요하는 그 이기적인 심뽀에 못 견디겠어요!"

"이건 누굴 보고 설교를 하는 셈이야?"

세익은 소리를 높이며 돌아앉아 아이에게 젖을 물리고 있는 화숙의 가슴이 치받히도록 툭 찼다.

(…중략…)

"저 따위가 문학을 해? 항차 인간을 이해해? 남의 수난에 대하여 박수갈채를 치는 저 따위가……."

세익은 어느 타협할 수 없는 분노에 치받힌 듯 아내를 노려보았다. 차차 그 눈은 적의에 가까운 증오 대신 애절한 호소로 변하였다. 그러나 화숙은 푹 곰삭은 모성의 포용의 힘을 가지기에는 너무도 젊고 아직도 남편을 대하는 데 대립적이었다.

"수난이라니……. 비장한 척 그 신파적인 몸짓 작작하시유. 역겨웁쉬다. 자기를 특별한 위치에 앉혀 놓고 모든 것을 용서해 주고 어루만져 주었으면 하지만 우리 현실은 아마 좀 더 바쁠걸요. 심란하고 가차없고 정신 차려야 해요. 이제 와서 동아줄 같은 신경을 못 가졌다고 한탄할 게 없지요."[11]

---

11 위의 글.

식민지라는 시대적 억압 때문에 소극적이고 신경질적으로 될 수밖에 없는 남편을 이해하고 그에게 맞추어 자기를 억누르고 살던 한 여성이 해방을 계기로 새로운 사회적 관계를 맺어나가면서 남편에 대한 심리적 종속에서 벗어나 참된 동반자로 부부관계를 재설정하려는 노력을 과장되지 않게 그려내었다.

이렇게 임순득이 「우정」에서 그려낸 화숙과 세익의 관계는 콜론타이가 설정한 '신여성'의 이상에 가깝게 여성이 개조되면서 남성도 함께 바뀌어야 함을 역설했다. 해방 후 북조선민주여성동맹의 기관지로 나온 『조선녀성』 1947년 3월호에는 「완전한 권리 있는 공민으로서의 쏘베트 여성」이라는 콜론타이의 글이 소개되고 있다. 해방 후에 콜론타이의 『신여성론』도 번역 출간되는데 이는 소련의 영향이라기보다는 해방 전 사회주의 여성운동 활동가들이 꿈꾸었던 여성의 모델이 콜론타이가 제시한 '신여성'이었다는 데 있을 것이다.

이 무렵 남북한의 문단에서는 이기영의 「농막선생」, 이태준의 「해방 전후」, 채만식의 「민족의 죄인」 등 '해방 전후'를 그린 작품들이 많이 발표되었다. 지식인 주인공이 일제 말기를 어떻게 견뎌내었으며, 해방을 맞이하여 자신에게 남아있는 낡은 요소를 어떠한 과정을 통해 털어낼 수 있으며, 털어내어야 하는가 등을 진지하게 모색한 작품들이었다. 임순득의 「우정」도 해방 전과 후에 어떻게 인간이 바뀌어 갈 수 있는지를 분석한 작품으로서, 특히 변화한 사회적 관계 속에서 남성과 여성, 부부관계를 어떻게 새롭게 만들어 가야 할 것인가 하는 문제의식을 담았다. 다만 남성인 세익의 변화는 자발적인 것이라기보다 소련군 장교로부터 촉발된 것이기에 그것의 실효성 혹은 현실성은 확실하지 않다. 인간이 바뀌기란 쉽지 않다는 것, 제도를 바꾸는 것은 오히려 쉽지만 인간의 사고방식이나 생활 습관이 하루아침에 바뀌는 것은 아니라는 것을 오랜 가부장제의 무게를 온몸으로 느끼면서 살았던 여성작가 임순득은 더 절실하게 보고 느꼈기에 그런 외부적인 요소를 끌어올 수밖에 없지 않았을까.

식민지 지배보다 훨씬 더 오래된 가부장제의 의식은 제도의 정비만으로 쉽게 바뀔 수 없었다. 이런 점을 집중적으로 다룬 것이 「딸과 어머니와」 1949.12이다. 어머니는 해방을 맞이하여 '딸'의 어머니로서는 '지극히 소박한 진보적인 사상'인 남녀평등을 쉽게 받아들이지만 '아들'의 어머니로서는 여전히 남성 우위의 봉건적인 사상을 견지한다. 이런 어머니의 모순적인 상태를 드러내 보이는 것, 진정한 의미의 남녀평등은 쉽지 않다는 것이 이 소설의 주제이다.

일제 말 정신대를 피하느라 술 망나니에게 시집을 갔다가 금세 과부 된 딸을 둔 어머니의 처지에서는 남녀평등은 너무나 당연한 것이다.

적당한 후처 자리라도 진작 자리 잡아 주었으면 하고 바라는 것이었다. 그러는가 하면 이왕이면 초혼 자리를 만나 묵은 시름 씻은 듯이 잊고 살도록 되었으면 하고 어머니는 안 그려보는 꿈이 없었다.

"뭐 내 딸이 어데가 어쨌단 말인가. 다 세상 따라 남의 총중에 나가서 안 빠지고 일도 하겠다……."

이렇게 어머니는 이녁 딸에게 한하여서 자신만만하고 더욱이 지극히 소박한 진보적인 사상을 가져 일체의 인습도 뛰어넘게 되는 것이었다.[12]

그러나 번듯한 총각 '아들'을 둔 어머니로서는 도저히 남녀평등을 받아들일 수 없고 의연히 여성에 대한 정조 관념을 견지한다. 아들이 딸의 친구와 결혼을 하려는 것을 알고 어머니는 펄펄 뛴다. 며느릿감은 아들보다 연상일 뿐만 아니라 일제시대 돈 많은 늙은 이의 후처로 팔려 가다시피 시집을 갔다가 뛰쳐나온 전력이 있다. 해방이 되어 법률 공부를 하며 날로 아름답고 씩씩하게 활동하는 여성을 딸의 친구로만 볼 때는 어머니도 칭찬을 아끼지 않았다. 그런데 며느릿감으로 나서는 것은 용납할 수가 없었다. 요컨대 총각이 '헌 계집'에게 장가들 수는 없고 아들이 연상의 헌 계집에게 속았다는 것이다.

믿는 나무 고목이 핀다고 또 열 길 물속은 짐작해도 이편이 난 자식 속을 이다지도 몰랐던가. 이 억울함을 어느 뉘게 하소할 수도 없고 천지가 까맣게 쪼그라드는 것 같은 말할 수 없는 공허감을 느꼈다. 금방 같이 자식에 대한 사랑도, 긍지도 물러나고 사진 속의 계집이 한없이 요망스러워 낯바대기를 박박 긁어 내동댕이치고 돌아앉아 버렸다. 한

---

12   임순득, 「딸과 어머니와」, 『문학예술』, 1949.12.

철 먹는 젓갈도 펄펄 뛰는 생물째로 절귀두어야 제맛인데 이건 평생 보아야 할 외며느리가 남의 헌 계집이고야 말이 되는가. 필시 숫된 아들이 속은 것만 같다.

"에라 이 등신 같은 녀석!"

하고 호통을 치며 이 양복 입고 그 계집과 안동하여 어데고 싸댔을 생각까지 겹쳐 오매 혼자서 깔끔히 늙어온 과수의 본능으로,

"에이 치사해!"

하고 침이라도 뱉을 듯 발길로 걷어차는 것만으로도 부족하여 바짓가랑이를 와락 잡아 째며,

"내 집엔 못 들여놓지. 못 들여놔!"

하고 안간힘을 썼다.[13]

한번 결혼한 여자는 '헌 사람', '금 간 그릇'이어서 '께름'하다고 하는, 여성에게 일방적으로 강요된 정조관념을 '아들'의 어머니는 의구하게 가지고 있다. 그런데 이런 어머니더러 딸이, "어머니 말씀대로 하면 저도 쓰레기통 참례나 해야겠어요. 연경이처럼 헌것이긴 매일반 아니예요?"라고 할 때, 어머니는 헌것이고 새것이고 사람 차별할 것이 못 됨을 깨닫고 며느릿감을 받아들이기로 마음을 고쳐먹는다. 여성에게만 요구되는 낡은 정조관념의 허구성을 어머니의 모순된 상황 속에서 그려내었다. 그러나 실제 현실에서

---

13 위의 글.

그 깨달음과 실천은 쉽지 않았을 것이다. 「남녀평등권법령」이 통과되었다고는 하지만 사람들의 낡은 생각과 습관이 그리 쉽게 고쳐질 수 없고 현실에서 갈등을 빚고 있는 상황을 날카롭게 포착한 것이다.

3. 전후 사회주의 건설과 여성의 곤혹

한국전쟁 기간, 북한에서는 여성을 원활히 조직 동원하기 위해 그 이전에 이루어진 남녀평등정책을 상기시키면서 그것을 지키고 그것을 가능하게 한 국가의 은혜에 보답하여야 한다는 식으로 국가주의를 내면화하게 된다. 또한 전쟁에 나간 '남편과 오빠'를 대신하여, 그들을 뒤따라 생산 증대를 꾀하고 전사가 될 것을 요구받았다. 전후 복구 시기에는 여성노동력을 적극적으로 동원하면서 혁신적 노동자이자 노동자의 어머니라고 하는 이중의 부담이 공식적으로 여성에게 지워졌다. 이제 여성의 노동자화, 사회 참여는 해방의 기제이기보다는 강제 동원이라는 억압의 기제로 작동하기 시작한 것이다. 그러면서 해방 직후에 강조되었던 남녀평등이나 여성의 권리에 대한 논의는 점차 사라지게 된다. 여성이 가족주의와 국가주의에 종속되면서 자율적 여성주체는 다시 꿈이 된다.

한국전쟁 시기 위축되었던 작가의 여성의식의 지향은 전후 소설에서 다시 그 생동성이 살아나게 된다. 임순득의 단편소설 「여작업반원들」1956.9, 「어느 한 유가족의 이야기」1957.6는 보통 북한에서 '전후복구건설 및 사회주의기초건설 시기'라고 하는 1953~1958 년에 발표된 것으로 '사회주의 농업협동화'가 진행되는 과정을 여성의 눈으로 바라본 작품이다. 이 두 작품은 이후 북한의 여성문학의 기저를 이루는 문제의식을 선취한 것으로 임순득 문학이 북한 여성문학사에서 갖는 위상을 잘 보여주는 작품이다.

1950년대 농업협동화 과정을 통해 북한 농촌은 크게 변모했다. 해방 직후의 토지개혁으로 농민 개인이 분배받아 소유하고 있던 토지가 협동조합 소유로 통합되었고, 농작물을 생산하고 유통하는 경제생활뿐만 아니라 사회 문화생활까지 모든 활동이 조합 단위로 이루어지게 되었다. 북한의 문학사에서 '사회주의 농업협동화 주제'의 작품이란 협동조합 가입문제를 놓고 농민들 속에서 나타난 보수성과 완고성 등 낡은 사상이 어떻게 극복되는가, 협동조합에 가입한 일부 조합원들 속에서 나타나는 소소유자적 근성과 개인이기주의가 어떻게 극복되고 그들이 사상적으로 개조되어 나가는가, 낡은 사상과의 투쟁 속에서 협동조합 농민들이 어떻게 단합하고 협조하여 새로운 영농 방법과 기술을 도입하는가 하는 문제를 다루는 작품을 가리킨다. 단편소설 「봄」윤시철, 1954, 「봄날」채규철, 1956, 「옥녀봉 기슭에서」리춘경, 1958, 중편소설 『첫 수확』리근영, 1956, 장편소설 『석개울의 새봄』제1부, 천세봉, 1957 등이 대표적이다.[14] 모두 남성작가들의 작품이다.

14   사회과학원 주체문학연구소, 『조선문학사』 12, 사회과학 출판사, 1999, 123~141쪽.

전쟁을 겪으면서 많은 남자가 죽거나 다친 상태라 한마을 단위로 조직된 농업협동조합에는 전사자와 피학살자의 유가족을 포함하여 전쟁에서 아버지, 남편, 오빠, 아들을 잃은 여성들이 많았다. 이들 여성은 남한식으로 말하면 모두 '전쟁미망인'이다.[15] 한국전쟁 이후 '전쟁미망인'의 문제는 남북 양측에서 중요한 사회적 문제였다. 전쟁으로 노인을 제외한 대부분의 남성이 사라진 전후 북한의 농촌에서 여성들은 협동화의 주역이 되어야 했고 농업협동조합에서 여성 노동력이 차지하는 비중은 60% 정도였다. 여성의 역할이 커지면서 사회적 지위도 높아갔다. 가령 그전에는 아버지가 아들과 며느리에게 작업을 지시했으나 협동화 이후에는 작업반장이 지시하게 되었다. 또 여성들은 조합 회의에 참석하여 남성들 앞에서 자신의 의견을 말하고 남성간부들을 비판하기도 했으며 여성이 조합 간부가 되는 경우도 많아졌다. 작업장에서만큼은 가부장의 권위를 벗어나게 된 셈이다.[16]

이렇게 여성의 삶이 극적으로 변화하는 현장을 임순득은 예리하게 포착했다. 두 편이 모두 농업협동화가 여성 개인에게 미치는 영향을 다룬 '사회주의 농업협동화 주제'의 작품이다. 또한 전쟁에서 '가부장'을 잃은 여성들이 주인공급으로 등장한다. 이들 작품에서 임순

15 북한에서 '전쟁미망인'이란 말을 쓰지 않는다. 그리고 남한에서도 '미망인'이란 말이 가지는 여성에 대한 차별 때문에 이제는 잘 쓰지 않게 되었다. 다만 문학이나 역사 연구에서 6·25전쟁 후의 사회적 현상을 말할 때 일상적으로 쓰였던 용어이기에 역사적 용어로서 '전쟁미망인'이란 말을 쓴다.
16 김성보 외(기획), 『현대생활문화사 : 1950년대』, 창비, 2016.

득은 사람들의 관념 속에 남아 있는 여성 차별의식의 문제점과 그 문제점을 해결하는 하나의 방법으로 협동조합이라는 새로운 종류의 농촌공동체가 여성의 삶에는 어떤 실제적 영향을 미치는가에 주목했다. 「여작업반원들」은 젠더 문제를, 「어느 유가족의 이야기」는 섹슈얼리티 문제를 다루는 원형을 제공한 작품이기 때문에 이 두 작품을 집중적으로 분석하고자 한다.

「여작업반원들」은 제목 그대로 협동조합 작업반에 소속된 여성들이 어떻게 더 능률을 올리고 서로 도울 수 있을까 안을 내고 실천하는 이야기이다. 동명농업협동조합에는 여자들이 65%이다. 여자들은 남자 못지않게 일을 잘하고 열심히 한다. 그런데 여성조합원들의 불만은 탁아소와 유치원 문제를 해결하라는 것이다. 이들은 다른 가사노동을 하는 것도 힘들지 않은 것은 아니지만 특히 봐줄 사람 없는 아이 때문에 '노력공수'를 제대로 해낼 수가 없다고 다음과 같은 논리로 하소연 겸 문제제기를 한다. 노력공수勞力工數란 북한에서 일정한 제품을 생산하거나 일정한 종류의 작업을 수행하는 데 들인 노동의 크기를 노동일勞動日 단위로 측정하는 척도이다. 노력공수를 제대로 쌓아야 가을에 제대로 분배를 받을 수 있는 것이다.

우리 농촌 여성들이 달밤에 보탑[17] 쥐고 밭 갈고 씨 뿌리고 논 김맺기에 우리 군대가 그 군량 먹고 미국 놈을 몰아낸 것이다. 그러한 우리

---

17   보탑 : 쟁기의 손잡이.

들의 아픈 점을 조합에서는 잘 알고도 남는 것이다. 우리들은 조합 일도 남보다 잘하고 살림도 문화적으로 꾸미고 싶다. 탁아소와 유치원은 작년부터 말이 있었으니 밤낮 조막손이 달걀 만지듯[18] 수판만 튀기지 말고 어서 만듭시다. 말보다 실천이 제일이지요.[19]

사정이 이런데 남성 중심으로 이루어진 조합 관리위원회에서는 유치원은 아예 생각도 안 했고 농번기에만 임시로 젖먹이 달린 어머니들을 위한 '계절탁아소'만 열 생각을 했다는 것이다. 여성 조합원들의 강력한 문제 제기에 대해 관리위원회에서는 이렇게 답한다.

"말씀들 잘 들었습니다. 문제는 조합을 맡아 보는 제 자신이 치마를 못 둘러봐서 그렇습니다. 속한 시일 내에 해결하도록 힘써 보겠으니 의견들을 아무 때고 말씀해 주십시오. 탁아소 침대는 조합 창고 지으려고 마련해 둔 여유 목재가 있으니 우선 몇 개 만들겠습니다."

그렇다고 5·1절 추천 대회나 경로회는 아니 하는 것 아니니 지레짐작들일랑 말라고 관리위원장은 첨부하였다.[20]

---

18 조막손이 달걀 만지듯 : 사물을 자꾸 주무르기만 하고 꽉 잡지 못함을 비유적으로 이르는 말. 무슨 일을 성사시키지 못하면서 오랫동안 우물쭈물하고 있음을 비유적으로 이르는 말. 원문은 '쥠솜이 닭알 만지듯.'
19 임순득, 「여작업반원들」, 『조선여성』, 1956.9.
20 위의 글.

"치마를 못 둘러서" 여성들의 문제를 제대로 생각하지 못했다고 사과하고 '계절 탁아소' 같은 임시변통이 아니라 조합 사무실을 수리하여 탁아소로 쓰고, 리당사무실을 유치원으로 쓰는 것으로 해결을 보았다.

「여작업반원들」에는 이렇게 탁아소와 유치원 문제 말고 여작업반장 진옥실의 청춘의 문제가 하나 더 있다. 진옥실은 첫사랑인 현주가 전사한 뒤에 현주의 동생을 친동생같이 돌봐주면서 조합일에만 열심인데 시어머니가 될 뻔했던 현주 어머니나 다른 여성조합원들은 진옥실을 제대군인이고 조합세포위원장인 박상의와 맺어주려고 한다. 소설에는 경상도 사투리가 구수한 제대군인 박상의에게 악의 없는 농담으로 호감을 표하고 진옥실의 딱한 형편을 애달파하면서 두 사람을 결혼시키려는 여성조합원들의 입심 좋은 수다가 매우 경쾌하게 묘사되어 있다. 그리고 죽은 현수의 어머니이면서 여성조합원들 사이에서 어른 노릇을 하는 조어금이 더 열심히 진옥실을 시집 보내고 싶어 한다는 점에서 봉건적인 관념에서 훌쩍 벗어나 있다.

이밖에도 '여작업반원들'이란 제목에 걸맞게 여성들의 짧은 수다 속에 개성적인 성격도 생생하게 드러나고 있으니 협동조합이라는 새로운 공동체에서 여성들은 힘을 모아 자신들의 문제를 해결해 나가고 또 진옥실처럼 전쟁으로 애인을 잃은 여성의 문제도 해결하려 나서는 것이다. 시어머니가 될 뻔했던 노년 세대의 여성이 먼저 나서서 며느리 될 뻔했던 여성의 새로운 삶을 열어주려고 노력하는 것도 인상적이다.

「어느 한 유가족의 이야기」는 젊은 나이에 과부가 되어, 시아버지와 두 시동생, 조카, 자기 아이까지 여섯 식구의 가장 노릇을 하는 유정덕이 주인공이다. '전쟁미망인' 정덕이 협동조합의 후원으로 작업반장까지 하며 희망에 찬 미래를 그린다는 표면의 이야기 속에, 마찬가지로 젊은 나이에 과부가 된 아랫동서 옥금이가 다른 남자와 마음이 맞아 아이를 남겨 두고 집을 나간 것에 대해, 같은 여자로서 그녀의 심정을 이해하고 그녀의 행동을 옹호하는 진짜 주제를 담았다.

정덕의 남편은 일제시대 결혼하자마자 징용에 끌려갔다가 돌아왔는데 한국전쟁 당시에 학살당했다. 시동생은 전사했다. 그래서 정덕은 시아버지와 친부녀간처럼 의지하며 살아왔다. 시아버지의 모든 면을 존경하는 정덕이로서도 동의할 수 없는 한 가지가 동서 옥금에 관한 것이었다. 옥금이는 남편이 전사한 지 얼마 되지도 않아 아직 전쟁 중일 때, 평양에서 전쟁을 피해 온 젊은 사람과 눈이 맞아 어린 아들을 손위 동서 정덕에게 맡기고 집을 나가버린 것이다. 그러나 정덕은 같은 과부의 처지에서 옥금을 이해한다. 자신도 속으로 꿈꾸었지만 차마 하지 못한 행동을 한 옥금이를 성원하는 것이다.

아닌 게 아니라 그 당시의 정덕은 동서 옥금이가 물인둥 불인둥 모르고 새 정을 따라간 뒤 남들이 하는 대로 도저히 욕하고 비웃을 수는 없었다.

'홀시아버지 아래 조마구만한 아들 녀석 하나씩 바라고 새파란 청상
과부가 한 지붕 아래 둘씩이나 뭘 하자고……. 차라리 동세 자네라도
잘했네.'

이렇게 두둔하고 싶었고 어차피 뭇사람의 화살을 등 뒤에 맞으며 찾
아간 길인 바에야 마음 단단히 먹고 잘 살기를 바랐던 것이다.[21]

그러나 시아버지는 작은 며느리를 용서 못할 뿐만 아니라 큰 며
느리인 자기까지 의심하는 눈초리를 보내고 이 점에 대해 정덕은
"너무하신다"고 불복하는 마음을 감추지 않았다. 그리고 옥금이를
비난하는 것은 시아버지뿐만이 아니었다. 동네의 다른 여성들은
'도덕적 품성'을 내세워 내놓고 더 비난하였다.

"아버님, 기섭이로 말하면 제가 있는데 뭘 그러시는가요. 이왕 간 사
람 가지고 두고두고 그러시면 어디 그 사람 꿈자린들 편하겠어요?"

한번은 여맹 회의에 갔다 와서 정덕은 그 어떤 흥분을 참지 못하고
시아버지 앞에서 처음이며 마지막인 항변과 주장을 세워보았다. 회의
에서는 후방 여성들의 도덕적 품성과 관련하여 떠나고 없는 옥금의 문
제가 또다시 말썽이 되었었다.

"원 사람이 살다가 실수도 하지. 너무 그러지들 맙시다."

---

21 임순득, 「어느 한 유가족의 이야기」, 『조선문학』, 1957.6.

이 한마디를 했다가 도리어 정덕은 콧방을 맞았다.

"정덕 동무, 남의 집에서 그랬담 봐, 동문들 그리 선선하겠는가?"

"인섭 엄마, 임자 같으문야 동네 큰 경사 터진 셈이네."

이렇게 유독히 입심 센 나인네들도 있었으나 암만해도 정덕으로는 그런 말들은 지나가는 비양청에 달렸지 같은 동성으로서 그렇게만 해치울 수는 없었다.

"나는 뻐젓하다"고 치마꼬리를 내두르면 다 될 일은 아닌 것이다.[22]

이 대목에서 정덕은 시아버지는 그럴 수 있다 처도 같은 여성인 여맹의 사람들이 옥금이를 비난하는 것은 안 된다고 훨씬 더 강하게 생각한다. 그것은 정덕 자신이 여자로서, 과부로서 옥금과 똑같은 생각을 했기 때문이다.

'이 조무래기들 하고 앞으로 어찌 살랴!'

그 생각만 하면 당장 눈앞이 캄캄하고 세상살이가 그 무슨 업원만 같았다. 어떤 때는 살그머니 자기 어린놈만 둘쳐업고 친정으로나 가서 눈앞에 아무 경난도 겪지 말았으면 하는 생각도 지나갔다. 그 마음 가운데는 그 당시 30이 되려면 아직도 몇 해 기다려야 할 자기의 젊음에 대한 애석함도 있었고 남과 같이 구애 없이 희희낙락 살고 싶은 세상 욕심도 섞여 있었다.[23]

---

22 위의 글.
23 위의 글.

이렇게 정덕 자신의 고민이 있었기에 누구보다 옥금이를 이해할 수 있었고, 옥금이가 가출함으로써 현실적으로 제일 힘들어진 사람인 정덕 자신이 이해하고 용납할 수 있는 일을 다른 사람들이 남 말 하듯이 문제 삼아서는 안 된다고 하는 매우 강한 주장을 「어느 한 유가족의 이야기」는 담고 있다. 이 소설에서는 심지어 시누이 춘단이가 "여맹에선 또 도덕적 품성이지"하고 입을 삐쭉이는 장면까지 넣어두었다.

이처럼 해방 이후 북한에서는 공식적으로 여성문제는 없는 것으로 공표되었으나 사람들의 의식과 풍속에 깊이 배인 여성억압적 요소는 하루아침에 타파되는 것이 아니어서 일상생활 속에서 다양한 문제를 일으키고 있었다. 임순득은 이 점을 소설에서 포착하고 그것의 해결을 모색하는 데 작가적 역량을 기울였고 일정한 성과를 거두었다. '전후복구건설 및 사회주의기초건설 시기'의 임순득의 소설은 그 이전 경험한 적이 없는 협동조합을 꾸려나가는 과정에서 발생하는 다양한 문제들, 생산물의 소유와 분배를 둘러싼 이야기 외에 여성들이 당면한 절박한 문제를 제기하고 여성조합원들이 회의를 통해서 자신들의 문제를 해결해 나가는 모습을 그리는 데 성과를 거두었다. 임순득은 일제시대 자신이 주장했던 바대로 '여류작가'가 아니라 '부인작가'가 되어야 한다는 주장을 일관되게 실천했음을 확인할 수 있다.

이 작품에서 젠더 문제도 매우 예리하게 다루어지고 있지만 가장 중요한 것은 역시 섹슈얼리티이다. 전쟁미망인의 성적 욕망을 다룬 것으로 이후 북한의 여성문학에서 좀체 보기 힘든 것이다. 고난의 행군 이후 북한의 여성문학 특히 김자경 소설에서 다시 본격적으로 부상하기 전까지 이 문제는 수면 밑으로 가라앉게 된다. 그런 점에서 이 작품 역시 북한 여성문학에서 섹슈얼리티 문제에 있어서 원형을 이루는 작품이라고 할 수 있다.

제3장

리정숙

종속과 독립의 갈림길

1. 여성해방의 이념과 현실의 여성

리정숙은 1948년에 처녀작「초춘」을 발표하였지만 본격적인 작품활동은 전쟁 이후이다. 농촌, 공장, 어촌 등 다양한 소재와 주제의 작품을 썼는데 여성문제를 다룬 작품은 그녀의 작품 중에서 가장 돋보이는 영역이다. 대표적인 작품으로「선희」,「진실」 그리고 『산새들』 등을 들 수 있는 데「선희」가 농촌의 여성을 다룬 것이라면,「진실」과 『산새들』은 공장에서 일하는 여성노동자를 다룬 것이다. 북한문학사에서 소재와 주제의 선택에 있어 상대적으로 자율성이 많았던 시기인 1957년에 발표된「선희」는 북한의 여성문학이 공통적으로 지향하는 독립적인 여성상을 추구하고 있는 작품이다. 주인공 선희는 농장의 양돈장에서 양돈공으로 일하는 기능공인데 도시에서 내려와 자기 집에 머물고 있는 반장 준호한테 흠뻑 빠진다. 농촌에서는 보기 드문 단정한 모습을 갖춘 그를 사랑하기 때문에 그가 하는 일이라면 무엇이든지 복종하고 싶은 생각을 갖게 된다.

선희에게 준호의 모든 것 특히 강한 집행력이 마음에 들었다. 양돈장은 천이나 고무신을 만드는 공장과는 다르다. 공장에서는 생산 공정 자체가 질서를 요구하지만 살아 움직이면서 성장하고 새끼를 낳고 때로는 앓기도 하고 곧잘 성도 내는 돼지들을 가꾸는 양돈장에서는 규율에서 벗어나기는 쉬워도 규율을 세우기는 힘들다. 선희는 처음으로 남자가 가지는 굳센 의지와 힘을 존경하게 되었으며 어느덧 준호에게 복종하는 기쁨과 즐거움을 느끼게 되었던 것이다.[24]

준호는 선희의 이러한 태도를 자신의 일을 차곡차곡 해나가는 데 있어 하나의 수단으로 삼고 이용하고 있지만 이를 모르고 있는 선희는 오로지 반장의 모든 일을 지지하는 데서 자기 삶의 의미를 찾게 되었다.

주위의 빈정댐에 아랑곳없이 줄곧 준호만을 일방적으로 좋아하는 그녀는 준호가 아직 덜 자란 어린 돼지들을 빨리 짝짓기시키라고 요구했을 때 돼지를 망치는 일임을 알면서도 주위 사람들의 눈총을 받아가면서까지 준호의 의견을 지지하는 사태에까지 이르게 된다.

농장을 지원하여 도시에서 내려올 때부터 이곳에서 업적을 쌓아서 좀 더 좋은 곳으로 가려는 야망을 가지고 있었던 준호는 줄곧 목전의 성과에 집착한다.

---

24 리정숙, 「선희」, 『조선문학』, 1957.9.

확실히 준호는 의지의 완강성과 사업에 대한 열성을 가지고 있었다. 그러나 그는 그 좋은 것들을 좋게 사용할 줄 몰랐다. 오직 그는 자기의 장점들을 자기를 위하여 복종시킬 줄만 알았다. 군중사업을 하던 전 직장에서 그는 군중을 교양하기 위해서라기보다 자기 자신을 빛내기 위하여 더 많이 열심히 일하였으며 사업하였다. 결과는 그는 빛나지도 않았고 사람들은 그의 지도를 달가워하지도 않았다. 그러자 그는 갑자기 군중 사업이 숱한 노력에도 불구하고 착실성이 없는 것으로 느껴졌으며 전문 기술을 가진 그런 일을 해야겠다는 생각이 들었다. 그래서 그는 해방 전에 농업학교를 2년 다닌 것과 해방 후에 잠시나마 농장에도 있어 본 경험에 미루어 농장을 지망하였다. 처음에 그는 반장이라는 직위가 마음에 차지 않았다. 그러나 직위란 밑에서부터 쌓아 올라간 것이라야 확고부동할 수 있다는 생각에서 불만을 나타내지 않았다. 따라서 반장은 장차를 위한 임시적인 것이었다. 그런데 그 임시적인 것 역시 헐하지 않다. 그는 조급하여졌으며 사람들을 돌보고 이해할 마음의 여유가 없어진다.[25]

그렇기 때문에 선희가 키운 연약한 돼지가 기준치인 6마리를 낳았을 때, 100% 밖에 성과를 올리지 못해 자신의 업적을 내보일 기회를 잃어버렸다고 그녀를 질타할 정도다. 준호는 '장부 속의 숫자'에 집착하여 돼지 사육 자체에 대해서는 이렇다 할 관심이 없

---

25 위의 글.

다. 선희는 이런 사정도 모르고 오로지 한 남자를 사랑하기 때문에 맹목적으로 그를 지지한다. 준호의 의견을 따르는 것이 돼지를 망치는 일이라는 것을 주위 사람들 특히 친구인 옥분의 도움으로 자각하게 되면서 선희는 사랑하는 사람과 맞서는 고통에도 불구하고 때가 되지 않은 돼지를 짝짓기시킬 수 없다는 자신의 의견을 개진한다. 한 남자를 사랑하게 되면서 분별력을 잃었던 선희가 다시 자각하여 자신의 독자적인 주견을 갖는 사람으로 성장하는 것으로 마무리되었다.

준호는 어떤 횡포한 힘에 의해서라도 선희의 반항을 억눌러야 되겠다는 생각이 들었다. 어째선지 그는 자기가 선희를 그렇게 다룰 수 있는 자격을 가진 사람처럼 행동하는 데 습관 되고 있었다. 선희란 그저 그런 처녀가 아닌가.

"내년이 뭐요? 금년에 해야 하오. 아니 당장 말이요"

선희는 역정을 내고 있는 반장의 표정을 똑바로 쳐다보고 있었다. 눈이 치째졌다. 관자놀이에 핏줄이 섰다. 그러나 그 모든 것은 어쩐지 오늘 보잘것없는 것을 허울이 좋게 도색하고 있는 것 같았다. 그리고 선희 자신은 지금 고함치는 준호가 무섭지 않았으며 준호에게서 욕을 먹을까 겁내하지도 않았다.

"저는 그런 명령을 받을 수 없어요"

선희는 작은 소리로 말하였다. 마음은 조금도 떨리지 않는데 목소리가 떨리는 것은 이상하다. 그러나 준호는 완강한 사내였다. 어떤 더 강한 더 모욕적이라도 좋다. 그런 말을 하려고 한 걸음 앞으로 다가섰다. 그래도 선희는 해쓱한 이마를 치켜들고 있었다. 맑은 눈! 꼿꼿한 자세! 비로소 준호는 놀랐다. 순종을 좋아하던 연약한 이 처녀에게 지금 그 무슨 힘이 부여되었길래 이처럼 꼿꼿이 서서 당돌한 말을 주워 넘기고 있는지 이해할 수 없었다.[26]

그렇기에 마지막에 선희는 '준호의 사랑이 없어도 이전처럼 절망적인 슬픔과 괴로움에 잠겨 버리지 않으리라'는 마음을 갖게 되는 것이다. 이 작품에서도 기본적으로 여성들의 독립적이고 자주적인 삶을 이루기 위해서는 우선 여성 스스로가 자신을 세워야 할 필요성을 강하게 제기하고 있다. 아무리 환경이 좋아진다 하더라도 여성 스스로의 의식이 바로 서지 않는 한 여성들의 진정한 해방은 불가능하다는 인식이 깔려 있다.

여성들의 자의식과 더불어 이 작품에서 중요하게 다루는 것은 남성들의 권력추구적 욕망의 문제이다. 이 작품에 나오는 남성 모두가 그러한 것은 아니지만 준호에게서 전형적으로 드러나고 있는 것처럼 남성들의 끝없는 권력 추구가 어떻게 삶을 황폐하게 만들며 나아가 남녀의 불평등을 강화시키고 있는가가 심각하게 다루어지고 있다. 준호는 '장부상의 숫자'를 근거로 상부로부터 자신의 능력을 인정받고 나아가 더 좋은 자리로 옮겨가려고 하는 권력

---

26   위의 글.

추구의 야망을 강하게 가지고 있다. 그렇기 때문에 선희가 돌보는 돼지가 기준치 숫자의 돼지를 낳았을 때 그 약한 돼지가 선희의 보살핌 속에서 그렇게 안전하게 새끼를 낳았다는 것에 대해 기뻐하기보다는 기준치를 초과 달성하지 못했다고 오히려 화를 낸다. 또 자기와 상관없을 것이라고 믿는 내년과 내후년의 상황은 고려치 않고 오로지 자신의 업적이 될 올해의 성과를 내기 위해 때가 되지 않은 돼지의 종부를 종용한다. 이것은 준호의 권력욕이 당시 북한의 관료주의와 결부되어 어떻게 악화되고 있는가 하는 것을 잘 보여준다. 남성들의 권력 추구와 이를 조장하는 관료주의라는 구조가 결국 북한 사회의 남녀평등을 어렵게 만드는 것이며 그렇기 때문에 여성들의 역할이 매우 중요하다고 보고 있는 것이다.

2. 국가사회주의 공업화와 여성

리정숙의 다른 단편인 「진실」[27] 역시 여성문학의 성격을 강하게 띤 작품이다. 물론 이 작품의 화자는 남성으로 설정되어 「선희」라든가 「산새들」과는 좀 다른 형식이지만 실제로 이 작품의 주인공에 해당하는 직포공 봉녀와 수리공 관호의 이야기가 주를 이룬다는 점에서 여성문학적 측면에서 이야기할 수 있는 작품이다. 화자인 수

27　리정숙, 「진실」, 『조선문학』, 1959.8.

리 견습공 찬수가 자기에게 기술을 가르쳐주는 관호가 같은 직장에서 직포공으로 일하면서도 기계에 대해 잘 알고 있는 봉녀와 서로 티격태격 하면서도 사이좋게 일하고 나중에는 관호와 봉녀가 서로 좋아하게 되는 과정을 관찰하는 형식으로 되어있다. 그 과정에서 찬수가 남녀가 사랑하게 되는 길에는 첫눈에 반하는 경우도 있지만 그보다는 서로 생활하면서 상대방 없이는 자신의 미래를 생각하기 어렵게 될 때 비로소 사랑하게 되는 것이 더욱 지속적이고 바람직한 길이라는 것을 깨닫는 인식의 과정이 들어 있다.

이 작품에 등장하는 여주인공 봉녀 역시 직장에서 자신의 일을 확고하게 가지고 있으며 어떤 사람의 간섭도 허락하지 않을 만큼 자신의 독자적인 영역을 확보하고 있다. 그뿐 아니라 남성수리공을 비롯하여 어떤 남성들에게도 자신의 뜻을 굽히지 않은 만큼 자신이 정당하다고 생각하는 일에 대해서는 물러서지 않고 당당하게 일한다. 수리공들의 불성실한 정비 탓으로 심사에서 불합격을 맞았을 때 그는 작업 총화회의 석상에서 평소에 잘 지내는 수리공을 비판하는 이야기를 서슴지 않고 할 정도이다. 이러한 점은 리정숙의 다른 작품은 물론 북한의 여성문학에서 일반적으로 드러나는 공통점이라 할 수 있다.

그런데 이 작품에서 돋보이는 것은 남녀 간의 사랑의 문제를 여성적 시각에서 그려내려고 한다는 점이다. 올바른 남녀 간의 사랑이란 서로 일을 하는 생활의 과정에서 만나고 그 속에서 상대방을 이해하는 과정이 전제되어야만이 평등에 기초한 진정한 사랑이

가능할 수 있지, 그렇지 않을 때 그것은 동지적 사랑이 될 수 없음을 강조하고 있다. 독자적인 삶의 영역을 확보하고 그것을 기반으로 독립적이고 자주적인 삶을 가꾸어 나가는 문제에 그치지 않고 이처럼 사랑의 문제에서 남녀 간의 평등이 어떻게 가능할 수 있겠는가 하는 문제를 탐구했다는 점에서 이 작품은 여성문학 작품 중에서 이채를 발한다. 대부분의 다른 작품들이 독자적인 삶을 영위해 나가는 여성들이 남성 중심의 세계에서 받는 고통과 갈등을 그린 것인 반면, 이 작품은 남녀 간의 평등 같은 것이 문제 되지 않거나 혹은 될 수 없을 것처럼 여겨지는 남녀 간의 사랑이라는 영역에서 이 문제를 제기했다는 점에서 리정숙의 여성적 시각의 섬세함을 읽을 수 있다.

리정숙의 여성문학 작품 중에서 매우 독특한 색채를 발하는 작품이 중편 『산새들』[28]이다. 이 작품이 『조선문학』에 연재되던 1961년 말과 1962년 초는 북한 사회 내에서 천리마 운동이 한창 달아오를 때이고 문학계 내부에서도 이에 조응하여 이른바 천리마 기수의 전형을 창조해야 한다는 문예정책이 작가들에게 요구되던 무렵이다. 당시의 이런 분위기에 영향을 받은 탓인지 이 작품에는 항일혁명운동 회상기를 여성노동자들이 읽어 가는 장면의 세부 묘사라든가 혹은 등장인물들이 속해 있는 작업반이 마지막 대목에서 천리마 작업반 운운하는 것 등이 들어 있어 당시 천리마

---

28 리정숙, 『산새들』, 『조선문학』, 1961.12~1962.2(3회 연재). 이후 1966년 조선문학예술총동맹 출판사에서 단행본으로 발간되었다.

운동의 사회적 분위기로부터 크게 벗어나 있지 않음을 보여준다. 그런데 이 작품은 그러한 것에 함몰되어 있지는 않다. 즉 이 시기의 많은 작품들처럼 천리마 기수의 전형 창조로 일관하거나 영웅적 긍정적 주인공의 성격화로 빠지지는 않고 있다.

이 작품은 당시 방직공장의 작업반에서 같이 일하는 여성노동자들의 생활모습과 갈등을 아주 섬세하게 그려내고 있어 여성문학으로서 독특한 세계를 창조하고 있다. 주인공인 정애는 다른 작업반에서 일하다가 3작업반의 침체를 극복하기 위한 대안으로 새로운 작업반장으로 이동하여 일하게 된다. 이 작업반에서 이미 작업반장으로 일하고 있던 명자나 항상 침울한 봉숙이가 자기보다 기능이 우수하다는 점을 알고 있기에 처음에 머뭇거리다가 결국은 반장일을 맡게 되는 정애의 성격이 가장 두드러지게 나타나고 있지만 그 외에도 개성적인 여러 여성인물이 나오고 있다. 성격이 쾌활한 반면, 옷도 제대로 입고 다니지 않고 심지어 귀찮다고 맨발로 작업장을 뛰어다녀 주위의 빈축을 살 정도로 발랄하기 그지없는 옥희, 이 작업반 내에서 가장 기능이 우수할 뿐만 아니라 빈틈없이 일을 하여 타의 모범이 되기는 하지만 쌀쌀하기 때문에 항상 주변 동료로부터 따돌림을 받거나 혹은 사이가 좋지 않게 되어 결국 작업반장 자리마저 내놓아야 하는 상황을 맞이한 명자, 전쟁 고아로서 초등학원과 초등중학교를 마치고 공장에 들어와 일하지만 어린 티를 완전히 벗지 못해 항상 울먹거리는 금전, 남편과 아이를 둔 기혼 여성으로 가정과 직장 사이에서 어쩔 줄 모르는 춘실, 그리고 치안대에 가담했던 큰아버지 때문에 받은 상처로 끝내 이중적 성격을 가질 수밖에 없었던 봉숙 등이 각각 독특한 개성을 지닌 인물로 성격화 되어 있다. 정애가 작업반장으로 들어온 이후 이들은 각각 자신이 갖고 있는 슬픔과 문제를 이겨내면서 당당한 여성 노동자로 성장하는 것으로 그려져 있다.

그런데 이들 작품에 등장하는 인물들 모두가 개성적으로 그려져 있기는 하지만 특히 춘실과 봉숙 같은 경우는 이 시기 북한 여성들의 고뇌와 갈등을 한층 예리하게 보여주고 있다. 춘실은 직장에 나와 일을 하면서도 집안일 때문에 마음 편안하게 하지 못한다. 아이도 그러하지만 남편의 일이 항상 마음에 걸려 때로는 직장 일을 그만둘까 하는 생각마저 한다. 그런데 남편 때문에 전전긍긍하는 이유가 남편이 아내의 일을 막는다든가 집안의 일을 도와주기 않기 때문에 생기는 갈등이 아니고, 남편이 항상 외조를 하지만 그것이 마음 깊은 곳에서 우러나온 것이 아니라는 점이다. 인민위원회에서 일을 하는 남편으로서는 국가의 일이니 아내가 공장에서 일해야 한다고 하지만 그 아내와의 사이에 진정한 유대를 느끼지 못하고 항상 겉돌고 있다. 아내는 이것이 바로 자기가 밖에서 일을 하기 때문에 그런 것이라고 생각하고 전전긍긍하는 것이다. 이러한 면은 당시 북한 사회에서의 여성의 노동이 갖는 사회적 의미를 아주 잘 보여주는 대목인데, 대부분의 여성들이 전후에 직장에서 일을 하게 된 데에는 스스로 원하는 측면도 있지만 유휴노력의 활용이란 측면에서 국가적으로 이루어진 동원이라 항상 문제의

소지를 갖고 있다. 국가적 측면에서 이루어진 것이라 함부로 비판할 수는 없고 그렇다고 그것을 진심으로 흔쾌히 받아들일 수 있는 남성들의 의식이 뒷받침되어있지 않기 때문에 어성버성한 느낌이 부부 사이에 들어올 수밖에 없는 것이다. 작가는 바로 이러한 측면을 놓치지 않고 그려내고 있다. 이 작품에서는 이 대목이 다소 단순화된 느낌을 수고 있으나 당시 북한에서의 여성문제의 핵심을 꿰뚫고 있는 부분이라 할 수 있다.

이 작품에 등장하는 여성노동자 중에서 흥미를 끄는 또 다른 인물은 봉숙이다. 봉숙은 기능이 우수함에도 불구하고 동료들에게 무언가 숨기고 있는 듯한 느낌을 줄 정도로 항상 우울하고 때로는 이중적인 것처럼 보인다. 그럴 수밖에 없는 것은 해방 전에 부모를 잃고 큰아버지 댁에서 컸는데 그 댁이 한국전쟁 때 치안대를 했을 뿐만 아니라 이후 월남하지도 못하고 북한에 남아 끊임없이 그녀를 괴롭히는 것이다. 그가 한때 입은 은혜 때문에 모른다 할 수 없어 여러 가지 명목으로 달라는 돈을 주면서도 마음속으로는 죄를 짓는다는 생각 때문에 혼자 근심을 할 수밖에 없다. 전쟁 시기 남쪽에 협조적이었던 치안대를 했다는 것은 매우 예민한 문제이기에 누구에게 속시원하게 털어놓지 못하고 혼자 끙끙 앓는 수밖에 없다. 그래서 그는 밝은 얼굴을 가지지 못하고 항상 수심에 쌓인 채 살아간다. 그러기에 어떤 때는 밝았다가 어떤 때는 정반대가 되어 주위 동료로부터 의심을 사게 된다. 결국 새로운 작업반장 정애의 도움으로 저간의 사정을 털어놓고 주위 동료들의 비판을 받으면서 다시 신뢰를 얻게 된다.

　이 작품에서 정애라는 여주인공은 자신 스스로 갖고 있는 문제점들을 하나씩 극복해 가는 동시에 작업반의 동료 여성노동자들이 각각 갖고 있는 슬픔과 갈등을 이겨내고 이 직장에서 정상적으로 일을 할 수 있도록 도와줌으로써 이 작업반을 이 직장에서 가장 훌륭한 반 중의 하나로 성장시킨다. 작가는 이렇게 다양한 개성을 갖고 있는 인물들을 결코 영웅화시키거나 혹은 단순 긍·부정의 도식 속에 놓지 않고 북한의 역사 속에서 그들이 갖게 되는 개성적인 성격을 충분히 보여주고 있다.

　이상에서 보았던 것처럼 리정숙의 작품 중 여성문제를 다루고 있는 작품은 여성의 남성에 대한 종속과 독립의 갈림길에서 자주적인 길을 걷게 되는 여성의 성장과정을 중점적으로 다루고 있다. 그렇기 때문에 그의 작품에서는 진취적이고 자주적인 여성을 처음부터 그려내는 것보다는 남성과의 관계에서 흔들리고 있는 여성들의 갈등과 고민을 보여주면서 그들이 어떻게 이 난관을 극복하고 홀로 서게 되는가 하는 것을 형상화하고 있다. 이 점에서 그녀는 제도와 괴리되어 있는 낙후한 여성들의 의식을 다룬 앞의 임순득이나, 자주적이고 진취적인 여성이 슈퍼우먼으로서 겪는 삶의 과정을 그리고 있는 뒤의 강복례와는 일정한 차이를 갖고 있다.

제4장

강복례

주체문학 속의 여성문학

1. 여성의 자기비판

강복례는 1960년부터 작가활동을 시작하여 고난의 행군 이후까지도 작품을 발표할 정도로 주체문학의 한복판에서 활동한 작가이다. 그리고 수령형상문학이 주류를 이루는 문학계 분위기에서도 여성문제를 다룬 작품을 발표하였다는 점에서 매우 특이하고 소중한 여성작가이다. 여성의 눈으로 세계를 바라보고 작품을 쓴다는 것이 끊어지지 않고 이어지고 있는 양상을 가장 잘 보여주는 작가라고 할 수 있다. 그의 작품은 주체문학이 주류가 되기 이전부터 주체문학이 다소 약화되는 시기까지를 관통하는 것이기에 여성의 다면성을 아주 잘 보여주는데 이는 다른 여성작가에서는 발견하기 힘든 특징이다.

강복례가 평양문학대학을 졸업하던 해인 1960년에 발표한 처녀작 「수연이」[29]는 이러한 경향을 보여주기 시작한 것으로 이후 그의 창작활동의 이정표가 되는 작품이다. 1959년 이후 북한의 문단에서는 이른바 천리마 기수의 전형을 창조하라는 것이 하나의 운동으로 전개되었는데「수연이」는 당시의 이런 흐름과 일정한 거리를 가지고 있다. 농촌의 조합에 있는 진료소에서 간호원으로 일하고 있는 수연이는 같은 진료소에서 일하던 준의사 경희가 남편을 따라 도시로 나간 후에 새로 부임한 진료소 소장 현호와 함께 일하면서 이전에는 맛볼 수 없었던 희열을 느낀다. 과거에는 정해진 일을 하는 것에 만족하고 살았지만 이제는 스스로 일을 찾아 나서게 되고 그 과정에서 이 마을에 살고 있는 주민들에게 환영을 받는다. 이전에는 최소한의 일을 하는 소극적 방식이었다면 현호와 함께 일하면서는 그의 무언의 자극에 힘입어 적극적인 방식으로 일을 하는 쪽으로 바뀌고, 직장생활을 결혼까지의 유보된 삶 정도로 간주하던 소극적 경향으로부터 벗어날 수 있게 된다. 현호의 애인인 간호사 영애가 도시에 남을 것인가 아니면 애인을 따라 농촌으로 갈 것인가의 갈림길에서 고민하다가 도시에 대한 미련을 버리고 이 마을로 찾아온 것을 보고 수연이는 새로운 미개척지에서 진료소 생활을 하기 위하여 혼자서 떠나는 것으로 마무리된다. 비록 현호와의 생활에서 자극받았기는 하였지만 혼자서 미지의 세계로 들어갈 용기와 자세를 갖게 된 수연이의 모습은 남편을 따라 도시로 간 경희나 애인을 따라 농촌으로 온 영애와 확연히 대조된다.

강복례는 여성의 일상을 기반으로 한 여성소설을 다수 발표하

---

29   강복례의「수연이」는 『조선단편집』 2(문예출판사, 1978)에 수록되어 있다. '1960년 작'으로 부기되어 있는데, 최초의 발표지면은 확인하지 못했다.

였다. 특히 흥미로운 것은 여성들의 다양한 측면 심지어 부정적 양상마저도 가차 없이 그리고 있다는 점이다. 보기에 따라서는 여성에 대한 부정적 측면을 과도하게 그려 남성들에게 면죄부를 주는 것으로 읽힐 수도 있지만 강복례는 일상의 차원에서 제기되는 여성과 관련된 문제에 대해서는 가감 없이 그려내는 것이 특징이다. 1977년 5월 『조선문학』 잡지에 발표한 단편소설 「신념」은 그러한 경향의 대표적인 작품이다. 이 작품의 주인공 리철숙은 전쟁미망인으로서 현재 지배인의 위치에 오른 인물이다. 인조 가죽 같은 것을 만드는 공장에서 지배인으로 일할 정도로 그동안 열심히 일을 하였다. 전사한 남편 사이에서 태어난 아들을 잘 키워 지금은 손자손녀를 두고 행복한 일상을 누리고 있다. 그러다 보니 현재에 안주하고 공장이 큰 문제 없이 현상유지로 흘러가는 것에 만족할 뿐이다. 다른 공장들이 새로운 설비를 도입하여 생산력을 높여가는 것과는 매우 대조적이다. 그러니 공장 내에서는 불만이 터져 나온다. 특히 3대혁명소조원으로 내려온 옛 동료의 아들 엄재식은 자기의 친어머니만큼이나 가까운 지배인이 이렇게 안주하는 모습을 보면서 비판한다. 지배인까지 오른 여자는 무언가 남다를 것이라는 인식을 갖고 있기에 더욱 강하게 비판한다. 남자들이 대부분 지배인을 맡은 현실에서 여자가 지배인으로 일할 때에는 무언가 달라야 한다고 생각하기 때문이다. 어떤 점에서 보면 남자들에게 요구하지 않는 것을 여자에게 요구하는 것 자체가 여성성에 대한 고민이 없다고 볼 여지도 있다. 실제로 그런 측면이 없는 것은 아니다. 아무리 집안 내에서 할머니이긴 하지만 어쨌든 집안의 일이 있는 사람이 밖에 나와 지배인 일을 한다는 것이 쉽지 않은 것이다. 그렇기 때문에 오히려 이런 인물이 내면적으로 겪는 고민을 충분히 살리는 것이 필요할 텐데 그런 방향보다는 여자가 현실에 안주하는 것으로 그린 것은 여성에 대한 몰이해라고 할 수도 있다. 하지만 강복례는 오르기 힘든 지배인의 위치에 오른 여성이 다른 남성들과 마찬가지로 현실에 안주하게 되는 것을 안타깝게 생각하는 마음으로 이런 작품을 쓴 것으로 보인다. 이러한 점은 뒤에 발표한 「직장장의 하루」에서 확인할 수 있다.

2. 슈퍼우먼 콤플렉스와 여성성의 천착

「직장장의 하루」[30]에서는 말 그대로 직장장의 하루를 통하여 여자들이 집안일과 집 바깥의 일을 동시에 하면서 남성들은 경험할 수 없는 다양한 짐을 지고 살아가는가 하는 점을 그리고 있다. 강복례가 결혼한 주부들의 이야기를 그려낸 데에는 우선 그 자신이 이제 나이가 많이 든 데에도 있겠지만 무엇보다 여성들의 독자적이고 당당한 생활을 가로막는 것 중에 가장 큰 장애가 바로 결혼 후에 남편과 아이와 더불어 만들어 나가는 가족이란 것이라는

---

30   강복례, 「직장장의하루」, 『조선문학』, 1992.8.

점을 잘 알고 있기 때문이라고 생각한다. 여성해방의 차원뿐만 아니라 유휴노동의 활용이란 측면도 고려되기 때문에 북한 사회에서 여성들의 취업은 당연한 것이고 여성들의 사회 진출이란 문제는 가볍게 취급되지 않는다. 문제는 사회활동을 하는 여성들이 직장과 가정의 일을 다 해야 하는 데서 심각한 갈등이 제기되는 것이다. 특히 남성들의 의식 속에 깊이 박혀있는 남성중심주의적인 사고는 바로 이러한 갈등의 원천이 되곤 한다. 강복례는 이 작품에서 이러한 현실의 어려움 속에서도 좌절하지 않고 끝내 자신의 당당하고 자주적인 삶의 방식을 만들어 나가는 여성을 그려내고 있다.

두 아이의 어머니로서 대학 강좌장의 직위를 가진 남편의 뒷바라지를 하면서 방직공장 직장장의 책무를 다한다는 것이 쉬운 일이 아니기 때문에, 근무조건이 편한 직장으로 바꾸어 볼 생각도 하기도 하고 때로는 직장 자체를 그만둘까 하는 생각마저도 한다. 저녁에 퇴근한 후에도 같은 직장에서 일하는 수리공의 결혼식과 피로연에 참석하기 위하여 아이들한테 제대로 밥상을 차려주지도 못하고 밤늦게까지 밖에서 살아야 하는 그의 처지에서 이러한 생각은 결코 무리한 일이 아니다. 우수한 기능공이지만 결혼한 후에 직장 때문에 남편과 불화를 겪기도 하고 애들한테 더 많은 시간을 내주지 못해 힘들어 하는 같은 직장의 기능공 탄실이 공장을 그만둘까 한다는 소문을 듣고 난 다음 그녀에게 하는 주인공의 다음 말은 비단 탄실에게만 해당되는 것이 아니고 결혼한 후에도 직장을 가지려고 하는 북한의 기혼 여성 전체의 이야기인 것이다.

"탄실이, 그러고 보니 이건 남편들보다 우리 여성들 자신의 문제가 아닐까? 집 살림도 더 알뜰하고 깐지게 하고 아이도 더 잘 키우고 그러면 어느 남편이 공장에서 큰일을 할 수 있는 혁신자를 집에 들어와 놀라고 하겠어 …… 그런데 우리 스스로가 사소한 곤란을 이기지 못해서 공장을 그만둘 생각부터 하니 이건 얼마나 의지가 약한 표현이니."[31]

결국 집안에서도 책잡히지 않게 일을 잘하고 집 바깥에서도 여자니까 그렇다는 소리를 듣지 않기 위해 일을 잘해야만 이 난관을 극복할 수 있다고 하는 작가의 지향이 분명히 드러나고 있다. 현재와 같은 조건에서 여성들이 자신의 독립적이고 자주적인 삶을 찾기 위해서는 이른바 '슈퍼우먼'이 될 수밖에 없는 것이 오늘날 북한 사회에서 여성들이 겪는 삶임을 정직하게 보여준다고 할 수 있다. 「수연이」에서는 결혼 전의 여성, 「직장장의 하루」에서는 결혼 후의 여성의 삶이란 차이가 있지만 공통적으로 그녀가 겨냥하는 것은 사회 속에서의 여성들의 당당한 삶이다.

독립적인 여성의 삶에 대한 관심을 줄곧 보여준 강복례의 작품 중에서 여성문학과 관련하여 흥미 있는 작품 중의 하나가 중편소설 『다시 전선에서』[32]이다. 이 작품은 한국전쟁을 다룬 여타의 북한 작품처럼 전투장면을 다루는 것이 아니고 부상병들이 치료를 받게 되는 군의소를 무대로 하고 있다. 이 작품에서도 독립적이고

---

31   위의 글.
32   강복례, 『다시 전선에서』, 문예출판사, 1989.

자주적인 삶을 누리려고 하는 여성들의 지향이 잘 드러나고 있다. 이 작품의 주인공 서은숙 군의는 연대 군의소에서의 자기의 임무를 다하기 위해 분투하는 인물로서 다른 사람들로부터 여자이기 때문이라는 말을 듣지 않기 위해서 자신의 임무에 투철하다. 대학 시절에 여자에게는 어울리지 않는다고 하여 외과의 같은 것은 아예 염두에 두지도 않았던 서은숙이지만 선생터에 나와 생활하면서 자연스럽게 외과의사로서의 직무를 충실히 수행하는 사람으로 바뀐다. 여자이기 때문에 어떤 일에서 남자와 구별되어야 한다든가 혹은 아예 남자의 영역으로 정해진 일에는 관심을 두지 말아야 한다든가 하는 것은 기본적으로 잘못된 것이라는 작가의 생각이 깔려 있는 것이다. 이러한 점은 군의소에서 고된 간호원 생활을 그만두고 사무실에서 일하는 보직으로 옮기려고 하는 어린 춘화와 같은 여성이 서은숙을 비롯한 주위의 독려와 고무로 인하여 결국 자신의 직분에 충실한 사람으로 바뀌어나가는 대목에서도 확인할 수 있으며, 그런 점에서 이 작품은 기본적으로 작가의 주된 관심인 여성의 독립적인 삶에 대한 희원을 그대로 담고 있는 작품임을 알 수 있다.

그런데 이 작품에서 우리의 주목을 끄는 점은 비단 여기에 그치는 것이 아니다. 이 작품에서는 앞선 작품에서는 보기 어려웠던 작가의 독특한 시각을 읽어 낼 수 있는데 그것은 남성들의 실무주의적이고 관료적인 측면과 대조되어 나타나는 여성들의 사랑에 기초한 일의 처리 방식이다. 이 점은 연대 군의소에서 일하고 있는 두 사람의 성격 대조에서 잘 드러나고 있는데 연대 군의소를 책임지고 있는 문기범과 연대 군의소에서 군의로 일하고 있는 서은숙이 일을 처리하는 방식에서 각각 다르다.

문기범은 군대의 규율이 가르치는 대로 살아가는 사람이다. 그렇기 때문에 그는 죽어 가는 사람을 살려내야 한다는 생각에 앞서 군대의 규칙을 지켜야 한다는 것이 항상 우선일 수밖에 없다. 연대 군의소에서는 절대로 수술을 해서는 안 되고 오로지 간단한 처지와 더불어 사단 군의소로 환자를 후송하는 임무만을 담당해야 한다고 규정되어 있기 때문에 그는 상황과 관계없이 무조건 환자를 후송시킨다. 후송과정에서 죽을 수 있는 환자이기에 연대 군의소에서 수술을 하는 것이 현명한 처사임에도 불구하고 나중의 책임을 피하기 위해 무조건 환자를 후송시키는 것이다. 과거에 그는 이런 규정을 어겼다가 혼난 일이 있었기 때문에 긴급한 환자를 수술하려고 하는 서은숙 군의에 대해 규율을 지키지 않고 자유주의적으로 일한다고 비판한다. 이에 반해 서은숙은 그런 실무적 차원에서 일을 해서는 안 되고 인간에 대한 사랑으로 임해야 한다고 믿고 있기에 수술하는 것이 바람직하다고 판단될 경우는 그 규칙을 떠나서 일을 한다. 서은숙 자신이 부상당했으면서도 끝까지 환자를 수술해내는 강인한 인간애를 보면서 문기범 군의소장이 마음을 바꾸게 되는 것으로 마무리하는 데서 서은숙의 인간애와 사랑의 원칙이 문기범의 실무의 원칙을 넘어서야 한다는 작가의 전망을 읽을 수 있다. 강복례는 전쟁이라는 상황 속에서 대처하는 이

두 남녀의 방식을 통하여 남녀 간의 차이를 제시하고 특히 여성이 갖는 사랑의 힘을 강조하고자 했던 것으로 볼 수 있을 것이다. 이 점은 성의 차이에 따른 이런 구별이 과연 현실성을 갖는가 하는 문제를 떠나서 그의 작품에서 줄곧 나타나는 독립적인 여성상의 추구와 깊은 관련을 맺고 있는 것이면서 동시에 거기에서 한 걸음 더 나아가 남녀 불평등을 새로운 차원에서 극복하려고 하는 선망에 닿아 있음을 알 수 있다.

제5장

최상순
여성성의 재발견

1. 1980년대 북한문학과 최상순 소설의 새로움

최상순의 『느티나무』는 1980년대 후반 농촌 현지 체험을 근거로 창작한 것으로 국가사회주의의 농촌 문제를 내부로부터 그린 것으로 특히 여성의 눈으로 보았기 때문에 기존의 농촌을 다룬 북한 작품과는 현저하게 다르다는 점에서 주목을 요한다. 북한이 현재 겪는 문제가 다양하지만 아주 오랫동안 지속된 것 중의 하나가 바로 농촌문제이다. 북한식 공업화와 도시화 속에서 도시와 농촌 간의 격차가 심해지면서 사람들이 농촌에서 살지 않으려고 하는 심각한 문제가 제기되었다. 나라에서는 식량의 생산 문제 때문에 농촌의 중요성을 반복적으로 선전하지만 사람들은 농촌을 버리고 도시로 가려고 한다. 도시를 가지 못할 때조차 도시를 꿈꾸면서 살기 때문에 농촌은 더욱 황량해지는 것이다. 그런데 농촌의 식량 생산 문제는 나라의 운명이 걸린 문제이기 때문에 이데올로기적 선전을 통한 동원을 통해 이를 해결하곤 하지만 임시방편에 불과할 뿐이다. 이러한 농촌 문제를 다루는 북한의 소설은 많지만 대부분 도시를 버리고 농촌을 선택하는 미담을 다루는 것으로 일관하였다. 그런데 최상순은 이러한 안이하고 상투적인 접근을 버리고 전혀 다른 방식으로 접근한다. 농촌지원을 활용하여 도시로 출세 승진하는 인물의 내면을 통하여 그 근본적인 문제에 접근하는 방식이다. 북한 소설에서도 이러한 것은 매우 독특한 것인데 최상순이 여성의 눈으로 남성들의 출세 지향과 도시화를 문제 삼았기 때문에 가능한 일이었다. 그런 점에서 이 작품은 북한 여성문학에서 매우 중요한 대목을 차지하게 된다.

이 작품은 20년간 농촌에서 기사장으로 일하던 리학렬이 평양으로 소환되어가는 소식을 접하고 정들었던 농촌 마을을 떠나는 것을 주된 서사로 하여 과거와 현재를 넘나드는 형식이다. 가령 작품의 첫 장면은 소환되는 소식을 듣고 한편으로 기쁘고 다른 한편으로는 불안해하는 모습이다.

그는 이틀 전에 군에 올라갔다가 자기를 농업위원회 부처장으로 소환한다는 소식을 들었다. 순간 그는 자기가 잘못 듣지나 않았는지 의심하였다. 잠시 후에는 무어라 설명할 수 없는 어색한 미소를 지었다. 그것은 한때 자기 자신의 소원이었으며 생애의 퍼그나 긴 구간의 목표였었다. 생각해보면 그때 벌써 이런 날을 위하여 생을 조직한 셈이며 목적 실현을 위해 행동 개시한 것이었다. ……이렇게 오랜 세월이 지난 후에 그때의 뜻대로 된 것이 어이없었다.

이제 사람들은 나를 축복해 줄 것이다. 선망의 눈길들도 있으리라. 하지만 이런 때 내가 어떻게 처신하는가 의혹을 품고 자세히 눈여겨보는 사람들이 있을 것이다. 그들이 바로 나의 가장 가까운 사람들이며 누구보다 나를 잘 아는 사람들이다. 그렇다. 그들은 나의 이 생애의 전환점을 놓고 묵묵히 주시할 것이며 어쩌면 나를 두고 경멸할 것이다.[33]

리학렬이 농업대학을 졸업한 후 배치받은 곳은 평양의 농업위원회였지만 그 생활보다는 농민들이 직접 농사를 짓는 농촌에서 기사로서 일하는 것이 자신의 앞길을 위하여 더욱 도움이 된다는 생각으로 부인을 평양에 남겨 두고 혼자 농촌을 선택한다. 리학렬은 이 농촌지원이 오래가지 않을 것이라고 믿었고 그사이의 경력이 향후 자신의 출세에 큰 도움이 될 것이라고 생각하였기 때문이다. 그런데 막상 농촌 생활이 길어지고 부인이 아이를 데리고 농촌으로 들어오면서 갈등이 시작된다. 자신의 도시지향과는 달리 잠시의 방편으로 농촌에 와 있는 것이지만 자신의 일에 긍지가 높은 리학렬은 이를 미래를 위한 투자로 간주하고 매진하여 다양한 농사 기구들을 창안한다. 이 작품의 마지막 대목은 리학렬이 농촌의 이 마을을 떠날 때의 심정이다.

그 군상의 한가운데 맨 앞에서 서서히 손을 흔들고 선 김부선의 유

---

33 최상순, 『느티나무』, 문학예술출판사, 1991, 1쪽.

표한 모습이 불현듯 진하게 확대되어 리학렬의 눈앞에도 정희의 눈앞에도 거연하게 떠올랐다. 언제나 꺼질 줄 모르는 정열과 의지가 마음속 깊이에서부터 고요히 불타 나오는 검은 눈, 비가 오나 눈이 오나 사철 들에서 까매진 철색 피부의 지혜로운 갱핏한 얼굴, 그 어떤 주저도 거짓도 모르는 냉철한 표정, 이 마을과 함께 풍상고초를 다 겪으며 어느새 희슥희슥 흰 서리가 내리기 시작한 귀밑머리, 변함없이 싱싱한 체격······ 이들에게는 그 여자의 완숙하고 친근한 지금의 모습과 함께 이 고장에 처음 왔을 때 보았던 30대의 젊고 생동하던 모습이 엇갈리면서 가슴에 사무치게 안겨 왔다.[34]

관리위원장 김부선은 리학렬과 같은 유능한 기사가 내려왔을 때부터 언젠가는 평양으로 올라갈 사람이라는 것을 직감하고 가능한 한 이 농촌마을에 머무는 시간을 늘리려고 노력한다. 그러면서도 대부분의 능력 있는 남성기사들이 농촌에 오래 머물지 못하고 도시로 가는 것을 보았기 때문에 리학렬도 마찬가지일 거라고 생각하고 항상 마음의 준비를 하고 있었다. 그렇기 때문에 리학렬이 소환을 받아 평양으로 떠나는 날 큰 동요 없이 이를 받아들이고 자기는 계속하여 농촌에 머문다. 이를 지켜보는 리학렬의 내면은 한층 복잡하다. 30대에 만나 지금은 50대가 되어버린 전쟁미망인 관리위원장의 배웅을 받을 때 이런 사람들이 농촌을 지켜주는 것

---

34   위의 책, 320쪽.

이고 자기와 같은 인물은 아니라는 생각을 하게 되는 것이다.

2. 여성관리위원장의 재현과 여성성

관리위원장 김부선은 전쟁 통에 남편을 잃고 아이 하나만 키우면서 여성의 특유한 섬세함과 소통력으로 관리위원장직을 아주 잘 수행한다. 보통 관리위원장은 주로 남성들이 맡지만 김부선이 여자로서 이 산골의 협동농장의 관리위원장직을 잘 수행할 수 있는 것은 자기가 태어난 마을에 대한 자부심 덕분이다. 그런데 여자이기 때문에 관리위원장직을 맡아 잘 수행하는 것이 간단치 않다. 그중에서 가장 큰 문제가 육아이다. 남북 모두에서 공통적으로 드러나는 것은 사회활동을 하는 여성들의 육아문제이다. 김부선은 바깥으로 출장을 갈 때마다 아이가 길을 막고 나서면서 함께 가자고 하고, 그럴 때마다 관리위원장 일을 수행하기 위하여 무자비할 정도로 아이를 떼놓아야 하는 것이 김부선에게는 너무나 고통스러운 일이었다.

그 애는 어떻게 아는지 엄마가 떠나는 날은 벌써 알고 같이 가겠다고 옷도 깨끗한 것으로 갈아입고 좋아서 10리만치 먼저 나가 기다리고 있다. 그럴 땐 강제로 손발을 묶다시피 해서 지나가는 화물자동차나 '갱생'에 태워 부탁해 돌려보내야 한다. 그럴 때마다 김부선은 가슴에 돌덩이를 맞은 것 같았으나 단호하게 돌려세웠다. 돌아오면 준오는 불도 켜지 않은 방에서 쪼그리고 잠이 들었다. 머리맡에는 이제 겨우 익히기 시작한 비뚤비뚤한 글씨로 써놓은 쪽지글이 있다.

"엄마, 난 엄마하고 같이 먹으려고 저녁을 안 먹었어요. 엄마가 오면 나를 깨워주어요."

엄마가 돌아올지 안 올지도 모르고 써놓은 글이다. (다시는 너를 버리고 떠나지 않으마)**35**

아이가 왜 자기는 할머니가 없냐고 투정을 부리는 것으로 보아 가족 내에 김부선을 도와줄 인물은 없다. 보통 여자가 관리위원장이나 기사장을 수행할 때 집안일은 남편이나 할머니가 맡아 하게 되는데 전쟁미망인인 김부선에게는 그러한 친족도 없는 것이다. 김부선이 급하면 아이를 맡겨두는 곳이 식당에서 일하는 식당 어머니이다.

관리위원장 김부선의 앞을 막는 것에는 육아도 있지만 애정의 문제도 존재한다. 전쟁미망인이지만 아직 젊기 때문에 주변에서 재혼을 권유한다. 관리위원장직이 중요하기는 하지만 한 개인의 삶과 욕망도 그에 못지않게 중요하다. 그렇기 때문에 그 자신도 내면에서 이 문제로 속태우고 있다. 그런데 이 여자를 좋아하고 자신도 좋아하는 그러한 남자가 나타났을 때 고민은 더욱 깊어진다. 평

---

35 위의 책, 124쪽.

양에서 육종 일을 하고 있는 학자가 내려왔을 때 김부선을 보고 마음이 들어 결혼하자고 했을 때 단호하게 거부한다. 남자는 마음이 들지만 만약 평양에서 일하는 그를 선택하게 될 때 불가피하게 이 농촌 마을을 버려야 하기 때문이다. 김부선은 잠시 마음이 흔들리지만 결국 농촌의 관리위원장직을 수행한다. 김부선이 흔들리는 내면을 작가는 다음과 같이 여실하게 그려내고 있다.

그가 떠나가자 나는 허탈상태에 빠졌다. 나는 내가 그렇게까지 자신을 잃고 허둥거릴 줄을 몰랐었다. 관리위원장 방에 앉아있었으나 일손이 잡히지 않았다. 집으로 갔으나 그가 앉아 이야기를 들려주던 아랫목이 있었다. 준오가 이따금 '아저씨'를 상기하였다. 정신없이 들로 나가면 들에는 그가 파헤쳐본 토양층이 드러나 있었다. 쫓기듯 어디에 가나 그가 남긴 흔적이 있다. 그래도 들이 나왔다. 나는 우리 농장 청년들과 함께, 무섭게 일하였다. 밤이나 낮이나 일했다. 일만이 나를 잊게 하였다. 사람들이 묵묵히 나를 지켜보고 있었다. 나는 그들의 눈길을 피해서 더 억척같이 일했다.

한번은 산더미 같은 거름을 뜨락또르에 실어 내보내고 지칠 대로 지친 관리위원회 토방에 맥없이 앉아있는데 합숙식모가 무슨 전표를 손에 쥐고 망설이듯 주저하듯 다가왔다. 그 여자는 두 손을 모두어 잡고 서서 좀 조심스러워하면서도 물끄러미 나를 지켜보더니 내 옆에 쪼그리고 앉았다.

"관리위원장, 합숙에 들어가 나하고 같이 식사를 하자구요."

그 소리가 어찌나 은은하고 사려 깊은지 나는 마음이 다 섬찟해서 그를 보았다. 전선에서 남편으로 잃고 다시 아들을 초소에 보내고 지금껏 생을 식모로 보내는 중년의 여인이었다.

나는 웃으며 머리를 가로저었다. 이제 곧 밭으로 나가봐야겠다고 했다. 그 여자는 그러는 나를 물끄러미 여겨보는 것이었다. 어쩐지 그 눈길이 많은 것을 말하고 있는 것 같아 놀라 몸을 틸고 일어났다. 저 여인이 왜 그러는가…… 무언가 말할 것 같았던 식모는 무슨 일인지 끝내 차마 말하기 어려운 듯 내 손에 빨간 사과 한 알을 쥐어주고 그저 가버리었다. 어쩐지 말을 못 하는 그 여자의 표정은 꼭 '관리위원장, 난 위원장보다 오래 산 사람이우. 젊었을 적에 어서 옮겨앉으라구요. 누구 위원장 욕할 사람이 없수다'하고 말하는 것 같았다.

나는 보잘것없는 농촌식당 일을 하는 소박한 그 여자가 이렇게까지 눈치가 뻔하고 다정한 여인인 줄은 몰랐었다. 그의 마음이 고마웠다. 한편 내가 사람들 앞에 약한 꼴을 보인 것이 자신을 용서할 수 없을 정도로 부끄러웠다. 내가 정신적으로 얼마나 허덕였으면 식모어머니가 다 나를 위로할까. 난 누구도 내 마음을 모르는 줄 알았다. 내가 정신이 빠졌지. 그렇게 의지가 약하다니…… 나는 물에 불어난 그의 새빨간 손을 꼭 쥐어주고는 히무죽이 웃으며 다시 들로 나왔다. ……식당어머니가 표정으로 내뿜던 그의 마음속의 말이 옳지는 않을까. 백번 옳을 수도 있다. 나는 무엇을 잃어버렸는가…….

어두운 벌판을 걸어가느라니 식모의 젊은 시절을 아껴주지 못한 것이 후회되었다.[36]

청혼을 한 평양의 학자를 거부하고 돌아왔을 때의 김부선의 내면의 아픔을 그린 대목이다. 식당어머니를 비롯하여 대부분의 마을 사람들은 어느 정도 눈치를 채고 있기에 김부선이 평양으로 올라간다 하더라도 30대 전쟁미망인을 욕하지 않을 것이다. 그런데도 김부선은 자기의 이러한 흔들림을 주변 농장 사람들이 알아차린 것을 매우 힘들어하고 자책할 정도로 관리위원장직 수행에 열심이다.

김부선이 이 마을을 이토록 강인하게 지켜내고 머무를 수 있었던 것은 이데올로기만의 문제는 아니다. 가난한 농촌 사람들이 잘 살 수 있는 시대를 앞당기려고 하는 의지만으로 과연 이 마을에서 버틸 수 있는가? 김부선을 붙잡아 매는 중력은 다른 곳에 있다. 바로 땅의 맥박이다. 땅이 뿜어 올리는 기운을 느끼기 때문에 이 마을에서 살면서 다른 유혹은 떨칠 수 있었던 것이다. 이 마을에서 잠시 혹은 상당한 기간을 머물다가 도시로 이주하는 사람들은 이런 땅의 맥박을 느끼지 못하기 때문에 쉽게 포기하는 반면, 김부선처럼 계속 머무는 사람들은 땅의 기운을 몸으로 느낀다. 도시에서 내려온 리학렬 기사장의 아내 정희가 남편에게서 실망하고 밤의 벌판에 나와 있는 김부선을 찾아왔을 때의 다음 장면은 땅의 기운이 갖는 의미에 대해 잘 말해주고 있다.

---

36   위의 책, 69~71쪽.

김부선은 정희 앉으라고 솜저고리를 벗어 기어코 건초가 흩어진 불 앞에 깔아주었다. 그리고는 화톳불이 죽지 않도록 꼬쟁이로 불을 뒤적였다. 정희는 이 무한대하게 꽉 들어찬 어둠도, 어둠을 태우는 이 불빛도, 이 모든 것의 주인인 여인도, 여인의 귀여운 동행자인 강아지도 모두 살아 움직이는 무슨 그림폭처럼 여겨지는 것이어서 한동안 취한 듯이 눈을 깜박이며 그저 서 있었다.

김부선은 선생이 무슨 일로 여기를 다 왔는가 하고 반가이 물었다. 정희는 그저 오고 싶어서 왔다고 했다.

"선생, 그럼 이리 가까이 오시우, 여기 와서 나처럼 귀를 기울이고 가만히 들어보시우, 그럼 땅이 숨 쉬는 소리가 들려요."

김부선은 정희를 살틀히 쳐다보면서 제 쪽으로 끌어당기었다. 두 여인이 대지의 숨소리를 듣느라고 화톳불 앞에 가만히 웅크리고 앉아 있었다. 강아지가 갑갑하다는 듯 끙끙거리며 김부선의 발끝에 와 비비적대었다. 이때만은 강아지 조르는 소리도 땅의 숨소리보다 크게 들리지 못했다. 겨우내 잠자다가 깨어나며 부푸는 땅이 기지개를 켜는 소리, 가을날 낱알의 물결을 꿈꾸며 슴슴하고도 싱싱한 기운을 내뿜는 대지의 정열, 대지의 맥박이 큰 소리로 들리어 왔다.

김부선은 세월없이 우두커니 앉아 듣고 있었다.

그러는 그 여자를 바라보며 정희는 마치 이 여자가 이 땅을 만들었고 이 땅에 생명을 주었으며 이 땅을 지키고 있는 듯싶구나 하고 생각하였다.[37]

땅의 맥박을 김부선은 그가 여성이기에 더 민감하게 감지하는 것일 수도 있다. 이 마을에 오래 살았기 때문에 그리고 앞으로도 살 것이기 때문에 땅의 맥박을 느낄 수도 있겠지만 위의 묘사에서 드러나는 것처럼 밤에 모닥불을 피워놓고 땅의 소리까지 들을 수 있는 능력은 땅을 사랑하고 땅에 깃들인 생명을 사랑하는 모성성의 발로일 수도 있다. 그런 점에서 에코페미니즘의 가능성을 읽어내는 것은 그다지 과장된 일만은 아닐 것이다. 리학렬은 20년 가까이 이 마을에서 생활했지만 평양을 향한 지향과 높은 지위에 대한 출세욕 때문에 이 마을에서 자연의 소리를 듣지 못하는 것과 대비되는 것이다. 바로 이러한 차이에 대한 여성작가로서의 최상순의 관찰과 묘사는 여성성과 환경에 대한 자의식 없이는 불가능한 것이라고 볼 수 있다.

3. 남성의 출세주의와 징검다리로서의 농촌

여성의 눈으로 농촌문제를 바라보는 최상순 작가의 시선과 감식안은 기사장 리학렬에 이르러 더욱 돋보인다. 기사장 리학렬은 원산농업대학을 졸업하고 처음에는 도시에 배치를 받아 2년 동안 농업위원회에서 일을 했는데 농촌으로 들어가라는 국가의 시대적

---

37 위의 책, 154쪽.

구호에 발맞추어 시골 룡철협동농장에 지원을 하였다. 자신이 스스로 결정하기는 했지만 그 배경에는 바로 국가적 동원 캠페인이 있었고 국가의 호소에 호응하는 것이 자신의 도리라고 생각하고 지원한 것이지 도시와의 격차로 큰 어려움에 처한 북한의 농촌 현실에 대한 투신은 아니었던 것이다. 하지만 리학렬은 자신의 이러한 선택이 당당하고 윤리적이라고 생각했으며 나아가 타의 모범이 되는 행동이라고 생각하였다.

노동자 기술자 사무원 기능공들이 당의 뜻을 받들어 농촌으로 떠나가고 있다.

이 벅찬 투쟁의 현실 속에 뛰어들지 않고 내가 무슨 새세대 공민이며 농업대학 졸업생이겠는가.

그까짓 통계나 내고 기계적인 심부름이나 하고 있겠는가. 내가 아니래도 농업위원회 일은 찌그러지는 것이 없을 것이고 내가 아닌 다른 누가 해도 마찬가지일 것이다. 나는 단호히 결심하고 내 사업을 부서에 있어도 그만 없어도 그만인 것 같은 장명길 지도원에게 인계하고 '농촌지원'을 나왔다. 가까운 친구 중에는 다시 한번 잘 생각해보라고 사람은 그래도 도시에서 살아야 한다고 귀띔했다. 나에게는 그들의 귀띔이 들어오지 않았다. 부서에서 나를 칭찬하였다. 국가는 바로 이런 청년 인테리들을 기대한다는 것이다. 나 자신도 내가 옳게 처신하였다고 긍지를 가졌다. 나는 그것으로 내가 사회 앞에 떳떳한 사람으로 알았다. 나뿐이 아니라 다른 사람들도 그렇게 생각하였다.[38]

1964년 농촌 테제[39]가 발표된 이후 전 국가적으로 농촌지원에 나서도록 했을 때 리학렬은 그 흐름에 발맞추어 촌 농업협동농장에 진출하였다. 시대의 젊은이로서 국가의 부름에 응하는 것이 공민으로서의 도리라고 생각하였기에 가능한 것이었다. 농업대학을 나왔지만 농촌 특히 땅에 대한 그 어떤 이해도 없이 오로지 국가의 부름에 부응하는 것만을 생각한 것이다. 그런데 현실은 냉엄하였다. 농장에 깊이 관여되지 않으면서도 자신의 업적으로 내려고 하는 리학렬의 행동과 지향은 곳곳에서 파열음을 내게 된다. 특히 이 농장의 관리위원장은 그러한 인물을 보아온 터라 더욱 그러한 것이다.

여인은 예사롭게 말하고 몇 마디 농사문제를 의논하고 나갔다. 그가 밀어준 것은 비옷이었다. 그 여자가 고마우면서도 미웠다. 남은 아파죽겠는데 비가 오면 뛰어 들어오지 않고 맞받아 나가야 한다고?…… 나에게 무엇을 요구하는가. 저 여자는 내가 들에 나가 비를 맞은 탓에 감기에 걸렸다는 것을 알기나 하는가? 여느 때 같으면 무척 따뜻이 여겨졌을지도 모를 그 비옷을 나는 영영 안 쓸 것처럼 한쪽으로 쭉 밀어놓았다. 그렇게 이해가 없고 무감각한 여성을 관리위원장으로 섬기며 일할 수 있을까 하는 생각에서였다. 이 여자가 내 맘에 들고 내가 이 여자 맘에 들어 일할 때도 있을까 생각하며 피식 웃기도 하였다.[40]

---

38   위의 책, 74쪽.
39   김일성이 1964년 2월 25일 당 중앙위원회 제4기 제8차 전원회의에서 발표한 「우리나라 사회주의 농촌문제에 관한 테제」.
40   최상순, 앞의 책, 81쪽.

농장에서 일을 하다가 비가 오자 비를 피해 관리위원회 사무실로 들어간 기사장 리학렬에게 관리위원장이 비가 오면 비를 피해 뛰어 들어가지 말고 맞받아야 한다고 하는 말에 리학렬이 화를 참지 못하는 장면이다. 자신은 감기가 들어 죽겠는데 기껏 한다는 것이 비옷을 챙겨주면서 이런 말을 남기고 떠나는 관리위원장을 도저히 이해하지 못하는 것이다. 농업대학을 나와서 기술적인 측면에서는 뛰어나지만 농촌 현실에 대한 이해는 거의 없었던 것이다. 그렇지만 기사장으로서 체면을 세우면서 일하고 싶어 하기에 충돌하게 된다. 특히 관리위원장이 여자이기 때문에 더욱 그러하다. 그 여자 앞에서 자신의 주장을 제대로 하지 못한 것을 곱씹으면서 하는 다음의 독백은 남성중심적인 것과 결부된 도시 지향인들의 농촌 이해를 그대로 보여준다.

나는 처신 하나 변변히 하지 못한 것이 화가 났다. 그 여자 앞에서 술을 혼자 다 마신 것도 어이없었다. 나는 그때 그 여자가 내가 이 땅에 뿌리 내릴만한 의지와 가치가 있는 사람인가를 엄한 눈길로 살펴보고 있으며 크고 간절한 기대를 안고 나를 주시하고 있다는 것을 모르고 있었던 것이다. 그저 내가 옳은 일을 하고 있고 떳떳이 살고 있는데도 불구하고 주접이 들고 있는 것이 화가 났으며 내가 별치 않게 생각하는 한갓 촌 협동농장관리위원장인 여성 앞에서 팔다리가 나긋나긋하지 못한 것이 불만스러웠다.[41]

---

41   위의 책, 84~85쪽.

관리위원장 김부선은 리학렬이 이 땅에 뿌리를 내릴만한 인재인가 아니면 잠시 경력을 쌓아서 다시 평양으로 출세의 코스를 달릴 인물인가를 엄중하게 관찰하면서 속단하지 않고 계속 주시한다. 그런데 기사장 리학렬은 이러한 사실은 모르고 오로지 자신과 같은 청년 인테리들이 여자 관리위원장 앞에서 수모를 당하고 있다는 것 자체를 견디지 못하는 것이다. 한갓 촌 협동농장관리위원장 앞에서 자기를 과시하지 못한 것을 불만스러워한다는 것은 하나는 시골 농장이라는 점과 다른 하나는 관리위원장이 여자라는 점 이 두 가지 모두 못마땅한 것이다. 그런 자세로 일하기 때문에 이 농장에서 기계를 창안하는 공적을 빨리 세워 이를 기반으로 평양으로 올라가는 것이 삶의 목표가 된다. 특히 앞으로 빠르게 성장하는 아들 그리고 평양서 선생을 하다 내려온 아내를 위해 자신이 할 수 있는 일은 빨리 마무리 해야 하는 것이다.

인류가 수천 년 내려오면서 농사를 지었건만 농업노동이란 결국 많은 진보가 있기는 했으나 끊임없는 반복이 아닌가. 봄 여름 가을 겨울 철을 따라 반복되는 농촌생활의 단순성과 단조로움에 그만 두려움을 느낄 정도였다. 나는 사색하는 생활을 귀중히 여기는 사람이었으며 창조와 명예를 귀중히 여기는 사람이었다. 나는 내가 아무리 마음을 써도 농사일에 매력을 느끼기에는 이미 불가능한 것으로 되어 버렸다는 것을 인정하게 되었다. 여기에서의 생활은 또한 나 한 사람에게 국한된 문제가 아니었으며 내가 걸머지고 있는 내 아내와 내 아들들의 운명을 두고 생각해야 할 심각한 것이었다. 망설일 것도 없었다. 떠나야 했다. 나는 그것을 재삼 인정하였다. 떠나기 위하여 일을 많이 해야 했다. 왜냐면 그것은 이 고장에서 지나 보낸 나날들을 후회하지 않기 위해서였으며 떠나도 떳떳이 떠나야 했기 때문이었다.[42]

산골 농장을 떠나기 위하여 더욱더 많은 기계를 창안해야 한다는 리학렬의 토로는 오늘날 북한의 농촌이 왜 더 나아가지 못하고 힘들어지는가 하는 점을 아주 잘 보여준다. 농촌을 깊이 있게 이해하지 않고 그냥 시대적 구호에 맞추어 창작하였다면 도저히 보여줄 수 없는 삶의 깊이이다. 이것이 도시와 농촌의 격차를 극복한다고 쓰여진 다른 많은 소설과 달라지는 지점이다. 흔히 농촌에서 열심히 일하는 사람의 외면만 보아서는 도저히 접근할 수 없는 것으로서 최상순이 농촌을 잘 관찰하고 예리하게 보았기 때문에 가능한 일이라고 할 수 있다. 이런 점들이 이 소설을 단순한 생산소설적 측면을 넘어서게 만들었다.

산골 농장에서 빨리 떠나기 위해서 많은 일을 해야 한다고 생각하던 리학렬에게 한 전환점이 된 사건은 버려진 모내기 농기계를 주워다 고쳐서 사용하는 일이다. 관리위원장 김부선은 이 산골 농장까지 오기에는 아직 멀었기에 다른 벌방에서 사용하다가 고치지 못해 버려둔 것을 가져다 유능한 기사장의 도움으로 고쳐서 사

---

42   위의 책, 135~136쪽.

용하자는 제안을 한다. 자기가 가서 직접 사정을 하여 가져오겠다고 하자 기사장은 자기가 힘을 좀 쓰면 군에서 새로운 것을 받을 수 있을 텐데 그런 고생을 왜 하냐고 하면서 맞선다. 이 두 사람의 동상이몽을 작가는 매우 흥미롭게 묘사하고 있다.

"위원장 동무, 때가 되면 우릴 줄 겁니다. 단계가 있지 않습니까. 벌써부터 주기 시작했는데 우린 아직 산골농장이어서 그런 기계를 받을 준비가 채 못 됐지요. 나도 기사장인데 생각이 있습니다."

나는 그 여자보다 오히려 초조해졌다. 그가 내 말을 이해하길 바랬다. 고장 난 기계들이나 가져다 놓고 골탕은 누가 먹겠는가, 난 이제 군에서도 제일 좋은 것으로만 골라서 가져다 놓겠다. 그들은 뭐나 내 말을 들어줄 테니까, 뭘 고장난 기계들이나 주우려 앞질러 다니며 주접을 떨 것 있는가.

김부선은 초점이 없는 눈을 뜰구고 묵묵히 앉아 있었다. 기사장이 왜 내 말을 이해하지 않을까. 자만일까. 아니면 이젠 그만해두고 떠날 생각일까. 자만일 수도 있고 떠나고 싶은 생각일 수도 있다. 그러고 보면 그 사람은 우리 고장을 자기 인생의 '징검돌'로 여겨왔던 것이 아닐까. 혹시 그럴 수도 있겠지. 농업위원회에 있었다는 실무가 높고 성실한 저 기사장. 그가 우리와 함께 영원히 이 고장에 살면서 일했으면 얼마나 좋으랴, 하지만 이제 그가 가겠다 하면 할 수 없다. 우리가 그를 어떻게 비끌어매둔단 말인가. 크고 많은 일을 할 수 있는 사람인데, 갈 때는 가더라도 그가 이렇게 '징검돌'로라도 와준 것만으로도 얼마나 고마운가.[43]

기사장 리학렬의 생각과 관리위원장 김부선의 생각을 나란히 병치시켜 놓고 전개하는 것이 마치 대위법적 다성성을 연상시킨다. 보통 리학렬과 같은 인물은 일방적으로 부정적으로 그려지기 때문에 그 내면을 엿볼 수 없는데 이처럼 대위법적 구성을 취하였기에 각 인물의 내면을 알 수 있게 된다. 최상순이 뛰어난 점은 농촌을 징검돌로 간주하는 능력 있고 성실한 인물들의 내면을 잘 드러내 보여준다는 것으로 다른 북한 소설에서 쉽게 찾을 수 없는 것이다.

리학렬의 내면을 묘사한 것 중에서 리학렬 자신이 농촌지원을 한 것부터 허세와 허위라고 자성하는 다음 대목은 압권이라고 할 수 있다.

> 나와서는 하루도 빠짐없이 관리위원회에 출근하였고 날마다 많은 양의 일을 제끼었다. 누구도 리학렬을 대신할 사람이 없었다. 그는 자기가 그대로 살아서는 안 되겠다는 자각한 것이었다. 그에게는 더럽혀지지 않고 싱싱했던 생의 출발선에서 긍지 높았던 그 시절이 귀중했으며 말할 수 없이 그리웠다. 지금처럼 살아서는 안 되는 것이었다. 내가 언제부터 이런 인간이 되었던가……. 여기 처음 내려올 적에만도 얼마나 깨끗한 마음으로 내려왔던가. 사심 없이 왔었다. 하지만 현실에 부닥처보고는 어느새 뜻을 둘만 한 곳이 못 된다고 교만하게 마음을 돌려먹었다. 아니……. 냉정하게 돌이켜보면 벌써 이 고장으로 내려올 때 내가 사회를 위해 헌신하는 사람인 것처럼 자기 자신을 속인 것이 아닐까……. 그런

---

43   위의 책, 169쪽.

것 같다. 다른 사람들은 혹시 그때의 리학렬을 아름답게 간직했을 수도 있으나 자신만은 속일 수가 없을 것 같다. 아마도 그때 벌써 허세와 허위가 뇌수에 침습하고 있었던 것이 틀림없다.[44]

리학렬의 내적 변화를 통해 독자는 북한의 농촌 사회가 왜 아직도 힘든지 어느 정도 짐작할 수 있다. 사회적 동원 캠페인으로는 도저히 이 힘든 길을 헤쳐 나가지 못한다는 것을 작가는 아주 정확하게 보여 주고 있다. 땅과 마을을 사랑하지 못하는 이들은 항상 이 농촌체험을 징검돌로 사용할 뿐, 대지를 닮아가는 이들만이 진정 농촌을 살릴 수 있는 것이다.

허세와 출세욕에 눈이 멀어 농촌 생활을 그냥 징검돌로만 생각하는 리학렬의 이러한 성격은 남성적인 것과도 관련이 있음을 작가는 아내 정희의 말을 통해 보여준다. 리학렬의 아내 정희는 성실하고 능력 있고 패기 있는 남편을 존경하였으나 농촌생활을 오로지 징검돌로만 보는 남편을 발견하면서 크게 반발하게 된다.

"발동이 걸렸댔으면 벌써 철수했을 거예요. 당신의 성미는 내가 더 잘 알아요. 여기엔 당신이 해놓은 일보다 이제 해야 할 일이 더 많은 데야요. 못 갈 거예요. 당신 스스로가 떠나지 못할 거예요! 난 당신을 알아요. 이자 말한 것이 진실이 아니에요. 그리고 당신이 떠나는 것과 그 여자를 모욕

---

44   위의 책, 272쪽.

하는 것과는 상관이 없어요. 당신은 그 여자를 모욕할 권리가 없어요. 당신이 도대체 무슨 일을 했다구…… 농장 기사장이 농기계 몇 건 창안한 것 가지구? 부끄럽지도 않아요?[45]

일을 많이 했기 때문에 이제는 이 농촌을 떠날 수 있을 것이며 더 큰 일을 하기 위해 평양으로 가야 한다는 남편의 말에 아내 정희가 반발하는 대목이다. 남편과 언쟁을 한 후 정희는 정떨어진 남편을 대하기 어려워진다. 어쩌다 남편이 이렇게 되었는지 이해하지 못하는 아내 정희는 자꾸만 남편이 멀리 멀어져가는 느낌만 갖는다.

정희는 어쩐지 남편이 남편인 것이 아니라 어떤 딴 사람인 것처럼 생각되었다. 시대의 한복판에서 사람들 앞에 떳떳하고 항상 제 할 일을 다하고 부끄럼 없었던 정희 자기가 좋아하는 리학렬의 긍지 높은 모습은 다시는 볼 수 없을 것만 같았다. 그가 곁에 누웠는데도 다시는 만날 수 없는 어느 먼 곳에 가 있는 것처럼 허전하고 쓸쓸했다.[46]

리학렬은 아내 정희의 이러한 반발을 대수롭지 않게 여긴다. 아내가 이러다가 말겠지 하고 언젠가는 여자는 남편의 의견을 따라 순종할 것이라고 믿는다. 남성중심주의에 대한 작가의 비판을 읽을 수 있다.

---

45 위의 책, 149~150쪽.
46 위의 책, 152쪽.

정희가 인철이를 데리러 간다고 떠나던 날 나는 놀랐으나 말은 하지 않고 그를 바라보기만 했다. 나긋나긋 순종할 줄만 알았던 정희가 일단 엇서고 나니 누구도 그의 일을 막을 수 없는 것이었다. 우리 사이에 어찌하여 이런 균열이 빚어졌을까를 생각하며 서 있는 나에게는 우리 생활의 안정과 균형이 깨어지고 있는 것을 몸으로 느끼고 있었다. 그러나 나는 골 아픈 생각을 곧 잊어버리려고 하였다. 왜냐면 나는 아내와의 관계만은 대수롭지 않은 것으로 균열이 생겨도 파괴가 와도 그것은 항상 쉽게 메꾸어지고 쉽게 복구할 수 있는 허물인 것으로 또 균열이나 파괴 자체가 있을 수도 없는 것으로 생각해오는데 아직도 습관 되어 있었던 것이다.[47]

아내의 반발과 비판을 대수롭지 않게 생각하면서 곧 아내가 남편의 의견을 따를 것이라고 속이 편하게 생각하던 리학렬은 크게 상심하게 된다. 아내가 자신보다는 관리위원장 김부선의 입장을 자꾸만 따르기 때문이다. 작가 최상순의 남성중심주의에 대한 비판이 매우 예리함을 알 수 있다. 리학렬이 농촌의 체험을 징검돌로 삼아 도시에서 큰일을 하겠다고 하는 것과 이러한 행동이 권력을 추종하는 남성들의 지향과 일정하게 맞물려 있음을 작가는 예리하게 간파하고 이를 비판하고 있는 것이다.

최상순의 『느티나무』는 해방 후 특히 전후 북한문학사에서 한

---

47 위의 책, 165쪽.

획을 긋는 작품이다. 이 점은 1957년 리정숙의 단편소설 「선희」
와 비교해 보면 더 분명해진다. 두 작품 모두 농촌에서 자신의 경
력을 쌓아 평양으로 올라가 높은 직책을 맡으려고 하는 남성이 일
부러 농촌 마을로 지원하여 열심히 일하지만 그것은 농촌의 진정
한 개혁과는 거리가 멀고 오로지 성과만을 올려 이를 발판으로 도
시로 가고자 한다는 점을 비판적으로 그렸다. 그런데 리정숙의 작
품에서 여성주인공 선희는 이러한 남성의 내적 욕망을 이해하지
못하고 오로지 외양으로만 판단하여 좋아할 뿐 아니라 주변의 만
류에도 불구하고 그 남자를 위하여 자신을 희생하는 인물로 등장
한다. 나중에서야 이 남성의 헛된 야망을 목격하고서는 이 남자
로부터 독립하여 자신의 길을 걷는다. 1991년에 출판된 최상순의
소설 『느티나무』 역시 무려 30년간이라는 시간적 격차에도 불구
하고 변하지 않은 남성들의 출세 욕망은 마찬가지다. 이 작품에서
도 남자 주인공은 국가의 캠페인에 호응하여 농촌으로 지원한다.
남들이 부러워하는 도시의 좋은 직장을 버리고 농촌으로 간 까닭
은 험지에서의 경력을 밑천으로 평양에서 더 좋은 직책을 얻어 출
세하기 위한 것이다. 그렇기 때문에 온 힘을 쏟아 농촌에서 다양
한 창안을 한다. 그런데 30년 전 작품인 「선희」와 결정적으로 다
른 것은 이 남자 주인공을 바라보는 여자 주인공의 태도이다. 30
년 전 「선희」에서는 남자의 이런 욕망을 모르는 여자 주인공이 외
양만 보고 좋아하다가 실망하는 것이지만, 30년 후의 『느티나무』
에서는 여자 주인공은 처음부터 농촌을 지원한 남성의 생리를 파

악한다. 아무리 열심히 일하지만 이것은 출세를 위한 발판에 불과하고 농촌에서 자신의 삶을 가꾸어나가려는 것과는 거리가 먼 일이라는 것을 간파한다. 그렇기 때문에 관리위원장 여주인공은 이런 인물이 평양으로 갈 것을 기정사실로 하고 그때까지 잘 활용할 계획만 세우는 것이다. 30년 전 리정숙의 소설에 나오는 여자 주인공과는 판이하게 다른 것이다.

이 두 작품의 이러한 성격을 비교해보았을 때 해방 후 북한의 문학사에서 여성문학이 차지하는 위상이 현저하게 달라졌음을 확인할 수 있다. 전후 시기에는 여성이 남성들과의 관계 속에서 객체적인 존재였다면, 80년대에는 여성이 남성과 동등한 존재로 성장했음을 알 수 있다. 물론 리정숙과 최상순이라는 개인적인 작가들의 개성이 작용한 면도 있기 때문에 단순하게 비교할 수는 없지만 작가적 개성을 넘어서 사회적 조건의 변화로 읽어야 하는 측면이 있다. 다시 말해 여성의식의 성장을 이야기할 수밖에 없는 것이다.

최상순의 소설은 고난의 행군 이전 북한의 여성문학이 도달할 수 있는 한 봉우리였다. 그런데 이것은 고난의 행군 이후의 여성문학과 비교하면 기존의 큰 틀을 깨지 못한 것이라고 할 수 있다. 『느티나무』의 여성주인공은 농촌의 고향 마을을 지키지만 전쟁미망인으로서의 틀에 갇혀 있는 인물이다. 자신의 욕망에 충실하려고 하지만 그러지 못하고 항상 농촌 고향에서의 틀에 갇혀 산다. 자신을 좋아하는 남성이 평양에서 일하기 때문에 그를 따르게 되면 결국 고향을 버려야 하기 때문에 결국 그 남성을 포기하고 만다. 자신의 욕망과 주체를 세우기에는 너무나 기존의 관행과 틀이 강한 것이다. 그런 점에서 이 작품의 여주인공이 전쟁미망인이라는 사실을 결코 가볍게 여길 수 없다. 전쟁이라는 냉전의 그림자가 깊게 드리우고 있는 것이다. 전후 북한 사회에서 집단을 우선시하고 개인을 나중에 생각하는 틀이 이 여자 주인공에도 강하게 작용한 것이다. 그렇기 때문에 여성으로서의 자신의 사랑과 욕망을 죽이는 쪽으로 가는 것이다. 이 점은 고난의 행군 이후의 여성소설과는 다르다.

고난의 행군 이후의 여성문학은 더 이상 남성으로 대표되는 사회나 국가에 종속되지 않는다. 자신의 욕망을 포기하면서 남성을 따르거나 혹은 국가를 따르지 않는다. 자신의 욕망과 사랑을 주장하는 것이 사회나 국가 혹은 공동체에 배치되지 않을 수 있음을 자각하고 이를 향해 나아가는 것이다. 이러한 인식의 전환을 가능케 한 것이 바로 고난의 행군이라는 전대미문의 시련이다.

제2부

고난의 행군 이후의 여성문학

제1장

국가의 후경화와 여성의식의 전면화

1. 남성의 무기력과 여성의 활력

고난의 행군으로 지칭되는 1990년대 후반 북한의 경제위기는
전통적인 계획경제 및 배급 구조를 붕괴시켰고 이에 따른 사회적
변화는 북한 여성의 삶을 크게 바꾸었다. 여성작가들은 그러한 사
회적 변화에 민감하게 반응하면서 여성 자신의 절실한 문제를 말
하기 시작했다.

고난의 행군 이후 여성작가의 진출은 북한문학사에서 획시기적
인 일이다. 해방 이후 임순득을 비롯한 여러 여성작가들이 존재하
였지만 고난의 행군 이후 시기처럼 여성작가들이 한꺼번에 많이
등장한 경우는 없었다. 왜 이 시기에 여성작가들이 많이 등장하고
발언권이 강해졌는가 하는 점을 이해하기 위해서는 고난의 행군
이라는 전대미문의 힘든 시절을 거치면서 북한 사회 내부에 일어
난 일련의 변화를 고찰해야 한다.

경제위기를 맞은 고난의 행군 시기 공장을 비롯한 여러 사회 시

설이 멈추게 되면서 북한 사회는 한국전쟁 이후 가장 힘든 시기를 맞이하였다. 무엇보다 가장 기본적인 식량 사정이 극히 어려워졌다. 그동안 일상에서 누리던 소소한 행복들이 하루아침에 사라지는 것은 물론이고 기초적인 끼니를 해결해야 하는 막중한 위기에 봉착한 것이다. 사회적 생산 조직을 통해 이루어지던 공식적인 배급 체계가 붕괴되고 모성보호 제도도 제대로 작동되지 않아 여성들은 여러 가지 비공식적인 경로로 남성을 대신해 가족 생계 부양의 임무를 떠맡아야 했다. 이 과정에서 흥미로운 것은 그동안 가족의 생계유지를 책임졌던 남성들이 직장에 다니지 못하게 되면서 완전히 무기력한 증세를 보인 반면, 여성들은 그러한 남성 즉 세대주를 대신하여 생계유지 방도를 모색하면서 실질적인 세대주가 되는 현상이 벌어진 것이다. 북한에서는 남편을 세대주라고 부르는데 여기에는 알게 모르게 남성이 가족을 대표한다는 의식이 강하게 깔려 있다. 그런데 그런 남편들이 평소에 다니던 직장을 그만두거나 직장에 나가더라도 배급을 받지 못하는 사태가 벌어지면서 세대주로서의 남편은 형해화되고 생계를 유지하는 실질적인 책임을 진 세대주는 여성 즉 아내들이 맡는 경우가 많아졌다. 부차적이고 가벼운 노동 중심의 낮은 소득 직업군에 집중적으로 배치되어 있던 여성은 공식경제체제가 마비됨에 따라 먼저 실업 상태에 놓였는데 이것은 좀 더 자유롭게 사적 경제활동에 나설 기회를 가지는 것으로 이어졌다. 또한 전업주부였던 여성은 남성이 공식 부문을 통해 제대로 배급이나 임금을 받아오지 못하게 되자 생계부양의 책임을 지고 각종 사적 경제활동에 나설 수밖에 없게 되었다. 이것은 여성이 국가로부터 벗어나 사적 생산단위와 사적 판매시장에 나갈 수 있고 나가야만 하는 처지에 놓이게 되었음을 의미한다.

특히 고난의 행군 시기 이후 취해진 2002년의 7·1조치[48] 이후 북한 여성들은 시장경제 활동을 더욱 강화하고 있으며 여성을 중심으로 한 사적 경제활동이 가정의 중요한 수입원이 되었다. 여성 노동력은 공식 경제체제가 마비됨에 따라 실업의 상태에 놓이지만 역으로 국가로부터 벗어나 사적 생산단위와 사적 판매시장의 새로운 경제주체로 변모하는 계기를 확보하게 된 것이다.[49] 이렇게 전통적으로 남성에게 집중되었던 생계 부양의 임무를 여성이 대신하면서 여성의 사회적 역할도 변화할 수밖에 없다.

---

48 7·1 경제관리개선조치. 북한이 2002년 7월 1일 발표한 가격 및 임금현실화, 공장/기업소의 경영자율성 확대, 근로자에 대한 물질적 인센티브 강화 등의 조치. 이 조치는 기존의 계획경제 틀 내에서 시장경제 기능을 일부 도입한 것이라고 할 수 있다. 북한은 1990년대 들어 외화 및 원유/원자재 부족으로 공장가동률이 떨어지고, 식량부족과 연이은 자연재해 등으로 심각한 위기에 봉착하게 되었다. 이에 외부로부터 지원을 얻기 위하여 미국/일본과의 관계개선을 시도하였으나 실패하였고, 식량난과 생필품 부족현상이 심화되고 암시장이 번성하여 공식경제체제를 위협할 수준에 도달하게 되었다. 기존의 계획과 공급 시스템에 기반을 둔 북한의 사회주의 가격제정원칙과 국정 가격으로는 치솟는 인플레를 감당할 수 없었고, 더 이상 국가의 재정적 통제와 자원배분 기능이 제 역할을 할 수 없는 상황이 되었다. 2001년 10월 3일 김정일은 당/경제기관 일꾼들과의 담화를 통해 변화하는 현실에 맞게 경제관리 방법을 개선할 것을 지시하였다. 김정일의 지시를 계기로 북한은 2002년 7월 1일 자로 가격과 임금 인상안 등을 발표하였는데, 이것이 7·1 조치이다.
49 박희진, 「7·1조치 이후 북한 여성의 사경제 활동」, 『통일연구』 14-1, 연세대 통일연구소, 2010, 105쪽.

결혼한 여성들은 남편과 아이들을 먹여 살리기 위해서라면 모든 허식을 버리고 무슨 일이든 하게 되었다. 길에서, 장마당에서 온갖 수단과 방법으로 생존을 영위했다. 이런 과정을 거치면서 북한 사회 내에 남아있던 가부장적 전통과 질서가 현저하게 무너져 내리게 되었다. 이렇게 남성 중심의 사회가 무너지는 데에는 국가 기능의 약화도 일정하게 관련되어 있다. 남성들의 권위를 지켜주었던 것이 국가인데 그 국가가 인민들의 배급을 제대로 책임지지 못하게 되자 배급체계의 중심에 있던 남자들의 힘도 빠지게 되는 것이다. 고난의 행군 이후 여성작가들의 소설에서 국가가 후경화되는 것도 이와 무관하지 않다.

전통적인 가사노동에 더해 생계 부양의 임무까지 떠맡게 된 여성은 엄청난 중압감과 절박감을 느끼게 되었다. 그리고 자신들이 짊어지게 된 짐이 개인의 의지나 노력으로 극복할 수 있거나 극복해야 하는 여성 자신의 문제가 아니라 여성과 남성의 차이, 혹은 그 차이에 의거하여 사회 시스템이나 국가가 여성에게 가하는 차별로서 구조적인 문제임을 북한여성들은 느끼게 되었다. 그런데 국가의 통제가 강한 북한사회의 경우, 여성이 삶에서 실감하는 구조적 차별의 양상은 공식적 언술 이면에서 비공식적으로 삶의 현실을 말할 수 있는, 다성적 발화가 가능한 소설 장르를 통해서 가장 잘 드러날 수 있다. 이것이 고난의 행군 이후 북한에서 '여성'문학이 새롭게 등장할 수 있었던 하나의 배경이다. 즉 2000년대에 들어서면서 북한에서 여성작가들은 그 이전과 다르게 '여성'임을 표나게 내세우면서 자신들의 문제를 추구하기 시작했다. 그리고 이런 여성작가는 양적으로 질적으로 북한문학에서 중요한 자리를 차지해 가고 있다.

고난의 행군 이후 여성들이 공식적인 문예지에 작품을 발표하면서 대거 작가로 진입했다는 것은 새로운 현상이다. 『조선문학』 잡지를 일별하더라도 2000년대에는 여성작가들의 작품이 많이 실리고 있으며 작품의 수준이나 문제의식도 높다. 김혜영, 박혜란, 리라순, 최련, 변월녀, 강귀미, 김자경, 리정옥, 김은희, 김성희 같은 작가의 작품이 자주 실리고 있다.[50] 2000년대 『조선문학』지에 발표된 작품을 분기별로 리뷰하는 평론가도 '여류 작가'들의 등장을 해당 시기의 특색으로 꼽았다.[51]

확실히 지난해 말부터 올해 상반년도에 잡지 『조선문학』에는 선군 시대의 새로운 요구에 맞는 우수한 단편소설들이 적지 않게 실렸다. 올해에 들어와 단편소설 창작에서 중견작가들뿐만 아니라 신인들과 여류작가들, 심의일군들의 창작적 성과들이 눈에 띄게 나타나고 있다.[52]

물론 모든 작품이 다 '여성'적 문제의식을 담고 있는 것은 아니

---

50 『조선문학』지에 작품을 다수 발표하고 있는 이들은 작품의 내용과 특색을 통해, 혹은 평론가들이 이들의 작품을 거론하면서 여성이라고 밝힘으로써 여성임을 확인할 수 있었던 작가-소설가이다. 그 밖에 여성시인의 숫자는 더 많고 미처 확인하지 못한 여성소설가도 더 있을 것이다.

51 리창유, 「탐구와 사색의 뚜렷한 자취 - 잡지 『조선문학』 주체 90년 1~6호에 실린 단편소설을 두고」, 『조선문학』, 2001.9.

52 위의 글.

다. 주로 '사회주의 현실 주제'의 작품에서 그러한 의식이 발현될 수 있는데 작가에 따른 편차도 있다.

2. 여성영웅의 형상화 작업

무기력해진 남성들의 공백을 여성들이 채우기 시작하면서 여성영웅이 떠오르게 되었다. 실제로 고난의 행군 이후 많은 여성영웅의 이야기가 북한 사회 전반에 걸쳐 이야기되었고 문학계에서는 이들 여성을 형상화하는 작업을 했다.

여성영웅들을 문학적으로 재현하는 작업이 이 시대 작가들의 큰 관심거리였음은 중견 남성작가인 양의선이 『조선문학』 2003년 10월호에 쓴 수필 「시대와 여성 영웅」에서 직접적으로 알 수 있다. 양의선은 고난의 행군 이후 남성들의 무기력 속에서 여성들이 영웅으로 많이 탄생했음을 다음과 같이 말하고 있다.

> 고난의 행군과 더불어 시작된 선군시대는 역사적인 범주에서 보면 불과 몇 해밖에 안 되는 기간이 흘렀지만 그 기간에 배출된 영웅들은 수없이 많다. 더욱이 조국과 우리의 생활이 가장 어려웠던 시기에 여성영웅들이 특별히 많이 태어났다는 사실이 나를 흥분시켰다. 시대와 영웅, 영웅과 여성들. 아직 초점이 명백치 않은 흥분만을 안고 찾아간 영웅은 나를 몹시 당황케 했다.[53]

여성영웅들을 찾아내어 그들을 원형으로 삼아 창작하려고 취재에 나선 작가 양의선이 그 대상이 자기 대학 동창이라는 사실을 알고 놀라워하는 장면이다. 여성영웅이라고 해서 특별한 것은 아니다. 아주 평범한 여성이었는데 어려운 시기를 당하면서 놀랄만한 힘을 발휘한 존재이다. 자기 곁의 아주 평범한 여성들이 바로 영웅이 되는 것이다. 작가 양의선은 이 수필에서 시대가 탄생시킨 이러한 평범한 여성영웅들을 찾아 내어 창작하는 것이 중요하다고 하면서 바로 이들 여성영웅들이야말로 고난의 행군이 낳은 시대의 결과라고 말한다.

여성은 연약하나 어머니는 강하다는 말도 있다. 기질적으로 연약해 보이지만 일단 그들이 사랑하고 보호하는 삶과 생활이 침해당할 때에는 무한히 현명해지고 냉혹해질 줄도 아는 강한 존재들이 여성들이다. 하기에 고난의 행군 시기 우리 여성들이 그처럼 헌신적으로 사랑하는 사람들과 가정을 지켜냈고 창조적 노동과 과학탐구, 조국 보위 초소에서 유례없는 영웅적인 위훈과 공적을 세웠다. 정성옥, 박옥희, 현영라…… 헤아릴 수 없이 많은 여성영웅들. 이들은 모두 위대한 장군님께서 높이 드신 인민 사랑의 노선, 선군 노선이 낳은 이 세상에서 가장 아름다운 꽃들이다. 사생결단으로 적들을 물리치고 행복의 보금자리를 지켜주는 총대노선, 그 무적의 총대와 총검의 맨 첨단에서 빛을 뿜는

53 양의선, 「시대와 영웅」, 『조선문학』, 2003.10.

서릿발이다. 사랑으로 하여 무한히 아름답고 부드럽고 착하던 우리 여성들이 그 사랑으로 하여 그 어떤 희생도 고통도 두려워 않는 가장 강인하고 억세인 영웅들로 성장하였다. 이런 의미에서 고난의 행군 시기 우리 조선 여성들 모두가 영웅이었다고 나는 생각한다.[54]

어려운 시기에 자기가 사랑하는 사람들을 위하여 엄청난 희생을 하였던 여성들 모두가 영웅이라고 말하는 양의선의 언급에서 고난의 행군 시기 이후 어떻게 여성들이 자기의 목소리를 내기 시작했는가 짐작할 수 있다. 고난의 행군 시기 당연히 남성영웅도 많이 탄생했다. 다만 그 이전 시기와 비교하여 여성영웅이 양적·질적으로 두드러진다는 점에 주목하고자 하는 것이다.

김덕철과 한웅빈이 공동으로 창작한 『결승선』이 그러한 여성영웅이야기의 출발점이다. 2001년에 출판된 이 장편소설은 여성마라톤 선수 정성옥을 그렸다. 정성옥은 1999년 스페인 세비야에서 열린 세계육상선수권대회 여자 마라톤 경기에서 우승을 하여 북한 사회 전체를 감동시킨 인물이다. 고난의 행군이 한창이었을 때 정성옥의 우승은 침체해 있던 북한 사회를 흥분시켰다. 남성들의 영역이었던 체육, 특히 마라톤 대회에서 무명의 선수였던 여성이 우승하였다는 것은 북한 사회 전반의 기류를 바꾸는 일이었고 남성들이 무기력해진 반면 여성들이 사회적으로 진출하여 목소리를

---

54   위의 글.

106   제2부_ 고난의 행군 이후의 여성문학

내는 것을 상징하는 사건이었다. 이후 북한 사회에서는 여성영웅에 대해서 큰 관심을 갖게 되었고 이를 재현하는 창작물이 나오기 시작하였다.

그러한 여성영웅 중에서 가장 빈번하게 언급되는 이는 추운 자강도 땅에서 세벌농사에 성공한 박옥희, 첨단과학기술을 발전시킨 여성과학자 현영라, 그리고 고난의 행군 시기 부모를 잃고 길을 떠돌아다니는 고아 30여 명을 데려다가 키워낸 서혜숙이다. 남자들이 무기력해진 마당에 여성들이 혁혁한 공을 세워 강성대국을 준비하는 것이다. 실제로 이 세 여성에 대한 이야기는 『조선문학』 잡지에 '실화문학'이라는 이름으로 발표되었다.

최용호는 『조선문학』 2000년 2월호에 실화문학 「새봄」을 발표하였는데 이는 자강도에서 세벌농사를 지은 박옥희를 다룬 것이다. 자강도에서는 그동안 주로 강냉이농사를 했고 감자농사를 짓는 것은 결코 쉽지 않았다. 게다가 이 추운 지역에서 삼모작을 한다는 것은 더욱 어려운 일이다. 바로 이러한 일을 여성인 박옥희가 해낸 것이다. 고난의 행군 시기 가장 어려운 식량 문제를 타개할 수 있는 길을 연 사람이 바로 여성이라는 점이 북한 사회에서 큰 반향을 일으켰기에 작가 최용호는 실화문학으로 이 작품을 썼다.

지금까지 농장에서는 강냉이를 기본작물로 심어왔었다. 그런 것만큼 감자농사는 누구에게나 생소했다. 농장원들이 집 텃밭에 감자를 심기는 했지만 그것은 말 그대로 자그마한 텃밭 농사여서 넓은 포전에서 대대적으로 하는 감자농사와는 대비도 되지 않았다. 또 감자농사에서 혁명을 일으키자면 통알감자를 심어야 하는데 이때까지는 종자 눈을 따낸 쪽감자를 심어왔고 감자농사는 응당 그렇게 해야하는 것으로 알아 왔다. 결국 새롭게 시작해야 했다.[55]

강냉이농사를 짓다가 새로 감자농사를 짓는 것도 모험인데 거기다가 두벌농사까지 해보려고 하니 농장원들이 반대하기 마련이다. 박옥희는 30년 동안 관리위원장 노릇을 하면서 가족들에게 아내로서 어머니로서 제대로 해주지도 못하고 살았는데 이제 나이가 들어서 다시 이런 일에 손대는 것은 쉽지 않았다. 물러나서 편하게 살고 싶기도 하지만 워낙 식량 사정이 좋지 않아 배를 곯는 이들이 나오는 것을 보면서 나 몰라라 할 수 없었다. 그래서 온갖 노력을 다 해보고 심지어 농업대학의 전문가들한테까지 조언을 구했지만 해결의 실마리를 찾지 못하였다.

이 며칠간 박옥희는 농장원들 속에 들어가 일도 같이하면서 토론해 보았고 나이 많은 이 고장 토박이 노인들도 여러 명 만나 보았으나 방도를 찾아내지 못했다. 늙은이들은 여지껏 농사를 지어오면서 두벌농사란 꿈도 꾸어보지 못한 일이라고 하면서 머리를 저었고 개중에는 관리위원장이 너무 어벌[56]이 큰 게 아닌가고 하는 사람까지 있었다. 젊은

---

55   최영호,「새봄」,『조선문학』, 2000.2.
56   어벌 : 구상이나 배포.

청장년들은 기세들은 높았으나 역시 뾰족한 수는 내놓지 못했다. 허나 박옥희는 단념할 수가 없었다. 기사장을 비롯한 기술일군들과도 토론을 거듭했고 농업과학기술 참고서들도 뒤져 보았다. 하지만 방도를 찾아내지 못했다. 그래서 오늘은 감자종자를 해결하기 위해 도농촌경리위원회에 올라갔던 길에 농업대학에도 둘러보았던 것인데…….[57]

그리하여 결국 온실에서 싹을 틔워 내다심는 방법을 생각해 내고 이를 추진하면서 희망을 갖게 된다. 아무도 방도를 알려주지 않았기에 혼자서 안을 내놓고 젊은 농장원들과 함께 일에 나선 것이다. 이 농사 방법이 성공하고 나아가서는 세벌농사에까지 이른 것이다. 자강도에 많은 농장이 있고 또 관리위원장들이 있지만 대부분은 실의에 젖어 창의적으로 농사를 지으려고 하지 않았는데 여자관리위원장 박옥희가 나서서 문제를 해결하였고 이후 박옥희는 고난의 행군 시기 여성영웅으로 널리 이름을 날리게 되었다. 남성관리위원장들이 손놓고 있었던 반면, 여성관리위원장이 난관을 뚫고 나간 것이다.

고난의 행군 이후 등장한 여성영웅 중에서 박옥희와 더불어 가장 빈번하게 오르내리는 이름이 현영라이다. 결혼도 하지 않고 오로지 첨단과학기술의 개발에만 몰두해 큰 성과를 낸 여성과학자 현영라를 대상으로 하여 남성작가인 최영학이 실화문학을 발표했다.

『조선문학』 2002년 5월에 발표된 「생은 아름답다」에서 남자들

---

57 최영호, 앞의 글.

만의 세계라고 알려져 있던 물리학과에 들어가 공부를 하던 현영라는 아버지가 정치적으로 문제가 되어 온 가족이 북방의 광산으로 내려가면서 홀로 대학 기숙사에 남아 마음고생을 하면서 공부를 한다.

불행은 갑자기 들이닥쳤다. 아버지가 만회할 수 없는 과오를 범하고 먼 북방의 광산으로 내려가게 되었던 것이다. 졸업을 얼마 앞둔 때였다. 평양에 홀로 남은 처녀는 기숙생이 되었다. 학구열에 온 넋을 불태우고 있던 시절이어서인지 그는 처음에 이것을 그리 절망적으로 감수하지는 않았다. 사실 아버지는 혼자 내려가려고 했는데 어머니가 부득부득 짐을 싸 가지고 따라 내려갔던 것이다. 대학 기간 그는 언제나 중앙도서관의 맨 마지막까지 남아 있는 독자였다.[58]

김일성 종합대학 물리학부를 다녔던 세 명의 여자 중 둘은 결혼을 하여 그냥 평범한 길을 걸었지만 현영라는 평양을 떠나서 과학원 금속연구소가 있는 지방도시 남포를 선택한다. 다른 두 여자 동창들은 과학의 길을 포기하고 당시 남자들이 가졌던 여성 표상에 어울리는 일을 하였지만 현영라는 그러지 않고 과학자의 길을 걸은 것이다.

윤미, 추월이, 현규리. 이 물리학부 명물들이 마주 서면 언제나 교수

58   최영학, 「생은 아름답다」, 『조선문학』, 2002.5.

선생들의 매혹적인 강의에 대한 이야기를 나누기 일쑤였다. 하지만 지금은 애써 학문적인 이야기를 피하고 있다.

"여성의 사명은 어디까지나 가정적인 것이 아닐까. 살림을 꾸리고 아이를 낳아 키우고……."

물리학부 선배졸업생과 결혼문제가 논의되고 있는 윤미였다. 나에게도 지금 그런 문제가 나선다면 옳게 결심했을까? 윤미는 생의 기본 목표를 허물어 버리고 여자의 그 법칙에 항복하고 있다. 추월이도 자기의 배치지로 가지 않고 결혼을 서둘러 곧장 평양에 눌러앉으려 하고 있다.

"우선 아이를 다 낳아 키운 다음에 그때 가서 물리학을 전공한 부인답게 중앙도서관 사서 같은 직업을 구해야지 뭐……."

사랑과 직업을 동시에 구한 자는 얼마나 행복할까! 하지만 그것이 깨끗한 것일까? 그는 문득 그 사이에 '배치열풍'의 회오리에 뿔뿔이 흩어져서 저마끔 겪어 나오다 보니 너무나 낮은 준위에서 작별하게 되었다는 것을 깨달았다. 손들을 꼭 잡고 서로 고무해 가면서 자세를 지켰더라면 우리는 보다 훌륭한 여성으로서 보다 훌륭한 우애의 마당을 마련하였을 것이 아닌가. 얼마든지 귀중한 시기를 귀중하게 보낼 수 있었건만 결국은 삶은 시래기 모양이 되어 버렸던 것이다.[59]

세 명의 여자 물리학과 학생 중 금속연구소로 간 이는 현영라 혼자였다. 평양을 떠나 지방의 연구소로 가는 것이 매우 힘든 일이

---

59   위의 글.

지만 과학기술의 진전을 위해 이러한 선택을 했던 것이다. 다른 두 여성은 평양 생활과 사랑을 얻은 대신에 학문을 포기하였다. 남포의 연구소에서 다시 과학기술자 돌격대로 안주에 있는 탄광으로 나가서 현장 연구를 하고 있던 현영라는 마음에 드는 남자를 만나면서 여성으로서 갈등하게 된다. 그 남자와 함께 살면서 평범한 여자로서의 삶을 누리고 싶은 유혹을 강렬하게 느끼는 것이다.

"이제 돌아가면……."
그는 정든 바다를 향해 아름다운 수평선 너머로 마음속 고백을 터뜨렸다.
"'그 동무'의 사랑의 파도에 몸을 던질 테야. 뒷일은 생각하고 싶지 않아!"
누가 알랴 나도 행복해질지…… 아마도 행복은 거기 태향의 버럭산에 붙어 있는 작은 집에 '그 동무'와 함께 하얀 회칠을 하는 것으로부터 시작될 것이다. 매일 아침저녁으로 '그 동무'의 정다운 자전거 종소리를 들으리라. 내 손으로 맛있는 음식을 만들어 '그 동무'에게 대접할 수 없고 그의 몸에서 나는 땀 냄새를 맡을 수 없다면 완전한 행복이라고 말할 수 없다! [60]

사랑하는 남성과의 결혼을 꿈꾸면서도 실행하지 못하고 과학

---

60   위의 글.

자의 길을 걷는 현영라는 매우 고독하였지만 자기가 행하는 과학기술의 미래에서 어느 정도 위로를 받는다. 하지만 탄광의 현장을 떠나 연구소로 돌아왔다가 다시 탄광으로 갔을 때 그 남자는 이미 다른 여자와 결혼한 상태였다. 현영라는 끝내 좋아하는 남성과 함께 사는 행복을 얻지 못하고 과학자로서의 길만을 걷게 되었다. 이러한 시련을 극복하면서 결국 현영라는 여성과학자로서의 명성을 얻고 강성대국의 건설에 큰 몫을 차지하게 된다.

여성작가 한정아는 이 인물을 원형으로 하여 장편소설『녀학자의 고백』을 썼다. 이 작품에 대해서는 한정아를 다루는 장에서 본격적으로 다룰 것이다.

고난의 행군 이후 등장한 여성영웅 중에 모성영웅이라고 일컬어지는 서혜숙이 있다. 서혜숙은 처녀로서 길에 버려진 고아를 무려 30명 가까이 직접 기른 것으로 유명하다. 자기 아이도 없는데 남의 아이를 이렇게까지 키우는 것이 쉽지 않기 때문에 이 사례는 더욱 유명해졌다. 서혜숙을 대상으로 여성작가 리라순은『조선문학』2005년도 5월호에 실화문학「보금자리」를 발표하여 여성이 고난의 행군 시기를 극복하는 방법을 보여주었다.

처음 서혜숙이 데려온 아이들은 방랑생활을 하다가 모여온 애들이어서 거칠고 거짓말을 하는 습관이 없어지지 않았다. 옆에서들 서혜숙에게 슬그머니 권하였다. 왜 귀한 물건을 깊이 간수해 두지 않는가…… 서혜숙은 웃었다. 제 자식들인데 무슨 열쇠를 채우겠는가고…… 서혜숙은 가끔 돈 가방도 경대에 그냥 놓고 나갈 때도 있었다. 그러나 다른 일은 없었다. 아이들은 그 자그마한 사실도 자기들을 믿어준다는 고마움의 표시로 받아들였던 것이다. 어머니는 뿐만 아니라 일상시 우리 아이들을 깨끗한 환경에서 키우려고 무척 애를 썼다. 깨끗한 환경이 아이들의 가정교양에 큰 영향을 준다고 여겼던 것이다. 어머니의 꾸준한 노력으로 거짓말을 하거나 이불을 마구 쑤셔 넣거나 남의 신발을 끌고 다니는 아이들의 나쁜 습관들이 자연스럽게 없어지게 되었다.[61]

서혜숙 이야기는 리라순의 실화문학뿐만 아니라 이후 남성작가의 손에 의해 장편소설로도 창작되었다. 정현철의 장편소설 『구기자꽃』은 바로 서혜숙을 모델로 한 장편소설이다.[62] 물론 리라순의 실화소설과 달리 허구성을 가하였기 때문에 일정한 차이는 있지만 서혜숙에서 촉발된 것은 분명하다. 정현철의 작품에서 가장 도드라진 것은 고난의 행군 시절 고아들의 문제를 직접적으로 다루었다는 점이다. 고난의 행군 시절 부모를 잃은 아이들이 많았다. 부모가 죽은 아이들이 많았지만, 부모가 버린 경우도 있었다. 북한이 가장 부끄러워하는 대목이 바로 이것일 정도로 북한 내에서 고아문제는 심각했고 북한 체제의 한계를 보여주는 것이

---

61 리라순, 「보금자리」, 『조선문학』, 2005.5.
62 정현철, 『구기자꽃』, 문학예술출판사, 2014. 작가 정현철은 1955년생으로 1980년부터 작품활동을 한 것으로 알려져 있다.

기 때문에 함부로 드러내놓고 다룰 수 있는 성질의 것이 아니었다. 그런데 북한 내에서 고난의 행군 시기를 돌파하는 여성영웅의 한 사례로 서혜숙을 대대적으로 선전하였기에 작가 정현철은 바로 이 점을 활용하면서 고난의 행군 시기 북한 사회의 어두운 면을 재현했다.

이처럼 고난의 행군이 정점에 도달한 후 북한 사회에서 남성들의 무기력과 달리 여성영웅들이 나오기 시작하고 이를 작가들이 재현하려고 하였던 것은 비단 여성작가들만의 몫은 아니고 남녀 모든 작가에게 해당되는 것이지만 여성작가들에게는 각별한 계기로 작용하였다.

남성들의 무기력을 직접 목도하면서 여성들은 자신의 목소리를 내기 시작하였다. 그동안에는 남성들에 대해 일정하게 습관화된 선입견이 존재했는데 이런 것이 사라지면서 여성들은 스스로 자신을 대변해야 할 필요성을 강력하게 느끼게 되었고 그 방법의 하나로 문학적 글쓰기를 선택했다. 고난의 행군 시기 이전에 등단하여 작품활동을 하다가 고난의 행군을 겪은 이들은 이전과는 다른 절실한 소명의식으로 무장하고 그동안 자신들이 펼쳤던 작품을 되돌아보면서 새로운 시대를 준비했다. 또한 고난의 행군 이후 새롭게 등단한 여성작가들은 고난의 행군 이후의 사회 변동 특히 정보산업시대를 예감하고 이 과정에서 여성들이 할 수 있는 역할을 새롭게 조명하는 작업을 하게 되었다.

일찍이 여류작가들의 등장이 눈에 띄는 현상이라고 했던 남성

평론가 리창유[63]는 6년이 지난 2007년에는 다음과 같이 여성작가의 진출을 기정 사실로 확인하고 있다.

여성작가들의 진출이 눈에 뜨이게 나타났다는 것은 총 14편의 작품 가운데서 6편의 작품이 이들에 의하여 쓰였다는 것이다. 특히 4월과 2월 우리 민족 최대의 경사를 맞이하여 나온 특간호들에 실린 수령형상 단편소설 모두가 여성작가들의 작품이라는 데 있다.[64]

6년이 흐른 후에 같은 논자가 이렇게 표현한 것을 보면 여성작가들의 등장과 진출이 현저하다는 것을 알 수 있다. 이들을 지목하는 어휘도 여류작가에서 여성작가로 바뀔 정도로 당시 북한문학장 내에서 여성작가들의 진출이 준 충격이 만만치 않았음을 알 수 있다.

3. 정보산업사회와 여성의 해방

남성들의 무기력 앞에서 다른 세계를 상상하던 여성작가들에게 정보산업시대에의 전망은 실로 낯설면서도 설레이는 세계상이었다. 고난의 행군 이후 강성대국을 건설하겠다고 하는 시점에서 세

---

63   리창유, 앞의 글.
64   리창유, 「시대의 요구와 작가 후 형상 세계 ─ 올해 상반년도 『조선문학』 잡지에 발표된 단편소설들을두고」, 2007.8.

계사적으로 기존의 틀이 무너지고 정보산업사회가 도래하였기 때문에 여성작가들은 이러한 것에 큰 기대를 걸었다. 미국 주도로 전 세계가 새로운 정보산업시대로 돌입하는 것을 본 북한은 미국의 제재 속에서 고난을 넘어설 수 있는 길은 오로지 전 세계적으로 펼쳐지는 정보산업시대를 주체적으로 받아들여 세계화하는 것이라고 보았다.

그런데 남성작가들은 세계사적 흐름 속에서 진행되는 사회적 변화를 느끼면서도 이를 적극적으로 받아들이는 데는 좀 주저하게 된다. 남성들의 육체노동에 기반을 둔 사회적 틀에 익숙하기에 이를 버리고 새로운 세계를 받아들이는 것이 어렵게 느껴지기 때문이다. 따라서 남성노동자들의 육체노동에 기반을 둔 기존의 생산체계가 무너지고 이를 대신하여 과학기술의 정신적 노동이 새롭게 부각되는 사회적 변화에 남성들은 자꾸만 뒤떨어지게 되는 것이다.

반면 여성들은 육체적 노동에 기반을 둔 전통적인 산업환경에서 소외되었기 때문에 굳이 이러한 사회적 변동에 저항감을 가질 필요가 없는 것이다. 오히려 이러한 사회변동 속에서 여성들에게 잘 어울리는 새로운 세계를 감지하고 이를 받아들이면서 일종의 해방감을 선취하기도 한다. 그렇기 때문에 이 시기 여성작가들은 노동자 대신에 과학기술자들이 주도하는 정보산업시대를 과감하게 받아들이고 이를 고난의 행군 이후 꿈꾸는 강성대국의 바탕으로 삼는 담대함을 보여주었다.

제2부에서 다루게 될 4명의 여성작가들은 정도의 차이는 있지만 바로 이러한 정보산업시대의 문제를 주제로 한 장편소설을 발표하였다. 고난의 행군 이전에 작품활동을 시작했지만 한정아와 김혜영은 공장과 농장에서 벌어지는 현대화 작업 특히 첨단과학기술의 도입과 이에 대한 저항의 문제를 다루었다. 첨단과학기술을 도입하여 산업 현장을 재건하는 것이 쉽지 않은 것은 기존의 틀에 익숙한 이들이 새로운 기술의 도입이 가져올 실패에 대한 두려움 때문에 과거를 지속시키려고만 하기 때문이다. 그 과정에서 갈등이 생길 수밖에 없고 두 여성작가는 이를 집중적으로 다루었다. 그런데 이들 여성작가들은 같은 세대의 남성작가들과는 비교가 되지 않을 정도로 새로운 틀을 빠르게 받아들이고 이 속에서 세상을 관찰하고 재현했지만, 새로운 세대의 여성작가들에 비해서는 상대적으로 미온적이었다고 할 수 있다. 여성이기에 기득권에 매달릴 필요가 없이 여성의 시각에서 새로운 세상을 보려고 하지만 좋았던 과거의 익숙한 것에 대한 기억에서 벗어나는 것이 그리 쉽지 않은 것이다. 하지만 고난의 행군 이후에 등장한 여성작가 리라순과 김자경은 앞선 세대의 여성작가들과는 비교가 되지 않을 정도로 전복적이다. 이들은 자신들이 한창 자의식을 가지고 세상을 대하기 시작할 청춘 무렵에 고난의 행군을 겪었기 때문에 돌아볼, 혹은 소환할 과거가 없다. 앞선 세대의 여성작가들이 전쟁 이후의 폐허에서 일어섰던 기적과 같은 시절을 직간접으로 체험하였을 뿐만 아니라 그 과실의 혜택을 일정하게 받았던 것과 대조된다. 이

들은 기댈 수 있는 과거는 없고 오로지 참담한 현재만 있기 때문에 더욱 대담하게 새로운 세상을 보고 그것을 선취하려고 하는 것이다. 이들에게 세계적인 정보산업시대는 현재를 돌파할 수 있는 하나의 중요한 통로가 되었다. 리라순은 여성병원을 배경으로, 김자경은 오리농장을 배경으로 하여 첨단과학기술의 도입과 이에 대한 저항의 여정을 아주 섬세하게 보여주고 있다.

물론 정보산업시대 과학기술의 문제를 다루는 것이 여성작가들만의 몫은 아니다. 남성작가들도 이 문제를 예리하게 다루었다. 『조선문학』 2001년 1월호에 발표된 김유권의 「해 저무는 백사장에서」는 그 대표적인 작품이다. 정보산업사회의 도래에 무감각하고 오로지 과거의 방법만을 고수하려고 하는 이들이 새로운 컴퓨터 과학기술이 펼쳐 보이는 세계에 공감해 가는 과정을 다룬 이 작품은 남성작가가 과학기술중시라는 사회적 흐름을 어떻게 해석하고 있는가 하는 점을 아주 잘 보여준다. 고난의 행군 시기 사회가 필요로 하는 것들을 제공하기 위하여서는 하루라도 기계를 쉬게 할 수 없으며 그 기계를 둘러싼 새로운 실험은 오히려 어려운 시기의 사회에 큰 해악을 줄 뿐이라고 믿던 지배인은 결국은 정보산업사회의 흐름이 주는 미래의 가치를 이해하게 된다. 고난의 행군 시기에 대학을 가는 것보다 노동현장에 가서 일하는 것이 더 바람직하다고 생각하면서 심지어 연구소나 대학으로 가는 것을 비판하던 젊은 노동자는 정보산업사회가 오히려 힘든 사회를 일으켜 세우는 데 큰 기여를 하는 것을 직감하고 이 길에 나서게 된다. 이처럼 이 소설은 젊은 과학기술자 리주렬 연구사가 정보산업사회의 새로운 미래를 향해 나아가는 것과 이것이 고난의 행군을 거쳐 강성대국에 이르는 길이라고 역설하는 것으로 마무리된다. 그런데 이 작품에서 지나칠 수 없는 것은 정보산업사회에의 적응에 가장 더딘 인물로 설정된 인물이 여의사 서인경이라는 점이다.

> 인경이가 배치되어 왔을 때 기업소 병원에는 컴퓨터가 한 대 배당되었다. 원장은 자기네 대학 시절에는 꿈에서만 보던 보물이라고 하면서 새 세대 의사인 인경에게 컴퓨터를 맡기었다. 인경은 짬짬이 건반을 두드리며 전문가체계를 시도해 보기도 하고 심전도곡선을 해석하는 프로그램을 짜느라고도 했지만 점차 일에 몰려 컴퓨터와 멀어지게 되었다. 나중에는 그 사용자 노릇마저 그만두었다. 그러니 부정맥치료 분야의 최근 정보에도 어두웠다. 화려한 무늬의 보자기를 씌워 놓은 이 컴퓨터는 전국적인 컴퓨터망에도 가입하지 못하고 있었다. 그에게는 오늘이 내일보다 더 가까웠던 것이다. 컴퓨터 시대에 이런 무식한 의사가 존재한다는 것은 무서운 일이다. 환자들의 절망 호소와 기대 앞에 여유 있는 자세로 나서서 그들의 생사를 저울질하기도 하고 서슴없이 처방을 내리며 치료 방향을 결정하던 자기를 돌이켜 본 인경은 몸서리를 쳤다.[65]

과학기술의 문제가 남녀에게 어떻게 다르게 받아들여지는가 하는 문제에 대해서 아예 감각이 없는 것은 물론이고 여성을 과학기술에 가장 둔감한 존재로 몰아가는 것은 이 작가의 남성중심주의가 알게 모르게 작품에 깊이 배어들었다는 것을 보여준다.

　과학기술의 문제를 여성작가들이 적극적으로 다루는 것 자체가 여성문학의 고유성이 아닌 것은 분명하다. 과학기술을 중시하면서 이를 통하여 강성대국을 만드는 것은 남녀 작가 모두가 관심 두는 것이다. 그런데 남성작가들은 젠더 감수성 없이 단순히 과학기술을 중시하고 강성대국의 미래만 볼 뿐이다. 정보산업사회에의 적응 그 자체가 중요한 것이다. 그런데 여성작가들이 다루는 과학기술의 문제와 정보산업사회의 중요성은 젠더 문제와 결합되어 한층 복합적으로 전개된다. 김유권의 「해 저무는 백사장에서」와 거의 같은 시기인 『조선문학』 2001년 3월에 발표된 리라순의 「행복의 무게」는 이 점을 아주 잘 보여주고 있다. 이 작품 역시 과학기술 중시의 문제를 다루고 정보산업사회로의 사회변화를 잘 보여주고 있다. 그런데 이 작품에서는 여성들이 과연 이러한 문제에 적응할 수 있을 것인지, 또한 어떤 특징을 갖고 있는가 하는 점을 그린다. 주인공 유경은 학생 시절 남편의 선배로서 연구를 앞서 나갔고 결혼하여 공동으로 연구를 하였지만 애를 낳고 기르면서 특히 애가 아픈 이후에는 과학연구를 포기하고 과학기술 잡지와 서적을 취급하는 한가한 일로 옮기면서 연구 일선에서 물러난다. 하지만 남편이 아내와 공동으로 연구하기를 아주 간절하게 원하고 여성들이 이렇게 물러나기만 하면 안 된다는 자의식에 다시 연구 전선에 뛰어든다. 만난을 무릅쓴 결과 박사 학위도 받고 당당한 어머니도 되는 것이다.

유경은 두 팔을 한껏 벌리고 아들을 향해 마주 달려갔다. 높이 안아올린 아들애의 티 없이 맑고 깨끗한 눈동자를 들여다보니 어쩐지 목이 메었다. 환희로운 이 자리에 진정 유경이 자신이 서 있단 말인가! 인간에게 있어서 자기 자신을 이겨내는 것처럼 힘겨운 것은 없다고 한다. 그러기에 인생의 극한점에서 끝내 자기 자신을 이겨낸 사람만이 진정한 삶의 기쁨과 행복의 참 무게를 느끼게 되는 것이다. 유경에게 다가온 미영이 눈부신 박사메달을 부럽게 쳐다보았다.[66]

외국의 기술축전에서 상을 받고 돌아온 유경이가 아이를 안고 좋아하는 것을 보면서 평소에 유경에게 가정을 돌보기를 권하면서 암암리에 연구사업에 손을 뗄 것을 주문한 친구 의사 미영이 유경이를 부러워하는 장면이다. 육체적 노동이 주를 이루는 산업사회에서는 여자들이 자기 자신을 이겨내면서 이런 성취를 이룩하는 것이 결코 쉽지 않다. 하지만 정보산업사회에서는 여성들도 이러한 자기 극복을 통한 성취를 얻을 수 있다. 북한 여성문학에서 아주 오래된 슈퍼우먼 콤플렉스, 즉 직장 일도 잘하고 가정일도 잘

---

66 리라순, 「행복의 무게」, 『조선문학』, 2001.3.

하는 그런 것을 다시 다루고 있는 것처럼 보이지만 과학기술의 문제가 개입하면서 실제 양상이 달라진다. 과거 산업사회에서는 노동자들의 땀이 중요하였기에 여성의 노동이나 능력에 대한 평가가 남성과 동등해지기가 쉽지 않았다. 특히 가정을 가진 이후에는 더욱 그러하였다. 하지만 정보산업사회에서는 땀보다는 두뇌가 중요하고 육체적 노동보다는 정신적 노동이 중요한데 거기에서는 여성들이 활동하기가 훨씬 좋아진다. 그리고 정보기술을 통한 네트워크 형성이 가능하고 중요해지면서 육체 노동에 기반을 둔 남성들의 네트워크 같은 것은 덜 중요하게 된다. 바로 이점에 착안한 것이 리라순 소설의 특징이다. 앞서 본 김유권의 단편소설에서 잘 드러나듯이 보통 과학기술을 배경으로 한 북한문학에서 여성인물은 남성의 연구와 새로운 시도를 이해하지 못하거나 가치 없는 것으로 여기는 생활인으로서 연구에 장애가 되는 경우가 많았다. 여성과학기술자가 등장하더라도 열정과 성실성으로 남성을 보조하고 지원하는 역할에 그치는 경우가 많았다. 반면 리라순의 이 소설에서는 여성이 연구를 주도하고 결혼, 육아 등의 문제로 우여곡절은 있지만 성취를 이루는 것으로 설정되었다. 물론 단편이기에 아주 초보적인 암시에 불과하지만 이러한 특징이 책에서 다루는 고난의 행군 이후 네 여성작가의 작품에서는 아주 뚜렷하게 드러난다. 그리고 공장이나 농장에서 기사장 같은 직위를 기존에는 남성들이 차지한 반면, 이제는 여성도 당당하게 맡을 수 있게 되는 것이다. 공장의 지배인이나 농장의 관리위원장은 여성이 맡는 경우는 있었다. 기사장보다 높은 직위이지만 여성의 섬세함으로 소통을 잘하기 때문에 이런 것이 가능했을 것이다. 하지만 기사장과 같은 일은 여성들이 맡기 어려웠다. 기계 등을 다루어야 하기 때문에 어느 정도는 육체적 노동이 뒷받침되어야 했다. 그런데 컴퓨터를 사용하기 시작하면서부터는 남녀 간의 차이가 없어지게 되는 것이어서 여성이 기사장을 맡는 것이 가능해지고 이를 기반으로 한 작품도 나온 것이다. 김자경의 장편소설 『사랑을 다 바쳐』의 기사장이 그 대표적인 인물이라고 할 수 있다.

　　고난의 행군 이후 남성들의 무기력함에 절망한 여성들이 자기의 목소리를 내기 시작하면서 북한의 여성문학은 급속하게 성장하였다. 이들은 전통적인 남성의 육체적 노동에 기댄 산업구조에서 벗어나 정보산업사회의 도래를 매우 적극적으로 받아들이기 시작하였기에 첨단과학기술의 세계에 종사하는 여성들을 두드러지게 부각시켰다. 이 자체가 여성적 시각이 강하게 들어간 것으로 볼 수 있다. 과거 북한의 사회와 문학에서도 여성과학자와 기술자들이 등장하기는 하지만 공장이나 농장에서 여성과학자 혹은 기술자들이 연구 개발 사업을 주도하는 것은 흔치 않았다. 그런데 고난의 행군 이후 시기의 여성작가들의 과학기술 배경의 작품에서 과학기술로 무장한 여성들이 공장이나 농장에서 사업을 주도하면서 기존의 관행을 타파하는 모습은 그 자체로 여성들의 문제의식이나 정체성을 담아내는 것이다. 물론 무의식적으로 드러나는 경우도 있지만, 작가가 의식적으로 드러내는 경우가 많다. 또한 어떤 경우에는 작가가 의도적으로 기존의 남성 우위의 질서를 전복시켜 여성들의 평등을 이야기하기도 한다. 이런 점들을 고려하면서 4명의 여성작가들의 작품을 대표적인 장편소설 중심으로 고찰한다면 그 의미는 적지 않다고 생각한다.

제2장

한정아
고난의 행군과 여성의 목소리

1. 고난의 행군이 남긴 것

한정아는 고난의 행군 이후 등장한 여성작가 중의 한 사람이다. 단편소설보다는 장편소설에 더 힘을 쏟았던 한정아는 장편소설을 여러 편 썼는데 여성과학자 삼대를 다룬 『녀학자의 고백』은 여러 가지 점에서 문제적이다. 우선 이 작품은 현재 북한 사회가 가장 역점을 두고 있는 첨단과학기술을 통한 부국 실현의 문제를 다루고 있다. 이 문제는 현재 북한 사회가 당면한 큰 국가적 과제이기 때문에 남녀 구분 없이 많은 작가가 다루고 있다. 그런데 한정아의 이 장편이 문제적인 것은 과학기술 시대의 사회주의 분배원칙의 문제를 다루고 있기 때문이다. 생산력이 낮은 북한 사회에서 생산력을 높이기 위해서는 도덕적 동기 이외에도 물질적 동기 부여가 필요하기 때문에 사회주의 분배원칙을 새롭게 해석하는 것이 필수적이다. 습관적으로 사회주의 분배원칙을 고수할 때 그것은 새로운 현실에 맞지 않는 새로운 형태의 평균주의를 유발하기 때문이다.

사회주의 분배원칙을 둘러싸고 소련 붕괴 이후 북한의 여러 분야에서 다양한 방식으로 문제가 제기되었다. 그중 기존의 익숙한 분야이면서 생계에 직접적으로 연결되는 농업 분야에서 문제가 가장 첨예하게 제기되었다. 분조제를 혁신하면서까지 농촌에서의 분배원칙을 새롭게 제기했던 것은 기존의 방식으로 평균주의에 기울게 되면 농민들의 노동 의욕을 고취하기 어렵고 결국 생산력의 저하로 이어질 수밖에 없으며 이는 북한 체제의 위기에로까지 이어질 수 있는 사안이기 때문이다. 따라서 북한에서 이 문제에 대해서 다양한 해결책을 내놓았는데 분조관리제는 그 대표적인 것이다. 이 문제를 다룬 작품들이 많이 나온 것도 바로 이러한 맥락에서이다.[67]

농민과 달리 훨씬 엄격한 분배원칙이 고수되던 공장 및 기업소에서도 고난의 행군 이후 분배원칙을 둘러싼 다양한 문제들이 제기되었다. 전력과 원자재 부족 등 여러 가지 곤란 때문에 공장 가동이 중단되는 일을 겪은 북한이 다시 가동을 시작할 때 이 사회주의 분배원칙의 문제를 무시할 수 없었다. 특히 경공업 분야는 인민들의 실질 생활과 바로 이어지기 때문에 더욱 그러했다. 공장 기업소의 독립채산제를 비롯한 다양한 혁신의 노력이 이 고민의 결과인데 이 역시 북한의 문학이 그냥 넘기지 않은 문제이다.

그런데 농촌과 공장 기업소의 경우는 기존의 관행이 있기 때문

---

67 변창률의 「영근 이삭」(『조선문학』, 2004.1)은 그 대표적인 작품이다.

에 이를 어느 정도 수정해서 새로운 현실에 부합하는 분배원칙을 마련할 수 있었다. 반면 첨단과학기술의 분야에서는 이 분배원칙은 그렇게 쉽게 풀리지 않는다. 물론 과학기술의 분야도 이전부터 존재했기 때문에 나름의 분배원칙과 관행이 서 있었다. 하지만 현재 전 지구적으로 진행되고 있는 과학기술 혁신의 시대를 맞이하여 과학탐구와 생산기술의 현장에서 엄청난 변화가 오고 있기에 과거의 원칙을 부분적으로 수정하는 방식으로는 제대로 대응하기 어렵다. 한정아가 다루고 있는 최첨단과학기술 분야에서의 분배원칙의 문제는 매우 새롭고 민감한 사회적 문제제기라는 점에서 주목을 끈다.

하지만 이 작품은 어디까지나 과학기술시대의 사회주의 분배원칙을 다루고 있고 젠더적 관점은 제목이 풍기는 것과 다르게 매우 약화되어 있다. 24시간 실험실이나 현장을 지켜야 하는 연구의 특성상 여성과학자들의 경우, 결혼을 해서 가정을 꾸렸든, 그렇지 않았든, 과학자로 성장하고 성공하는 것이 여간 어렵지 않다. 그런 상황에서 여성과학자가 등장하면 당연히 여성의 목소리를 들을 수 있을 것이라고 기대하지만 이 작품을 읽어보면 여성의 내면의 목소리를 접하기 어렵다. 결혼한 여성이 과학자로서 살아가는 과정에서 겪는 애로사항 같은 것은 거의 드러나 있지 않아 처음에는 실망스러울 정도이다. 또 미혼 여성과학자가 연구활동을 하면서 결혼 대상자를 찾는 것의 어려움도 그렇게 실감 있게 드러나 있지 않다. 작가가 젠더 문제를 의식적으로 그리지 않았다는 뜻이다. 그런데 이 작품의 이면을 살펴보면 여성과학자들의 삶의 현장을 그리는 것 자체에서 세대의 변화에 따른 여성들의 역할에 관한 변화가 드러나고 그것은 작가의 젠더 의식의 소산이라 할 수 있다.

2. 과학기술시대의 사회주의 분배원칙

『녀학자의 고백』은 종합기술연구소 연구사인 젊은 여성과학자 차봄순이 자신의 어머니로서 앞선 세대의 여성과학자인 송리옥에게 투덜거리는 것으로 시작한다. 외국에서 수입한 설비가 멈추고 그것이 구동 프로그램에 걸어놓은 암호 때문이라는 것을 알았는데 설비를 판매한 측에서는 설비구입비에 맞먹는 비용을 내야 암호를 풀어줄 수 있다고 하는 바람에 봄순이는 동료들과 석 달간 씨름하여 그 누구도 해결하지 못한 일을 처리했다. 그런데 보상으로 고작 수첩과 만년필을 받은 것에 봄순이는 분개했다. 이 말을 들은 어머니과학자는 자신이 딸을 잘못 키웠다고 생각한다. 이 모녀의 대화를 보자.

집에 들어서면서 딸을 과학연구의 동업자로 맞이하리라 생각하면서 말이지. 그런데 진달래꽃다발을 받아안는 딸의 얼굴은 내가 그려보았던 모습이 아니었어. 성공의 희열이 내비쳐야 할 오목눈에 그늘이 비껴있지 않겠니.

"어머니예요?"

나를 마중하는 딸의 목소리마저 맥없이 울렸다.

"웬일일까?"

기쁨이 물결치던 가슴이 불시에 굳어졌어.

"무슨 일이 있었니?"

느닷없이 갈마드는 불안을 애써 누르며 물었어. 봄순은 말없이 내 앞에 푸른 인조가죽 뚜껑을 씌운 수첩 한 권과 만년필을 내놓는 것이었어. 정교한 문양이 새겨진 수첩은 퍽 눈길을 끌더구나.

"공장에서 우리에게 준 기념품이에요"

이렇게 말하는 딸의 목소리는 불만에 잦아들겠지.

"어머니, 우린 밤낮을 이어 모든 정력과 지혜를 깡그리 바쳤어요. 일을 끝냈을 때는 우리의 몸 상태가 말이 아니었어요. 영옥인 입술이 온통 부르트더니 말도 잘 못 했어요. 그런데 공장에서는 우리에게 수고했다면서 이걸……."

딸은 분명 자기들이 바친 노력에 대한 보상에 불만을 표시하고 있었단다. 그런데 그다음 울리는 봄순의 말이 나를 더욱 실망시킬 줄이야.

"어머니, 우리 연구소 사람들은 또 어떻게 말하는지 아세요? 손톱눈만 한 일을 해놓고 떠들지 말라나요? 아직 햇내기라는 거지요 뭐."

"그럼, 넌 학계가 너희들을 떠받들어 주길 바랐니?"

딸애가 어머니 앞이라 마음 놓고 터놓는 고백임을 모르지 않았지만 나는 속에서 무엇이 치미는 것을 애써 누르고 있었단다.

봄순이가 새로운 눈으로 보이더구나. 저 애가 분명 내 딸이 옳긴 옳

은가. 귀밑에 아직 솜털이 채 가시어지지 않은 고운 피부가 청춘의 탄
력을 은은히 발산시키는 꽃계절에 사는 딸애. 봄순이가 용약 공장설비
재생의 중임을 맡고 떠나갈 때 그의 넋에 맑고 아름다운 향기가 넘치고
있음을 믿어 마지않았던 나. 그런데 인생의 출발선에서 겨우 첫걸음마
를 뗀 데 불과한 딸이 조국에 바친 자기 노력에 대해 감히 계산하고자
접어들다니. 진달래꽃다발이 발밑에 떨어졌어. 짚고 선 방바닥이 지진
에 흔들리듯 몸이 휘청거리었다.[68]

어머니과학자 송리옥은 딸 봄순이가 멈추어 선 공장설비 재생
을 위해 현장으로 나갔다가 귀가하는 것을 환영하기 위해 진달래
꽃다발까지 사 가지고 집에 들어왔는데 불만에 가득 찬 딸을 보게
된다. 딸의 불만이 자신들이 힘들게 일해 공장을 재생시켰는데 공
장 성원들이 자신들에게 해준 보상이 고작 수첩과 만년필이라는
점에 실망한 때문인 것을 보고서는 이 딸이 정말 자신의 딸인가 싶
기도 하다. 송리옥은 과학자로서 인생의 길을 걷기 시작한 딸 봄순
이 노력을 보상받기를 기대하는 것 자체를 도저히 받아들이지 못
하고 결국 딸 주려고 사 왔던 진달래 꽃다발을 떨어뜨리고 만다.
　모녀의 대화를 통해 드러나는 것은 바로 과학기술 시대의 사회
주의 분배원칙에 대한 서로 다른 생각의 충돌이다. 딸 봄순이는 과
학기술시대에 첨단기술을 가진 이들은 자신들이 노력하고 기여한

68　한정아, 『녀학자의 고백』, 문학예술출판사, 2013, 4~5쪽.

만큼 보상을 받아야 한다고 생각한다. 사회주의 분배원칙 즉 노력에 따른 분배를 이런 식으로 해석하고 있는 것이다. 자신들이 힘들게 일했고 매우 중요한 성과를 냈기 때문에 이에 상응하는 보상이 따라야 하며 이것이 사회주의 분배원칙을 지키는 것이라고 생각하는 것이다. 그런데 어머니과학자 송리옥은 딸의 이러한 행동은 매우 이기적인 것이라 생각한다. 어머니가 생각하는 분배원칙은 조국이 모든 것을 해주기 때문에, 또 조국의 도움 덕분에 이런 교육을 받고 과학자가 되었기 때문에, 조국을 위해 일하는 것은 당연하다는 것이다. 그렇기 때문에 보상의 크기를 논하는 것은 곧바로 조국을 배신하는 것이다. 즉 자기가 할 수 있는 일이라면 당연히 해야 하고 이는 조국을 위하는 길이기 때문에 더 이상의 보상을 바라는 것은 극히 이기적이며 반사회주의적인 행동이라고까지 생각하는 것이다. 이러한 생각의 충돌은 바로 사회주의 분배원칙을 다르게 생각한 데서 비롯된 것이다. 딸은 자신들이 일하고 노력한 만큼 받아야 한다는 것인 반면, 어머니는 조국이 교육시켰기 때문에 모든 노력은 조국에 이바지하는 것으로 충분하다는 것이다.

모녀의 충돌 즉 사회주의 분배원칙에 대한 문제는 이 장편소설을 추동하는 핵심적인 문제라고 할 수 있다. 송리옥은 딸과의 충돌 이후 동창생으로서 가장 성공한 여성과학자인 리현심에게 이러한 사정을 이야기하는 편지를 보내고 친구의 편지를 받은 리현심의 회상으로 소설이 전개된다.

김일성종합대학 물리학부 이론물리학과 동창생인 송리옥, 리현심 그리고 강용진 세 사람의 인생길은 바로 사회주의 분배원칙의 문제로 인해 빚어진 다른 세 갈래 길인데 작가는 이 세 명의 운명을 추적하여 가장 바람직한 도정을 탐구한다. 액자소설의 형식을 띤 이 소설에서 송리옥과 차봄순 모녀의 이야기가 외화에 해당한다면 세 동창생의 이야기는 소설의 내화이다. 이 세 동창의 이야기를 하나씩 따라가면서 과학기술의 시대에 사회주의 분배원칙의 문제를 탐구하는 이 작가의 시선을 살펴보자.

김일성종합대학에서 자연과학을 전공한 세 동창생 중 송리옥과 리현심은 여성이고 강용진은 남성으로 당시 촉망을 받았던 학생들이다. 이들을 가르쳤던 선생님들이 이들이 앞으로 어떤 방면으로 진출하여 과학자로서의 성과를 쟁취할지 진정으로 매우 궁금해할 정도로 뛰어났다.

이 세 인물 중에서 가장 특이한 이는 바로 강용진이다. 강용진은 미남자에 기억력도 좋아 대학 때부터 많은 여학생의 선망의 대상이었다.

남학생들에 대한 호기심이 먼저 싹튼 여학생들은 강용진의 비상한 두뇌를 두고 뒤에서 자주 감탄하곤 하였다. 그는 기억형의 수재로 불리웠다. '걸어 다니는 사전'이란 평을 들을 정도로 기억력이 비상했다. 누구나 어느 지명이나 어떤 인물에 대하여 알 필요가 있으면 의례히 강용진을 찾곤 하였다. 그는 이름난 인물들의 경력과 공적은 물론 사망연월일까지도 정확히 알고 있어 동무들을 깜짝 놀래웠다. 훌륭한 기억력으로 하여 강용진은 외국어실력에서도 학년적으로 단연 첫 자리를 차지하고 있었다. 한마디로 적지 않은 여학생들로부터 선망의 눈길을 받고 있는 강용진이었다.[69]

그 강용진이, 졸업을 앞두고 리현심에게 사랑을 고백했다. 문제는 금속재료공학을 연구하러 수도와 멀리 떨어진 서해안 지구에 있는 연구소에 가겠다고 결심을 한 리현심더러 강용진이 "사회로 진출할 때 첫 출발점을 바로 정하는 것이 중요하다"면서 수도에서 지방으로 내려가는 것은 어리석은 것이라고 말리면서 시작되었다.

사회가 인츰 떠들거요. 영웅적인 장거를 결심한 동무를 두고 말이요. 과학을 위해 화려한 수도의 생활도 행복한 삶도 서슴없이 바친 동무의 미거가 출판물에 소개될거구 방송에도 나겠지. 칭찬받는 기쁨도 물론 생의 보람으로 되겠지요. 하지만 동무를 기다리는 것은 칭찬만이 아닐거요. 하얀 위생복을 입고 일하는 실험실이 아니라 쇳물을 다루어야 하는 용해장에 일생 서 있어야 한다는 것을 생각해보았소? 여성과학자로서 과연 감당할 수 있는가 말이요? 연구소 생활 조건도 여기만 못할 것이요. 난 참 이해할 수 없구만. 동문 실력으로 보아 수도의 성 산하기관에 얼마든지 배치받을 수 있겠는데 왜 부러 고생을 사서 하자고 하오? 명예 때문이요? 아니면 처녀시절에 누구나 빠지게 되는 그 낭만

69   위의 책, 24~25쪽.

적인 사고 때문이요?[70]

평양의 "하얀 위생복을 입고 일하는 실험실"을 버리고 지방의 "쇳물을 다루어야 하는 용해장"에 간다는 현심의 선택을 "낭만적인 사고"라고 폄하하던 강용진은 과학 탐구를 하나의 수단으로만 대하고 남이 창조한 것을 이용하는 데서 생활의 즐거움을 찾고자 한다.

현재 우리나라 과학발전 수준이 세계적인 판도에서 고찰해볼 때 앞선 부류에 속하지 못한다는 것을 동무도 부인하지 않을거요.
지금 분과 초를 다투며 지구의 곳곳에서 새로운 과학적 발명이 창조되고 있는 조건에서 그들의 것을 우리 것으로 만드는 일도 창조 못지않게 중요하지 않을까?
난 동무만 동의한다면 세계를 함께 일주하며 오늘의 '문익점'이 되어보자는 거요. 어떻소? 이 일도 애국적이며 영예로운 일이라고 생각되는데······.[71]

북한의 과학기술이 세계적 수준에 아직 미치지 못하기 때문에 문익점처럼 외국의 첨단 성과를 가져와서 조국의 발전에 이바지하자는 강용진의 주장은 그 자체로 너무나 타당한 이야기이다. 대

---

70 위의 책, 47~48쪽.
71 위의 책, 48~49쪽.

학생 때부터 수재로 평가받았고 또 여러 외국어를 구사할 수 있는 강용진으로서는 다른 나라의 성과를 어렵지 않게 받아들일 수 있다는 점에서 이러한 주장을 당연히 할 수 있다. 자신을 '문익점'에 비유했던 강용진은 그 뒤 백화점 판매원과 결혼하고 한 과학기관의 대외사업부장이 되었다. 여러 외국어를 구사하는 능력을 가진 강용진은 세계 첨단과학기술계의 성과를 누구보다도 빠르게 입수하고 분석할 수 있었고 그 덕분에 그는 북한의 과학기술계에서는 빠질 수 없는 중차대한 인물이 될 수 있었다. 그런 과정에서 그는 한편으로 북한의 과학기술계의 성과를 세계 학계에 널리 알리고 발명권과 특허권을 획득하는 방법에도 익숙하게 되었다. 어쩌면 김일성종합대학에서 물리학을 전공한 이가 이런 일을 하는 것은 아주 적절하기에 강용진은 아주 중요한 인물이 되었다. 그가 대학 동창 송리옥에게 특허권을, 리현심에게 발명권을 출원하라고 종용한 것도 사실은 사회주의 분배원칙에서 일한 만큼 가져간다는 원칙을 과학기술 부분에서 실천하는 것이기 때문에 매우 바람직한 일이 될 수 있다.

그런데 강용진은 처음에는 문익점이 되리라는 포부에 맞게 행동했지만 점점 과학자들 위에 군림하는 관료가 되면서 자신의 원래 이상과는 다르게 편하고 부유하게 살아가는 길만을 쫓게 된다. 그렇게 되면서 사회주의 분배원칙을 지키는 것보다는 자신의 이익만을 쫓는 인물로 바뀌고 만다. 물론 자신이 일한 만큼 가져간다는 것과 이기적이라는 것의 경계를 정하기 어렵기 때문에 그의 행동에 대한 평가가 쉬운 일은 아니고 작가도 작품에서 이에 대해 자신만의 견해를 내놓지는 못하고 있지만 하여튼 이 문제가 강용진이란 인물의 핵심적인 문제인 것만은 분명하다.

과학연구기관의 대외사업부장을 그만두고 과학지도기관의 심사위원회에서 일하면서부터 그의 박식도 인츰 두각을 나타내기 시작했다. 그는 세월의 흐름에 따라 자기가 세운 견해가 정당했음을 더욱 깊이 느끼고 있었다.

대학 때 소유한 외국어 기술과 이론물리학 지식은 타고난 기질과 결합되어 심사위원회에서 그의 존재를 뚜렷히 부각시켜주었다. 이미 대외사업부에 있을 때 한 나라 과학자들과의 공동연구에서 일정한 지혜를 발휘하여 체득한 과학적 경험은 과학지도사업에서 큰 은을 나타내게 하였다.

많은 분야에서 그의 지식을 필요로 하고 있었다. 그 어느 단위 그 어느 부문에서나 그를 불렀다.

그는 사는 보람을 느끼고 있었다. 이번 탐사대 걸음만 해도 그렇다. 새로운 탐사기계를 개발하고 있는 이곳 탐사대에서 강용진을 초청했다.

그들은 새 기술이 완성되기 전에 널리 알려진 심사자와 미리 연계를 맺고 그의 조언을 받는 것이 앞으로 심의에서도 유리하리라는 타산을 한 것 같았다. 그들은 강용진을 귀빈처럼 맞이하고 잘 환대해주었다.

그의 교제 범위는 점점 확대되었다. 그 어느 단위에서나 강용진의 요구라면 마다하지 않게 되었다. 그는 긍지를 느끼고 있었다. 비록 탐

구사업에서 유리되긴 했어도 그의 위치는 과학계에서 지도적 위치를 차지하고 있었다.[72]

과학연구기관의 대외사업을 맡다가 과학지도기관의 심사위원이 되면서 강용진은 차츰 문익점 정신을 잃어버리고 과학자들 위에 군림하기 시작한다. 그리고 자신의 이익을 불법적으로 챙기는 전형적인 관료가 되면서 부패의 길에 들어서게 된다.

생활에 대한 타산이 이들에게는 없었다. 과학기술적 계산에서는 빠르고 정확하며 비상하나 인생을 작도하는 데서는 서툴다. 사회생활을 눈여겨보면 언제나 빈 공간이 있는 것이어서 그것을 제때에 포착하고 잘 이용하면 큰 노력이 없이도 많은 것을 얻을 수 있다는 것이 그가 사회생활에서 체득한 지론이였다.[73]

큰 노력 없이도 많은 것을 얻을 수 있다는 생각이 드는 순간부터 사회주의 분배원칙에서 벗어나게 된다. 사회주의 분배원칙은 노력한 만큼 얻는 것인데, 작은 노력으로 큰 것을 가져가는 것은 원칙에 맞지 않는 것이다. 문익점이 되겠다고 했을 때는 나름 타당성을 갖고 있었지만 작은 노력으로 큰 것을 가져갈 수 있는 '빈 공간'을 찾는 때부터는 사회적 정의에 어긋나게 되는 것이다. 이 순

---

72 위의 책, 132~133쪽.
73 위의 책, 171쪽.

간부터 그는 점점 부패해가고 이기적으로 되었다. 노력한 만큼 가져간다는 사회주의적 분배원칙과 이기적인 것 사이의 경계를 확정하기가 쉽지 않고 세부가 정확하게 묘사되지 않기 때문에 이 대목이 그렇게 뚜렷하지는 않지만 작가는 강용진의 방식은 아니라고 분명하게 쓰고 있다.

언젠가 심사에 초청되었던 대학강좌장 선생이 그를 보고 정확한 심사는 끊임없는 창조활동과 불가분리적으로 연결되어 있다고 의미심장한 충고를 주었다. 용진은 스승의 조언을 신중히 받아들이지 않았다. 그는 전문분야만이 아닌 여러 분야에서 아직은 무시할 수 없는 영향력을 발휘하고 있었던 것이다. 자기 실력에 대한 확신이 그를 어느덧 자만의 도가니에 잠기게 하고 있음을 그 자신은 의식하지 못하고 있었다.[74]

강용진은 이런 과정을 거치면서 점점 이기적일 뿐만 아니라 정의롭지 못한 방향으로 나아간다. 그는 실속 없는 책을 출간하려다가 차인철에게 거절당하고 뒤이어 그가 행한 사업의 결함들이 폭로된다. 자신의 논문을 불법하게 출판하려는가 하면, 다른 사람의 발명권이나 특허권을 뭉개는 일까지 하게 되면서 집단 속에서 고립되어 간다.

---

74   위의 책, 132~133쪽.

강용진이 그들의 발명문건을 그냥 깔고 있는 사이에 다른 나라에서 그 기계를 발명하여 세계에 공포했던 것이다. 그리하여 세계 특허권을 받을 수 있는 기회를 잃게 되었다. 신소 검열을 받는 과정에 이 문제가 심각히 논의되어 강용진은 처벌을 받게 되었다.

원칙과 어긋나게 처리한 문제들이 많이 드러났다. 해당 단위에서 제출한 발명심의를 현지확인 없이 수표한 문건들도 나타났다. 거기에는 예외없이 그의 사적 문제가 얽혀 있었다. 그러다 보니 현장도입에서 많은 문제점을 산생시키고 있었다.

강용진이 범한 잘못은 나라의 과학기술발전을 심히 억제시킨 과오로 평가되어 결국 처벌을 받게 된 것이다.[75]

강용진은 나중에 자신의 동창인 송리옥과 리현심이 자신이 그토록 권하던 특허권과 발명권을 마다하고 자신의 분야에서 과학적 성과를 내는 것을 보면서 자신의 지난 생을 후회한다.

강용진은 가슴을 뜯으며 번민에 잠겨 있었다. 대학동창생은 큰 성과를 거두고 경애하는 장군님께 기쁨을 드렸는데 자기는 지금껏 무엇을 했단 말인가 그런데 이번에는 리현심이 영웅이 되었다. 그는 지금까지 그들보다 우위에 서 있지 않았던가. 직위도 그들의 위에 있었고 활동영역도 그들보다 넓은 반경을 가지고 있었다. 그가 한 마디 부탁하면 누

구나 들어주곤 했다. 리현심이나 송리옥이처럼 독신으로 혹은 집을 멀리 떠나 고생하지 않아도 모든 것을 수월하게 쟁취하였다. 그것에 만족했고 기쁨을 느꼈던 강용진이다. 그러나 생활은 그 모든 것을 매 인간에게 정확히 계산해주었음을 강용진은 이 시각 깨닫고 있었다. 일한 자리는 남아도 허송세월 보낸 자리는 남지 않는다고 한 옛 사람들의 말이 이 순간 떠오른다.[76]

강용진의 후회는 너무나 늦었다. 동창생이었던 리현심과 송리옥은 과학 분야에서 큰 성과를 내고 사회적으로 추앙받는 반면, 그는 너무나 초라하게 전락한 것이다. 과학기술시대에, 세계적으로 분초를 다투면서 성과가 나는 시대에 자신의 외국어 실력으로 나라의 재부를 튼튼하게 하겠다던 문익점식 초심을 잃어버리고 결국 나락에 떨어지고 만 것이다.

송리옥은 세 동창생 중에서 가장 중심에 서 있는 인물이다. 액자소설의 외화에 나오는 봄순이의 어머니일 뿐 아니라 내화에 나오는 세 명의 동창생 중에서 가장 심리적 굴곡이 큰 인물이다.

송리옥은 강용진과 다르게 과학기술을 탐구하는 것과 그것이 공장 등의 현장에 사용되는 것의 균형을 잘 맞추는 인물이다. 아무리 자신의 과학적 성과가 중요하고 세계적으로 분초를 다투는 일이어도 현장 공장에서 요구하는 일이 있으면 나가서 기꺼이 돕는

---

76 위의 책, 320쪽.

품성을 가졌다. 그렇기 때문에 자신이 연구소에서 하고 있는 백바위분말연구가 분초를 다투는 시급한 일이라는 것을 알면서도 동천기계공장에서 필요로 하는 첨가제 연구에 시간을 쪼개 혼신의 힘을 쏟는다. 그런 송리옥의 인생에 큰 파문을 가져온 것은 바로 과학기술 분야에서의 사회주의 분배원칙에 관한 문제이다. 송리옥은 자신이 혼자 행한 대용연료첨가제 연구가 마치 동천기계공장의 집단적 성과인 것처럼 신문에 보도되는 것을 보았다.

"송 동무, 내 그날 바빠서 축하 인사를 미처 못했소. 양해하오. 알아보니 동무는 대단히 가치 있는 것을 탐구해냈더군. 우리 학급의 소대장이 연구한 특수소자보다 더 훌륭하오. 특수소자는 이미 발전된 나라에서 개발된 거요. 하지만 동무의 백바위분말은 아직 세계적으로 미개척지요. 동무가 연구한 것이 가장 앞선 수준에 올라섰다고 당당히 말할 수 있단 말이요."

과학기술위원회 심의 부문에서 일한다더니 새 기술정보에 보통 민감하지 않다는 생각이 들었다.

"강용진 동무, 비행기를 그만 태워요."

송리옥은 이렇게 쏘아주었다.

"내가 여러 나라 외국어를 소유한 데 대해서는 동무도 부인하지 못할 테지. 송 동무, 나는 외국의 과학기술 정보를 누구보다 먼저 받군 하오. 장담하건대 동무의 백바위분말은 세계특허까지 받을 수 있소. 그렇게 되면 '송리옥백바위가공기술연구소'가 서게 될거요."

강용진이 너무 확신성 있게 말하는 바람에 송리옥은 한동안 얼떠름해졌다.

'세계특허권? 기술연구소?!'

귀맛이 당기는 말이었다.

그러나 송리옥은 동천기계공장 일군들과의 약속을 지키는 것이 더 급선무라고 여겨졌다. 하루빨리 대용연료의 발열량을 늘일 첨가제를 만들어 공장의 생산량을 높일 수 있게 도와주어야 했다. 그리하여 강용진이 열정적으로 권고하던 세계특허권이며 기술연구소에 대한 미련을 버리고 동천기계공장에 내려갈 준비를 다그치고 있었다. 남편인 차인철도 그의 결심을 적극 지지해주었다. 그런데 며칠 전 신문을 보던 송리옥은 뒤통수에 강한 타격을 받은 듯한 심경에 빠졌다. 신문 상단에 동천기계공장에서 대용 연료를 개발한 소식이 크게 보도되었는데 거기에 송리옥의 이름이 없었던 것이다. 그저 동천기계공장기술집단이 자력갱생의 혁명정신을 발휘하여 완성되었다고 보도되어 있었다. 명백히 말하면 대용연료 첨가제는 송리옥의 발명품이었다.[77]

대용연료 첨가제의 발명은 분명 송리옥 개인의 것인데 마치 동천기계공장 기술집단의 자력갱생의 혁명정신 덕이라고 보도된 것이다. 송리옥은 이런 식이라면 누가 과연 과학기술의 성과를 낼 마음이 있겠는가 자문하면서 강용진의 말에 솔깃하기 시작한다. 처

---

77 위의 책, 142~143쪽.

음 강용진이 송리옥더러 백바위분말 연구성과의 특허권을 신청하여 세계적 차원의 것으로 만들자고 했을 때에는 동천기계공장과의 약속을 고려하여 미루었는데 개인의 창조적 성과를 무시하고 모든 것을 집단의 성과로 돌리게 되는 것을 보면서 마음을 바꾸었다. 이렇게 송리옥이 사회주의 분배원칙에 관해 새로운 견해를 갖게 되자 송리옥은 강용진에게는 환영을 받지만 남편 차인철에게는 무시당한다. 이제 사태는 걷잡을 수 없이 확산되어 간다.

"세계과학기술 역사를 돌이켜보아도 새로운 발명은 그것을 발견하고 창조한 탐구자들의 이름과 나란히 놓여 있어요. 물론 과학자들이 그 어떤 명예만을 바라고 일하는 것은 아니지만 그래도 바친 노력에 대한 평가만은 정확히 받아야 하지 않겠어요? 난 그저 어디 가도 저 과학자는 사회를 위해서 일정하게 기여한 사람이다 하는 인정을 받자는 것이지요."

"꼭 남에게서 인정을 받아야만 보람을 느끼겠소? 자기 양심이 인정하면 그것이 큰 긍지로 되는 것이지."

남편의 말은 반박할 여지가 없다. 양심에 저촉되지 않는 삶을 살 때만이 인간은 가장 큰 행복을 느끼게 된다는 것을 왜 모르랴. 그것은 우리 시대 사람들의 생의 척도로 되고 있다. 하지만 명예 자체가 양심에 어긋나는 것인가. 노력하여 성공하면 명예는 저절로 따라온다. 그것은 노력에 대한 응당한 사회적 평가이다.

"응당한 사회적 평가를 그 어떤 이기적 욕구로 보는 사람들을 나는 진부하다고 봐요."

아내의 말에 차인철의 두 눈이 놀라움으로 켜졌다.

"그건 무엇을 염두에 놓고 하는 말이요?"

"바친 것만큼 차례지게 하는 것이 인간의 기본윤리가 아닐까요?"

"가만, 당신은 등가교환의 원칙을 주장하는 것 아니겠지."

"아이참, 그거야 개인주의에 기초한 자본주의 가치관이지요. 저의 주장은 보상이야말로 인간의 창조적 욕망을 한껏 추동시키고 격발시키는 촉매제가 아닌가 하는 거예요. 그래야 사회적 진보도 이룩될 거예요."

"당신은 당에서 내세우는 시대의 공로자들을 따라 배워야겠소. 그들이 무엇을 바라고 자신의 모든 지혜와 노력을 조국에 바쳤겠소? 그리고 조국해방전쟁 시기 목숨 바친 영웅전사들도 무엇을 바라고 싸웠는가 말이요."

남편의 말은 설득력 있게 들렸다.

"아이참, 저에게 해설 담화를 하는 건 아니겠지요. 내가 교양대상인 줄 아는가 봐……."

송리옥은 차인철에게 밉지 않게 눈을 흘겨 보이며 계속 중얼거렸다.

"일부 일군들 속에서 나타나고 있는 평가에 대한 그릇된 관점과 입장이 극복되여야 한다는 거예요. 일한 것만큼 모든 것이 계산되고 차례지는 것이 사회주의의 본성적 요구의 하나가 아니예요?"

"그 좋은 바탕을 운운하고 내세우며 개인의 이익을 추구하면 안된다는 거요."

차인철이 이렇게 말을 끝냈으나 송리옥은 속이 내려가지 않았다.[78]

송리옥과 그의 남편 차인철과의 긴장된 대화는 이 장편소설에서 가장 빛나는 대목이다. 이 소설의 핵심 주제가 과학기술시대의 사회주의 분배원칙 문제임을 가장 집약적으로 보여주기 때문이다. "일한 것만큼 모든 것이 계산되고 차례지는 것이 사회주의의 본성적 요구의 하나가 아니예요?"라고 송리옥이 남편에게 맞대응하는 대목은 바로 사회주의 분배원칙을 말하는 것이다. 일군들이 관성적으로 평가를 하는 것이 사회주의 분배원칙에 어긋나고 이는 북한 사회의 진전을 막는다는 것이 송리옥의 견해이다. 이에 대해 남편 차인철은 아내의 태도가 자본주의의 등가원칙과 다를 게 뭐가 있냐고 반박한다. 사회주의와 자본주의의 제도 자체가 논쟁이 될 만큼 이 부부간의 논의는 그 자체로도 뜨거울 뿐만 아니라 현재 북한 사회, 특히 과학기술시대의 북한 사회가 당면하고 있는 핵심적인 문제를 건드리고 있다. 송리옥은 절대로 자신의 생각을 거두어들이지 않는다. 왜냐하면 자신의 연구성과가 특허권을 따면 이는 자신만이 아니라 조국에도 큰 기여를 하는 쾌거라고 생각하기 때문이다. 송리옥은 굳이 자신의 이익만을 위한 것이라면 이런 주장을 금방 철회할 수 있을 것이다. 그러나 특허권을 얻는 것이 급변하는 세계과학기술계에 북한의 실력을 인정받는 것이고

78 위의 책, 143~145쪽.

이는 조국을 위한 것일 수 있다는 확신을 가지고 있기에 계속 밀어 붙이는 것이다.

송리옥의 마음을 유혹한 것은 그가 연구한 백바위분말 세계특허권 문제였다. 그것이 해결되면 송리옥의 이름은 국내에만 아니라 세계에 도 알려질 수 있다. 특허란 말만 들어도 그의 가슴을 높뛰게 한다. 남편 은 자기가 이 말을 꺼낸다면 또다시 명예를 추구한다고 추궁할 테지만 이 의미를 다는 모른다. 세계특허권을 받으면 과학자의 명성과 더불어 조국에도 기여하지 않겠는가.[79]

송리옥과 차인철의 생각의 차이는 결국 부부관계를 파탄 낼 정 도가 된다. 송리옥과 남편 차인철의 팽팽한 긴장은 다음의 묘사에 서 잘 드러난다.

차인철의 판단에는 아내의 발명품이 세계특허까지 받을 가치가 없 다고 여겨졌다.

"여보 무릇 명예는 의식하지 않았을 때 찾아오게 되오. 의도적으로 탐내면 그것은 순식간에 빛을 잃고 마오. 그러나 내 수차 강조하지만 당신이 연구한 백바위분말 새 첨가제를 지체없이 동천기계공장에 도 입하는 것이 당신에겐 좋을 거요. 그렇게 되면 그곳 사람들이 얼마나

---

79   위의 책, 198쪽.

기뻐하겠소? 소박한 기쁨 속에서도 만족을 찾을 줄 아는 것이 인간의 미덕이요, 난 당신이 그렇게 하리라고 믿소. 그렇게 하지?"

차인철의 마지막 말은 송리옥에 대한 숨김없는 애정이 담겨진 극진한 어조였다. 오랜만에 맛있는 음식을 마음껏 먹은 딸들은 재잘거리며 밖으로 놀러들 나갔다. 마침 음력 보름날이어서 쟁반처럼 둥근 달이 아이들의 마음을 유혹하고 있었다. 송리옥은 남편의 권고를 즉시에 뿌리쳤다. 자기 남편처럼 고지식한 사람은 이 세상에 없다고도 생각했다. 남편의 말은 땀 흘려 지은 곡식을 자신의 몫도 남김없이 남들에게 고스란히 바치라는 요구인데 그것이 타당한가. 바친 노력만큼 보상받는 것은 경제생활의 근본기초가 아닌가. 확실히 생활에 대한 견해에서 차인철은 중요한 것을 놓치고 있다. 강용진은 이런 경우 아내가 남편을 설복시켜야 한다고 주장했다. 그런데 남편은 그의 설복에 전혀 귀도 기울이려 하지 않는다. 이전에는 그의 말을 곧장 들어주던 남편이다.

송리옥이 수긍하는 기미를 보이지 않자 차인철이 재차 물었다.

"그래 계속 특허권에 기대를 걸겠다는 거요?"

"포기할 필요는 없다고 봐요."

"그건 무엇때문이오?"

차인철이 날카롭게 반문했다. 흥분을 억제하느라 애쓰는 것이 송리옥의 눈에도 알렸다.

"방금 이야기한 것을 되풀이해야겠군요."

"흥 그 서투른 일거양득의 타산 말이지. 좋소. 이제부터 당신과 아무 말도 하지 않겠소. 그만합시다."

차인철의 자제력은 끝내 폭발하고 말았다. 마지막까지 인내성을 견지하려던 결심은 어느새 사라졌다. 송리옥은 갑자기 높아진 남편의 언성 앞에 깜짝 놀랐다.

'이제부터 아무 말도 않는다 그만하자.'

그가 던진 말은 의절을 의미하는 선언이나 같았다.

"아니 당신이 어떻게 그렇게 말할 수 있어요?"

송리옥은 너무도 뜻밖이어서 비명처럼 부르짖었다. 그러나 남편의 눈에는 차디찬 빛이 얼어붙어 있었다.

조금 전까지 자기를 타이르던 남편이 아닌가? 그런데 극단적인 발언이 그의 입에서 마구 튀어나오고 있으니 과연 자기 앞에 서 있는 사람이 남편이 옳은가 하는 생각에 송리옥은 아연한 표정으로 굳어져 버렸다.[80]

과학기술 분야에서도 지난날과는 다른 새로운 분배원칙이 적용되어야 한다고 믿는 송리옥과 그러한 것은 자본주의의 이기심에서 나오는 것이기 때문에 용납할 수 없다고 믿는 남편 차인철 간의 갈등은 부부관계의 파탄에 이를 정도로 심각한 것이다. 이러한 설정은 오늘날 북한 사회에서 과학기술시대의 사회주의 분배원칙문제가 얼마나 사회적 큰 쟁점인가를 잘 보여주고 있다. 농촌의 분조관리제나 공장 및 기업소의 독립채산제 등의 문제와는 또

---

80 위의 책, 247~248쪽.

다른 측면의 사회적 진통을 작가가 예리하게 보고 있는 것이다.

송리옥은 과학기술시대에는 새로운 사회주의 분배원칙을 통해 북한 사회의 과학기술이 발달할 수 있고 그래야만 북한 사회가 살아남을 수 있다고 믿는다. 자기 자신의 이익만을 위한 것이 있다면 송리옥은 그렇게까지 확고하게 남편과 맞서지 못했을 것이다. 특허권을 받는 것은 과학자의 사회적 명예인 동시에 사회의 진보를 이루어낸 것이라는 점에서 '일거양득'인 셈인데 남편은 과학자가 명예를 추구하는 것조차 개인의 이익 추구라고 비난하니 현실의 변화를 읽지 못하고 여전히 과거의 방식을 주장하는 남편을 보수적이라고 생각하고 따라서 자신은 더욱 진보적이라는 확고한 신념을 갖게 되는 것이다.

그런데 특허권을 빌미로 제대로 수준이 갖춰지지 않은 논문을 출판해 달라고 밀어 넣는 강용진의 비열한 행동을 보면서 그의 진의를 의심하게 된 송리옥은 결국 특허권을 포기한다.

"리옥 동무, 오해하지 마오, 편집 사업에서 원칙은 원칙인 줄 나도 아오. 하지만 동문 너무하오. 작은 지원포쯤이야 쏴주어야지."

"어떤 명분으로 말인가요?"

"그걸 몰라서 묻소?"

"소위 안면이라는 이유로 설익은 열매를 익은 열매라고 광고해달란 말인가요?"

직통으로 내쏘는 송리옥의 말이 천만뜻밖인 듯 강용진은 입을 하 벌리는 것이었다. 한참 동안 어처구니없는 눈길로 그를 바라보기만 하던 강용진은 체머리를 흔들었다.

"동문 조금도 달라지지 않았구만. 그런 성격으로 사람들과 튀지 않는 수가 용하오."

"용진 동문 실력으로 일하지 않고 성격으로 일하는가요?"[81]

강용진의 불의한 태도를 보면서 송리옥은 특허권 출원을 포기하고 평상심을 찾아 다시 과학 탐구에 매진하게 된다. 사실 송리옥의 문제 제기는 소설 속에서 제대로 해결되지 못하고 끝난 인상을 주고 있어 아쉬움이 있지만 이러한 사회적 문제를 제기한 것 자체가 한정아의 작가적 역량을 보여주는 것이다.

세 동창생 중에서 가장 평온한 인물이 리현심이다. 이 말은 동창생 강용진과 송리옥과 비교하여 그렇다는 것이지 그의 내면에 아무런 갈등이 없다는 뜻은 아니다. 대학을 졸업한 후 연구소에 배치되어 특수합금을 연구하던 리현심은 탄광 현장에서 최고의 해결 과제였던 접점재료를 연구하기 위해 내려가야 했을 때 심리적 갈등이 심하였다. 자신이 하고 있던 특수합금 연구과제가 북한 사회는 물론이고 세계적으로 분초를 다투는 중요한 문제인데 이것을 미루어두고 탄광에 내려간다는 것이 내키지 않았던 것이다. 그러한 고민을 다음 묘사에서 읽을 수 있다.

---

81   위의 책, 304쪽.

참으로 전기접점은 탄광들에서 생산 정상화의 관건적인 문제로 제기되고 있었다. 리현심이네 연구소에서는 이 문제를 해결하기 위해 금속재료연구사인 현심을 기계화의 규모가 가장 큰 룡림탄광에 파견하기로 했다. 특수합금연구조에 망라되었던 리현심은 내키지 않는 마음으로 떠나왔었다. 특수합금재료는 고도기술산업 발전에서 중요 위치를 차지한다. 만약 이것이 성공하면 우리나라 전자공업은 세계의 최첨단 수준에 당당히 올라서게 된다. 과학자로서 한번 해볼 만한 연구과제를 접어놓고 왔으니 룡림탄광의 접점재료를 연구하면서도 리현심의 마음은 늘 연구소에 가 있었다. 더구나 특수합금은 연구소가 관심사가 되어 밀어주고 있어 긍지가 컸었다.[82]

송리옥이 백바위분말이라는 세계적인 연구를 하다가도 현장 공장에서 최대 현안이었던 첨가제연구를 위해 동천기계공장으로 내려간 것처럼, 리현심도 자신의 현안 연구사업을 미루고 룡림탄광에 내려갔다. 이 둘의 차이는 과학기술시대의 사회주의 분배원칙에 날을 세우는가 아닌가이다. 송리옥은 자신의 발명품이 공장기술집단의 자력갱생의 산물로 둔갑하는 것을 보면서 사회주의 분배원칙에 새롭게 눈뜨고 강용진의 말에 솔깃하게 된다. 하지만 리현심은 그러한 보상에 큰 관심이 없기에 자신의 연구를 빨리 발명품으로 등록하라는 강용진의 말을 무시한다.

---

82 위의 책, 10~11쪽.

"현재 우리나라 과학발전 수준이 세계적인 판도에서 고찰해볼 때 앞선 부류에 속하지 못한다는 것을 동무도 부인하지 않을 거요 지금 분과 초를 다투며 지구의 곳곳에서 새로운 과학적 발명이 창조되고 있는 조건에서 그들의 것을 우리 것으로 만드는 일도 창조 못지않게 중요하지 않은가? 난 동무만 동의한다면 세계를 함께 일주하며 오늘의 '문익점'이 되어보자는 거요. 어떻소? 이 일도 애국적이며 영예로운 일이라고 생각하는데…….."

어느덧 흥분에 뜬 강용진의 말이 류창해졌다.

"문익점이 된다 말이에요?"

"그렇소 리현심 동무 결심을 달리해 보오."

열정적인 눈빛이 기대를 담은 채 리현심을 주시했다.

리현심은 눈을 내리깔고 생각에 잠겼다. 그의 뇌리에 역사책에서 보았던 문익점이 떠오른 것이었다. 나라를 위해 목숨도 두려움 없이 붓대에 목화씨를 넣어 조국에 가져온 나라의 충신, 리현심은 생각해보았다. 강용진의 권고에도 일리가 있다. 하지만 리현심은 그의 말에서 진심을 느낄 수가 없었다. 애국적인 장거로 표현하는 그 이면에 과학탐구를 그 어떤 수단으로 대하려는 의도가 비쳐있는 것이었다. 아니면 누구에게나 바라보이는 화려한 곳에서 일하고 싶은 심리인 것 같았다.[83]

외국의 최신 과학기술의 성과에 빠르게 적응해야 세계적인 성

---

83   위의 책, 49쪽.

취에 다가설 수 있다는 강용진의 말에 동의하면서도 그의 뜻을 좋게 받아들이지 않는다. 이것은 리현심이 항상 과학기술의 탐구에만 열중하고 분배 같은 것에 관심을 두지 않는 태도에서 나온 것이다. 이러한 평온심을 유지하는 리현심의 태도는 개인적인 것이면서 동시에 사회적인 것이기도 하다. 과학탐구를 그 자체로 즐기는 리현심의 이러한 태도는 어떤 보상도 바라지 않고 오로지 연구만 하는 태도로 이어졌다.

리현심의 연구 결과를 발명권으로 이어 나가자고 강용진이 끈질기게 설득하지만 리현심은 끄떡도 하지 않고 오히려 자신의 연구에 필요한 최신 외국 자료를 수집해달라는 과학자적인 탐구 태도를 보이고 있다.

"현심 동무, 그래서 말이요. 꼭 충고하고 싶은 말이 있어 바쁜 걸음이지만 들렀소. 동무 연구자료를 빨리 묶어서 우리 국에 제출하오. 내가 적극 밀어주겠소. 왜냐하면 다른 기관에서도 동무가 연구한 것과 같은 문제를 다치지 않으리라고 장담할 수 없지 않소? 연구과제의 중복을 피하자면 우선 발명권을 가져야 하오."

강용진의 어조에서 리현심은 동창생의 성공을 더 높이 내세워주려는 그의 사심 없는 마음을 느꼈다.

(…중략…)

"용진 동무, 어려운 부탁을 하나 하자요. 전 이제 연구소에 올라가면 특수합금재료를 연구해야 해요. 이건 과학자로서 무조건 해야 할 의무

과제예요. 그런데 인민대학습당과 과학기술통보사의 문헌자료를 다 조사해보았는데 이 부문에서 세계적으로 가장 앞선다는 듀콤회사 자료를 도저히 찾을 수가 없어요. 용진 동무가 도와줄 수 있지요?"

자기의 속생각과는 전혀 다른 부탁을 하는 리현심의 얼굴을 어이없이 여겨보며 용진은 아연해지는 마음을 금할 수 없었다. 리현심의 사고가 원래부터 이렇게 천진하고 단순했는가? 아니면 오랜 기간의 탐구과정 자체가 사람을 이처럼 한 가지에만 몰두하게 만든 것일까? 강용진은 지금까지의 연구실적의 가치와 그 이용에 대한 생각은 뒷전에 밀어놓고 또다시 멀고 험한 길을 애써 찾아가려는 옛 동창생의 생각이 좀처럼 이해되지 않았다.[84]

리현심은 확고한 주관을 가지고 있기에 동요하지 않고 자신의 일에 매진한다. 강용진의 말에 동요했던 송리옥과는 매우 다른데 이러한 태도는 한편으로는 과학자로서의 올바른 태도이기는 하지만 격변하는 세계의 과학기술시대에 과연 어떤 방식으로 적응하면서 살아갈 수 있는가의 문제와는 다소 거리가 있는 것이다.

이렇게 확고한 태도를 가진 인물의 성격화는 좀 밋밋할 수 있는데 리현심이 연구소에서 룡림탄광으로 파견되어 가서 겪는 갈등이 이 인물을 생동하게 만든다. 리현심은 내키지 않지만 탄광에서 해결해야 하는 접점재료 문제를 풀기 위하여 미혼의 몸으로 지방

---

84   위의 책, 172쪽.

으로 내려간다. 하지만 그를 기다리는 것은 기사 문일수의 다소 차가운 반응이었다. 문일수는 연구사들이 지방의 탄광에 내려와서 마음을 붙이지 못하고 있다가 생색만 내고 떠나는 경우를 많이 보았기 때문에 리현심도 그러한 종류의 인간이라고 지레 짐작하고 무시한다. "전기접점은 크지 않으나 아마 저 처녀 연구사인 경우에는 고양이 앞에 놓인 소대가리격일게요"[85]라는 식으로 리현심의 능력을 얕잡아 보는 것이다. 이러한 기분 나쁜 태도를 접했을 때 당연히 리현심은 불쾌하기에 그 역시 문일수를 탐탁지 않게 대한다.

문일수는 무슨 일이든 빈정거리는 것이 특징이었다. 갱의 생산지휘에서도 된다는 일보다 안 된다는 것이 더 많은 사람이었다. 어느 모로 보나 분명 이지러져 있는 그의 사람됨은 평상시 차림새에서도 잘 엿볼 수 있었다. 시꺼먼 석탄가루가 흩날리기 마련인 탄광의 환경에 어울리지 않게 그의 구두 앞 코숭이는 늘 반짝반짝했다. 어쩌면 문일수는 자신이 탄광사람임을 잊은 듯했다. '탄광신사'란 별명은 문일수를 처음부터 탐탁치 않게 보아온 마음에서 그가 달아놓은 것이었다.[86]

리현심이 접점재료를 연구하기 위하여 탄광 설비를 돌리다가 뜻하지 않은 사고가 터지자 문일수는 불같이 화를 내는데 리현심은 그의 태도를 이해하지 못한다. 탄광 사고 현장에서 두 사람이 나누

85   위의 책, 12쪽.
86   위의 책, 12~13쪽.

는 대화는 이 둘의 초기 관계를 그대로 보여주고 있다.

"동무는 수천 톤의 석탄을 날려보냈소. 책임질 수 있소?"

뇌성처럼 울리는 문일수의 말이 리현심을 후려치는 것 같았다. 그다
음 울리는 말마디들은 서슬푸른 칼날이 되어 그의 심장을 쪼각쪼각 사
정없이 베어내는 것이었다.

"사전에 내가 경고하지 않았소? 최대의 신중을 기울여 생산에 지장
이 없게 해야 된다고 말이요. 그런데 동무는 이 말을 귓등으로 들었단
말이요?"

문일수의 마지막 말은 리현심에게 반발심을 불러일으켰다. 아무리
잘못을 범했다 해도 이건 너무하다. 함부로 모욕을 줄 수 있는가. 마치
내가 의식적으로 사고를 일으킨 것처럼 몰아대다니. 저 사람은 원래 사
람을 몰아대는 데 특기가 있다. 팽팽한 긴장 속에서도 이런 의문이 든
다는 것이 리현심에게는 이상하게 생각되었다.[87]

도저히 함께할 수 없을 것처럼 보였던 두 사람에게 전환의 기회
가 왔다. 그것은 리현심의 전기접점재료 연구 결과를 모든 탄광에
다 적용할 수 있는가의 문제를 토론하는 평양에서의 발표회였다.
리현심의 발표에 대해 전국에서 관심을 갖고 온 탄광의 기사들이
연이어 어려운 질문을 하고 있을 때 문일수가 나서서 리현심을 대

---

87 위의 책, 138~139쪽.

신하여 이 연구 결과의 전국 탄광의 확산 가능성에 관해 명료하게 답변한다.

"저는 리현심 연구사가 몇 년 동안 내려와서 접점재료실험을 진행한 룡림탄광 기사장입니다. 리현심 연구사는 수년간을 성능 높은 전기접점재료를 연구하기 위해 노력하였습니다. 그가 처음 만든 접점은 본래 것보다는 수명이 몇 배나 길었습니다. 그러나 그것이 방금 광명탄광 지배인 동무가 이야기한 것처럼 일련의 결함이 있다는 것을 발견한 그는 다시 연구에 착수하여 접점재료의 순도를 높였습니다. 이번에 우리 갱에서는 그 접점들을 종합적 기계화 막장에 도입해보았습니다. 결과 그것이 수입제보다 훨씬 더 좋다는 것이 실천으로 확증되었습니다."

문일수는 각종 설비에 도입한 접점들의 성능과 수명, 경제적 효과성을 명백하게 이야기하고 나서 이렇게 덧붙였다.

"때문에 모든 탄광들에서 마음 놓고 도입해도 될 것이라고 생각합니다."

그가 리현심이 미처 연단에서 발표하지 않은 부분들까지 과학적인 근거와 논리적인 분석을 하며 보충하는 바람에 마치 문일수가 연구사의 성과를 변호하는 사람처럼 참가자들이 여기게 되었다. 주석단 성원들이 한동안 머리를 맞대고 협의를 하는 것 같았다. 이어 사회자가 그가 연구한 접점들을 전기공장에서 국가제품으로 정식 생산하게 되었음을 알리자 장내에서 박수 소리가 요란히 울렸다.

한편 리현심은 문일수가 이야기하는 동안 자신이 연단에 서있는 것조차 잊고 있었다. 너무도 급작스러운 문일수의 태도가 어안을 벙벙하게 만들었던 것이다. 지금까지 그가 체험한 기쁨과 슬픔, 고민과 환희, 실망과 낙망 등 인생의 쓴맛과 단맛을 겪을 때와는 대비도 할 수 없게 충격이 컸다.[88]

문일수의 이러한 태도 변화에 처음에는 어안이 벙벙하였지만 결국은 문일수의 진심을 알게 되면서 리현심은 그를 받아들인다. 문일수는 다른 여성과학자들과 다른 태도를 리현심에게 발견하였기 때문에 이러한 변화가 가능했던 것이다. 문일수 역시 처음에는 이전의 연구사들이 사적 이익을 위해 이러한 지방 탄광에 내려와서 일하는 것을 자주 보았기 때문에 이 여자 역시 그러할 것이라고 생각하였다. 하지만 평양에 올라갈 수 있는 여러 기회를 버리면서까지 연구에 정진하는 이 여성과학자를 보면서 그동안 가졌던 편견을 버리게 되었다. 문일수로 하여금 편견을 가지게 한 여성과학자 중에는 송리옥도 들어 있다. 그렇기 때문에 리현심이 처음 이 탄광으로 내려가고자 했을 때 송리옥은 극구 말렸던 것이다. 그런데 리현심이 하는 행동을 보면서 문일수는 편견을 바로 잡고 적극적으로 그를 돕기 시작한 것이다. 연단에서 그의 연구 결과를 실무 차원에서 변호하여 설득력을 강화한 것도 바로 이러한 태도의 변화에서 나온 것이다.

---

88   위의 책, 175~176쪽.

확실히 리현심은 앞서 왔던 여성들과 탐구의 목적과 출발점을 다르게 정한 것 같다. 과학탐구를 자신의 이기적인 삶의 추구로 내세웠던 그들과는 얼마나 대조적인가. 이 순간 문일수의 마음속에는 그처럼 고상하고 아름다운 넋을 지닌 리현심을 힘껏 돕고 싶은 열망이 불처럼 솟구쳤다. 우리 탄부들을 뜨겁게 사랑하는 이 여성과학자에게 자신의 지혜와 의지와 힘을 깡그리 주고 싶었던 문일수였다.[89]

리현심은 사회의 '빈 공간'을 찾아가며 적은 노력에 많은 보상을 받으려고 하는 강용진이나, 노력한 만큼 받아야 한다는 사회주의 분배원칙에 충실하려고 하는 송리옥과 다르게 연구 자체에 진심을 다한다. 연구소에서 하던 특수합금 연구를 밀어두고 탄광에서 필요하다고 하는 전기접점재료 연구를 하여 실질적인 도움을 줄 수 있었고, 그 일을 마친 이후 다시 연구소에서 연구를 시작했을 때 연구에 필요한 설비를 탄광에서 도움을 받는 것도 이러한 성심의 결과였다. 과학과 기술의 행복한 만남이라 할 수 있다.

이렇게 소설의 내화는 끝났지만 외화에서는 문제가 지속된다. 송리옥의 딸 봄순이가 어머니와는 또 다르게, 개인적 명예만이 아닌 물질적 보상을 요구하는 방식으로 사회주의 분배원칙을 새롭게 제기하는 것이다. 어머니 세대인 세 동창생은 북한 사회가 비교적 잘 나가던 시기에 사회로 나와 활동한 반면 봄순이가 활동하는 시대는 고난의 행군

---

89   위의 책, 261쪽.

이후, 즉 북한이 큰 어려움을 겪은 시기이다. 따라서 봄순이 세대는 어머니 세대와는 다른 고민을 가질 수밖에 없다. 작품 초두에 봄순이가 만년필과 명예훈장을 받은 것에 불평하는 대목을 제시하여 그 세대 간의 입장 차이를 문제로 제시하긴 했지만 작가는 이 문제를 더 이상 다루지 않고 좀 안이하게 마무리한다. 봄순이가 리현심이 근무하던 곳을 방문하고 앞 세대의 지향을 이해하는 것으로 말이다.

봄순은 낯익은 둔덕에 올라섰다. 두 번째로 찾아오는 도시다. 한번은 어머니의 동무인 박사를 찾아왔었다. 그러나 오늘은 영웅이 된 박사를 찾아오는 길이다. 영웅들의 사진이 붙은 게시판이 제일 먼저 눈에 안겨왔다. 도시가 배출한 영웅들을 사람들은 도시의 첫 입구에서 누구나 볼 수 있게 만들었다. 맨 첫 번째 자리에 리현심 영웅의 사진이 붙어 있었다. 사진을 바라보는 처녀의 눈에 이름할 수 없는 격정이 차올랐다. 사진 아래 새겨진 글발들에서 풍기는 여운 때문인지 그의 눈은 그 글발들에서 떨어질 줄 몰랐다.
"노력 영웅, 교수, 박사 리현심."
어머니의 연구소에 가면 정면홀 옆에 이름있는 과학자들의 사진이 붙은 첫 자리에서 어머니의 모습을 볼 수 있다. 인민과학자, 교수, 박사인 어머니의 사진이다. 봄순은 리현심 박사와 어머니의 사진에서 공통점을 발견했다. 두 사람을 다 같이 비쳐주는 후광과도 같은 것이 있다. 평온이었다. 그 평온한 표정들은 자신에게 이렇게 고백하는 것 같았다.
"나는 후회 없는 삶, 행복한 삶을 누리고 있다."[89]

사회주의 분배원칙의 문제를 이렇게 풀어가는 것이 현재 북한 사회의 고민을 은폐하는 측면이 분명히 존재한다. 과연 어머니 세대와 다른 봄순의 세대, 북한이 비교적 잘 나가던 시대와는 너무나 다른 고난의 행군을 겪은 이 세대들에게 이 평온을 요구할 수 있는가이다.

3. 세대의 변화와 여성의식

여성작가가 쓴 소설에서 여성의식을 발견하는 것은 그렇게 어려운 일은 아니다. 아무리 작가가 여성으로서의 자의식을 특별히 드러내지 않으려고 해도 작품을 구성하는 일상의 세부 묘사에서 독자는 어느 정도 이를 읽어낼 수 있다. 하지만 북한의 여성작가의 작품, 특히 장편소설에서 이를 읽어내는 일은 그렇게 간단하지 않다. 북한의 여성작가들은 단편소설에서는 여성으로서의 자의식을 어느 정도 드러내려고 하지만 장편소설에서는 사회적으로 더 큰 문제를 제기해야 한다는 강박관념이 작용하고 있기 때문이다. 그렇기 때문에 북한의 여성작가가 쓴 장편소설에서 여성의식을 읽어내기 위해서는 좀 더 섬세한 읽기가 필요하다.

한정아의 『녀학자의 고백』 역시 예외가 아니다. 작가는 장편소

---

90   위의 책, 324쪽.

설인 만큼 사회적으로 크게 대두된 절박한 문제를 제기하는 데 치중하면서 오히려 여성의식을 약화시키는 경향이 있다. 즉 남녀 모두에게 중요한 문제를 다루어야 한다는 강박 때문에 여성으로서의 과학자가 겪는 것은 개인적인 것이고 사회적으로 중요한 문제가 아니라고 치부하는 것이다. 『녀학자의 고백』에서 작가는 과학기술시대의 사회주의 분배원칙이란 절실한 문제를 다루었다. 이 문제는 북한 사회가 당면하고 있는 문제일 뿐만 아니라 남녀 모두가 다 겪는 문제이다. 북한이 사회주의를 표방한 이후 사회주의 분배원칙의 문제는 언제나 가장 중요한 사회적 문제였고 시대의 변화에 따라 매번 내용을 달리하면서 이 문제가 제기되어 왔다. 국가사회주의 붕괴 이후 기존의 사회주의 경제권이 무너지면서 이 문제는 더욱 중요하게 되었다. 특히 과학기술시대에는 더욱더 민감한 문제가 되었다. 따라서 작가는 여성과학자의 경험을 다루면서도 주로 '과학자'로서의 성과와 그 보상의 문제에 집중하고 '여성'으로서의 문제에 대해서는 굳이 관심을 두지 않으려 한 것 같다.

하지만 작가가 사회적으로 큰 문제를 제기한다고 해서 여성의식이 전혀 드러나지 않을 수는 없다. 의도하지 않았지만 드러나는 점을 읽어낼 필요가 있다. 이런 관점에서 보면 작품에서 여성과학자를 긍정적으로 그려낸 반면, 남성과학자의 무력과 타락을 보여주는 점이 우선 흥미롭다. 리현심과 송리옥은 곡절은 있지만 궁극적으로는 긍정적으로 그려져 있다. 사회주의 분배원칙에 대해 큰 관심 없이 오로지 과학 탐구에 열중하는 리현심은 물론이고 한때 사회주의 분배원칙에서 불공정한 대우를 받았다고 갈등하고 분노했던 송리옥도 숱한 곡절과 고뇌 끝에 결국은 과학자로서의 '명예'에 만족하는 인물로 그려지고 있다. 리현심은 노력영웅으로, 송리옥은 인민과학자로, 사회적으로 인정받는 인물이 되었던 것이다. 그런데 같은 동창생인 강용진은 그렇지 않다. 리현심과 송리옥보다 학교생활에서 더 주목받았던 강용진이었지만 사회의 '빈 공간'을 찾아다니면서 적은 노력으로 큰 보상을 받으려고 하다 비참한 결과에 이른다.

다만 이것이 너무 자의적인 설정이거나 해석은 아닌가 의심해 볼 수 있다. 어떻게 남성과학자들은 이기주의적 욕심 때문에 타락하고, 여성과학자들은 과학자의 성취를 얻는다고 할 수 있겠는가? 하지만 이러한 설정은 고난의 행군을 생각하면 이해할 수 있다. 이 작품의 시대적 배경, 특히 세 동창이 졸업 후 걸은 노정은 고난의 행군과는 직접적으로 관계가 없다. 소설의 설정상 아마도 이 세 동창이 활동하던 시대는 1980~1990년대일 것이다. 그럼에도 불구하고 이러한 인물의 배치와 성격화에는 고난의 행군 이후의 시대적 관점이 강하게 투영되고 있다. 고난의 행군 이후 기존의 사회적 조직 체계가 상당히 붕괴되고 하루하루의 일상이 어려워졌을 때 변화된 상황에 적응하지 못한 많은 남성들은 방황을 하게 된다. 무기력에 빠져 있는가 하면, 생계 유지를 위해 이전에는 생각지도 않던 일도 하게 되면서 정체성을 상실하고 마음에 심한 상처를 입는 것이다. 하지만 여성들은 이러한 남성과는 달리 급속한 충격을 견디면서 생활이나 직장에서 자신의 일을 꾸준히 하고 이를 통해 자신감을 얻어가게 되었다. 무엇이든 해서 식량을 구하고 가족을 돌보는 일을 해냈던 여성들이 볼 때 남성들은 무기력하거나 무능하였다. 이 시기를 통과하면서 여성들은 자신의 정체성 인식에 현저한 변화를 겪게 된 것이다.

한정아 역시 고난의 행군을 거치면서 이러한 생각을 갖게 되었기에 소설에서 이런 식의 설정이 가능했던 것이 아닌가 생각한다. 이 작품에서 여성과학자들은 갖은 곡절에도 불구하고 궁극적으로 사회적으로 존경받는 과학자로서 우뚝 서는 반면, 남성과학자는 무능하고 부패한 인물로 그려진다. 고난의 행군이 아니라면 이러한 설정은 보편성을 가지기 힘들었을 것이고 독자들 역시 공감하기 어려웠을 것이다. 하지만 고난의 행군 시기를 지난 북한의 인민들은 이러한 설정을 충분히 가능한 것으로 받아들일 수 있게 되었다. 이런 점에서 이 작품은 고난의 행군 이후 북한 사회 특히 여성의식의 변화를 우회적으로 보여준다고 할 수 있다.

또 하나 지적할 수 있는 것은 여성의 불굴의 의지를 강조한 것이다. 리현심은 공장 현장에 가서 남자들보다 더 열심히 접점재료 연구에 자신을 바친다. 이 점은 공장의 기사인 문일수의 리현심에 대한 태도 변화에 잘 드러난다. 처음 문일수는 리현심을 사사건건 반대하면서 냉대하였다. 그럴 수밖에 없었던 것은 내려오는 과학자마다 오래 버티지 못하고 이러저러한 이유를 대면서 탄광을 떠났기 때문이다. 문일수 역시 처음 리현심을 이 탄광을 잠시 스쳐간

다른 여성과학자처럼 보았다. 그런데 리현심이 그런 이들과는 다른 모습을 보이자 마음을 열고 다가가기 시작한다. 문일수가 접점재료 연구를 마치고 전국적으로 그 성과가 확산되는 시점에서 보낸 편지의 다음 구절은 그가 여성과학자에 대한 편견을 버리는 과정을 보여준다.

현심 동무, 힘을 내십시오. 동무가 전기접점재료를 완성하여 국가적으로 많은 자금을 절약시키고 모든 탄광들의 석탄증산에 크게 이바지한 것처럼 이제 특수합금을 만들어낸다면 우리 조국은 또 얼마나 높이 발전하겠습니까? 지금 제국주의자들이 딸라와 과학기술의 우세로 세계를 제패하겠다고 피눈이 되어 날뛰는 형편에서 우리 과학자들의 투쟁은 단순한 탐구사업이 아니라 사회주의를 지키는가 못 지키는가 하는 심각하고 첨예한 계급투쟁임을 강조하고 싶군요. 정치사업을 한다고 나무람하겠지요? 현심 동무, 왜서인지 동무를 남이 아니라 자신처럼 믿게 됩니다. 나의 기억 속에는 언제나 끝이 없는 과학탐구의 먼길에 주저없이 들어선 한 처녀의 과감한 모습이 생생하게 남아있어 힘들 때마다 용기를 주군 합니다. 그 길에 들어섰다가 쓰러진 사람도 있고 아무런 실제값도 없이 인생의 그라프가 끝난 연구사도 있지 않습니까. 남자들도 선뜻 들어서기 저어하는 어려운 탐구의 길에 여성의 몸으로 용약 뛰어들어 아낌없이 청춘을 바쳐가는 그 정신이 아마도 저의 심장에 꺼지지 않은 불을 지핀 것 같습니다.[90]

남성들도 꺼려하는 일을 여성이 해내는 모습을 통해 리현심을 새롭게 발견하는 문일수의 시선에서 이 작품에서 여성의식이 어떻게 드러나는가를 단적으로 짐작할 수 있다. 물론 기혼 여성들의 어려움이라든가 여성 혼자이기에 감당해야 하는 사회적 어려움 등이 작품에 제대로 드러나 있지 않아 아쉬움이 있지만 그래도 우회적으로 드러나는 여성의 위상의 변화를 감지하고 표현한 것은 여성작가 한정아의 몫이라고 할 수 있다.

　　이 작품에서 여성의식이 우회적으로 드러나는 또 하나 흥미로운 대목은 세대의 변화에 따라 여성의 사회적 역할과 위상이 달라지는 점이다. 이 작품에 등장하는 과학자들은 크게 세 세대로 나누어 볼 수 있다. 첫째는 한국전쟁을 겪고 사회적으로 안정되면서 과학자로 성장한 이들이다. 둘째는 북한 사회가 어느 정도의 공업화를 이룬 이후 나름의 근대화에 일정하게 성공하고 있던 시기 즉 80년대에 활동한 과학자들이다. 셋째는 국가사회주의 붕괴와 연이은 고난의 행군 이후 과학기술을 통해 북한 사회의 문제를 돌파하자고 외치던 시기에 활동하는 과학자들이다. 이 세 세대에서 여성과학자들이 행한 사회적 역할과 위상이 달라진 것은 이 장편소설에서 여성의식이 가장 두드러지게 드러나는 대목이라고 할 수 있다.

　　첫 세대의 과학자로 등장하는 이들은 모두 '전쟁노병'인 남성들이고 여성으로는 강인옥 선생이 있다. 원로 과학자인 전세연과 류진

91　위의 책, 213쪽.

박사는 모두 일제시대에 태어나 고생을 하고 해방과 전쟁을 겪은 후 전후에 성장한 남성과학자들이다. 전세연에 대한 작가의 다음 묘사는 *그*가 어떤 과정을 거쳐 과학자로 성장했는지 잘 보여준다.

> 해방 전 어느 바다가에서 살던 전세연은 일찍 어머니를 여의고 이집 저집 고아로 떠돌이 생활을 하였다. 어느 날 배고픔을 참지 못해 해변가에서 누가 먹다 버린 음식찌꺼기를 먹었는데 얼마 안 있어 그는 배를 꼬부리고 토하기 시작하였다. 나중에는 노란 열물만이 나왔다고 한다. 전세연은 길바닥에 쓰러지고 말았다. 이처럼 그는 해방 전에 죽지 못해 살아왔다. 열두 살 되는 해에 해방을 맞이한 전세연은 중등학원을 거쳐 인민군대에 입대하였다가 대학을 나오게 되었다. 전세연은 지난날 막돌처럼 취급받던 의지할 데 없던 고아를 박사로 키워준 당의 은덕에 보답하기 위해 불철주야 일했다.[92]

일제강점기에 가난하게 살다가 해방과 전쟁을 거치면서 과학자로 성장한 전세연의 성장과정은 류진도 비슷하게 나타난다. 둘 다 전쟁을 거친 노병 박사들이다. 여성인 강인옥은 전쟁 시기에 외국유학까지 했지만 전후 입학생들의 기초지식이 워낙 낮은 것이 가슴 아파서 대학교원의 자리를 마다하고 중학교 교원으로 간 인물이다. 그 강인옥이 리현심의 자질을 알아보고 과학자로 성장하게

---

92   위의 책, 88~89쪽.

지도해주었다. 강인옥 선생은 리현심이 김일성종합대학 물리학부 입시에 떨어졌을 때 직접 시험관들을 찾아가서 리현심의 재능을 보증하여 재시험을 치를 수 있게 해주었다. 즉 북한 사회에서 성장한 첫 세대의 과학자 중에 여성은 드물었거니와 실제로 과학 탐구에서 성과를 내기란 쉽지 않았던 것 같다. 작가가 강인옥 선생이 겪어야 했던 여성으로서, 과학자로서의 어려움에 대해서는 소설 속에서 크게 관심을 보이지 않았지만 함께 유학을 했던 남성동료와는 달리 여성인 강인옥이 교원에 머물러 있어야 했던 것 자체가 여성이 과학자로서 성장하기 어려웠던 북한 사회의 현실을 드러내는 것이라고 하겠다. 그 첫 세대의 노력으로 리현심 같은 여성과학자가 성장할 수 있었던 것이다.

다음 세대인 리현심과 송리옥, 강용진 세 동창에게서는 여성과학자들이 두드러지게 성장하는 반면 남성과학자인 강용진은 생활과 타협하면서 과학자로서도 타락하는 식으로 전혀 다른 양상을 보인다. 해방과 전후 세대에서는 찾아보기 힘들었던 여성과학자들이(강인옥 선생 외에 류진 박사의 아내는 과학자로 나오지만 실질적으로 큰 의미를 갖지 않는다) 공업화 세대에 오게 되면 큰 비중을 차지할 뿐만 아니라 더 우수한 성과를 내는 것으로 그려지고 있는 것이다. 물론 현실에서는 여성과학자들이 이전에 비해 상대적으로 많아진 것은 사실이지만 여전히 남성과학자들이 다수를 차지했을 것이다. 그런데도 작품에서 그 이상으로 여성과학자들이 중요한 위상을 차지하는 것으로 그려진 것은 분명 여성작가 한정아의 작가의식이 작동한 것이다. 이들의 향방을 어느 정도 규정하고 있는 것은 앞 세대의 희생정신이다.

영웅은 전쟁시기에만 태어나는 것이 아니다. 평화시기에도 영웅은 곁
에 있었음을 새삼스럽게 느끼게 된 리현심이었다. 그는 두 노병 박사의
삶에서 말로써만 들어왔던 조국해방전쟁시기 영웅들의 희생정신을 새
롭게 목격하였다. 그들의 모습은 리현심에게 새로운 인생관의 본보기로
가슴 속에 새겨지었다. 생이란, 과학자의 생이란 무엇인가. 지금까지 느
끼지 못했던 숭엄한 그 무엇이 가슴 가득 안겨왔다. 그들은 나에게 바통
을 넘겨주었다. 아니, 이것은 단순히 바통이 아니다. 과학의 진지를 굳건
히 지켜야 한다던 전세연 박사의 말이 다시금 뇌리에 안겨들었다. 우리
는 지금 조국의 부강번영과 발전을 위한 무기를 쥐고 있다. 순간이라도
이것을 놓으면 조국의 발전이 더디어진다.[93]

전쟁 세대의 희생정신을 그다음 공업화 세대가 얼마나 잘 간직
할 수 있는가는 의문이지만 그것이 여전히 유효하다는 것을 작가
는 강조하고 있다.

세 번째 세대에 오면 양상은 훨씬 달라진다. 아예 여자과학자만
등장하고 있다. 이들에게 전쟁 세대의 희생정신 같은 것은 먼 이야
기이다. 가까이에서 접할 수 있는 기회도 없다. 그렇기 때문에 이
들에게는 또 다른 삶의 방식이 열려 있다. 소설에서 외화에 해당하

---

93   위의 책, 291쪽.

는 대목은 온통 여성신진과학자 봄순이 이야기이다. 봄순이는 고난의 행군 이후 시대에 주도적으로 활동하는 여성과학자로 보인다. 그는 과학기술시대의 사회주의 분배원칙에 아주 민감하다. 첫 번째 세대에서는 생각할 수 없는 것이었고, 두 번째 세대부터 관심사로 부상했던 것이 세 번째 세대에게는 매우 중요한 문제가 되는 것이다. 소설은 이 세 번째 세대에 해당하는 봄순이가 사회주의 분배원칙을 제기하는 것으로 시작하여, 이 문제를 스스로 납득하는 것으로 끝난다. 공장에서 갑자기 생긴 설비 고장을 복원하기 위하여 파견되어 성공적으로 과업을 수행했지만 그 보상으로 받은 것이 수첩과 만년필뿐이라는 데서 비롯한 봄순의 불만은 결국 자신의 어머니의 친구인 리현심을 만나면서 마무리된다.

봄순은 낯익은 둔덕에 올라섰다. 두 번째로 찾아오는 도시다. 한번은 어머니의 동무인 박사를 찾아왔었다. 그러나 오늘은 영웅이 된 박사를 찾아오는 길이다. 영웅들의 사진이 붙은 게시판이 제일 먼저 눈에 안겨 왔다. 도시가 배출한 영웅들을 사람들은 도시의 첫 입구에서 누구나 볼 수 있게 만들었다. 맨 첫 번째 자리에 리현심 영웅의 사진이 붙어 있었다. 사진을 바라보는 처녀의 눈에 이름할 수 없는 격정이 차올랐다. 사진 아래 새겨진 글발들에서 풍기는 여운 때문인지 그의 눈은 그 글발들에서 떨어질 줄 몰랐다.

"노력 영웅, 교수, 박사 리현심."

어머니의 연구소에 가면 정면 홀 옆에 이름있는 과학자들의 사진이 붙은 첫 자리에서 어머니의 모습을 볼 수 있다. 인민과학자, 교수, 박사인 어머니의 사진이다. 봄순은 리현심 박사와 어머니의 사진에서 공통점을 발견했다. 두 사람을 다 같이 비쳐주는 후광과도 같은 것이 있다. 평온이었다. 그 평온한 표정들은 자신에게 이렇게 고백하는 것 같았다.

"나는 후회 없는 삶, 행복한 삶을 누리고 있다."[94]

봄순이가 확인한 것은 사회적 명예 호칭이다. 리현심과 같은 세대가 전쟁 세대의 과학자들에서 확인한 것이 희생정신이었던 반면, 봄순이 리현심 세대에게서 확인한 것은 명예 호칭이다. 어떤 물질적 보상도 아닌 명예인 것이다.

실제로 오늘날 북한의 젊은 과학자들이 이러한 것에 공감하리라 믿기는 쉽지 않다. 대동강이 보이는 고층 살림집을 과학자에게 제공하는 것을 보면 이미 물질적 보상 없이는 이들로 하여금 과학 탐구에 매진케 하는 것이 쉬운 일이 아님을 알 수 있다. 작가가 이러한 예민한 사회적 문제를 본격적으로 제기하지 못한 것이 아쉽기는 하지만 중요한 것은 여성들이 이렇게 과학 분야에 진출하고 있다는 점을 두드러지게 드러내고 싶어한다는 점이다.

덧붙여 이 작품이 북한에서 과학자들이 따라 배워야 할 '선군시대의 선구자'로 널리 알려진 여성과학자인 현영라를 모델로 해서 쓰인 것임을 밝혀둔다. 현영라를 모델로 해서 리현심이란 인물

---

94 위의 책, 324쪽.

을 만들었고 칠순을 바라보는 나이에 접어든 리현심이 "새 세대 과학자들에게 올바른 자세를 심어주어야 할" "의무"로 "전 세대의 역사가 새 세대 과학자들의 앞길에 참된 밑거름이 되도록 필요한 일"을 수행하는 것으로 했다. 현영라의 과학적 성과는 아래와 같은 부고 기사에서 짐작할 수 있다.

북한에서 과학자들이 따라 배워야 할 '선군시대의 선구자'로 널리 알려진 여성과학자인 현영라 국가과학원 유색금속연구소 연구사가 최근 사망했다.

'조선중앙통신'은 17일 김정은 국무위원회 위원장이 "노력영웅이며 교수, 박사인 국가과학원 유색금속연구소 연구사 현영라의 서거에 깊은 애도의 뜻을 표시하여 16일 고인의 영전에 화환을 보내시었다"고 보도했다. 김일성종합대학교 물리학부에서 '작은 퀴리'라는 별칭으로 이름을 날리던 수재였던 고인은 생전에 채취공업 등 여러 경제부분의 생산을 정상화하는 데 기여해 북한 과학계를 대표하는 여성과학자로 이름이 높았다. 특히 컴퓨터 하드디스크경자기원판 제조에 쓰이는 콤팩트디스크CD용 특수합금 재료를 개발해 북한 전자공업의 수준을 한 단계 끌어 올렸으며, 지하철도 운영 설비에 적합한 유색금속 재료도 연구하는 등 시대가 요구하는 문제를 해결하는 '과학의 제1번수'라는 평가를 받아왔다.[95]

---

95 「북 여성과학자 현영라 사망, 김정은 조의」, 『통일뉴스』, 2017.9.18.

금속재료연구사로서 높은 성과를 낸 현영라는 소설가 현덕의 딸로 알려져 있다.[96] 다만 소설 속 리현심의 아버지는 역사학자로서 집에 책이 많고 글을 쓰는 모습으로 묘사되어 있다.

또한 소설 속에서 리현심과 문일수의 관계는 처음에는 적대적이었다가 소설이 진행하면서 상호 이해하는 동료가 되고 그것이 남녀 관계로 발전되어 나가다가 흐지부지 되고 말아 소설의 완성도에 아쉬움을 준다. 이렇게 된 것은 리현심의 모델 현영라의 실제 삶을 소설 속 리현심이 벗어날 수 없었기 때문으로 보인다. 이 책의 서두에서 언급한 최영학의 실화문학 「생은 아름답다」에 의하면 현영라와 사귀던 남성은 현영라의 연구 완성을 기다리지 못하고 다른 여성과 결혼한 것으로 되어 있다. 모델 소설로서 『녀학자의 고백』이 가진 한계로 보아야 할 것이다.

4. 부강한 국가 건설과 새로운 여성 주체

오늘날 북한 사회는 첨단과학기술의 발전에 모든 것을 걸 만큼 이전과는 현저하게 달라졌다. 과거 국가 사회주의 붕괴 이전에

---

96 2006년 10월 30일 금강산에서 열린 '6·15 민족문학인협회' 결성식에 참가했던 인하대 한국어문학과의 원종찬(元鍾讚) 교수는 북한이 자랑하는 금속재료 분야의 여성과학자 현영라가 작가 현덕의 딸임을 대회에 참가한 북측 원로 동화작가들로부터 확인했다고 한다.

도 과학기술 분야에 힘을 쏟았지만 지금처럼 그렇게 절실하지 않았다. 소련이 무너져 더 이상 사회주의권의 협력이란 것을 받을 수 없게 되고 중국이 부국강병에 모든 것을 쏟는 현실에서 북한이 이 방면에 매진하는 것은 너무나 자연스럽다. 그러다 보니 영어를 비롯한 외국어 습득과 첨단과학기술의 분야에 많은 젊은이들이 투신하고 있다. 더구나 미국의 제재 때문에 외국 과학기술의 도입이 쉽지 않은 마당에서 과학기술 발전은 절실한 사회적 문제이다. 이전의 자력갱생 구호를 그대로 빌려 수입을 줄이고 모든 것을 자체로 개발하자면서 외국에서 수입하는 것을 무조건 반대하는 그러한 논리도 만만치 않다. 자력갱생이냐 혹은 수입이냐 하는 이분법으로 이 사태를 접근할 때 결론은 너무나 단순화되어 버린다. 그런데 한정아 작가는 이 문제는 가볍게 다루고 사회주의 분배원칙의 문제를 더 중요하게 건드렸다. 많은 젊은이가 과학기술에 매진하는 것을 독려하면서 정작 분배문제를 간과하는 것은 현실의 모순을 은폐하는 것이다. 작가는 바로 이 문제를 짚었기 때문에 과학기술의 문제를 다루는 여타의 북한 소설과는 차원이 다른 양상을 보여주었다. 게다가 이것을 세대별 감성 차이로까지 접근하는 용의주도함을 보여주었다. 무조건 조국을 위해 자기를 희생하는 전쟁세대, 사회적 명예를 얻는 것으로 충분한 보상을 받는다고 생각하는 공업화의 세대, 그리고 자기희생의 정신은 아득하고 명예로 보상을 받는 방식에 만족할 수 없는 새로운 세대, 이 세 세대의 다른 방식을 보여주는 작가의 안목은 간단하지 않다.

사회주의 분배원칙을 받아들이는 세대별 과학기술자들의 차이 양상을 본격적으로 다루는 이 소설의 이면에는 강력한 여성의식이 존재한다. 무능하고 부패한 남성과학자에 대비되는 여성과학자의 능력과 헌신을 선명하게 보여주는가 하면, 젊은 세대에서 여성과학자의 비율이 높아지면서 발언권이 강해지는 양상도 드러내고 있다. 이런 것들은 과학자들의 분배원칙이라는 큰 문제에 가려 있지만, 작품 전체에서 우회적으로 드러나고 있어 한정아 작가의 여성의식을 어느 정도 가늠해볼 수 있다. 사회주의 분배원칙이라는 큰 문제를 취급한다는 점에서 이미 남성작가와 동등한 안목과 역량을 보여준다는 점도 중요하지만 그 이면에서 우회적으로 드러나는 여성의식의 측면도 함께 읽어내는 것이 이 작품을 제대로 이해하는 길이 아닌가 한다.

제3장

김혜영
과거를 통한 현재의 극복

1. 고난의 행군과 정보산업시대

김혜영은 소련 사회주의가 붕괴한 직후에 북한문학계에 등장했다. 청년문학 1991년 9월호에 「아름다움을 자랑하라」라는 단편소설을 발표하였고 1996년에 단편 「첫 상봉」으로 전국군중문학작품 현상응모에서 1등으로 당선되면서 작가동맹 성원이 되었다. 이 시기는 소련의 붕괴로 사회주의 시장이 없어지게 되면서 북한 사회가 일정한 혼란을 겪던 때이다. 그렇다고 고난의 행군처럼 전대미문의 고통을 겪는 그러한 시기도 아니다. 힘들지만 노력하면 충분히 이겨낼 수 있다는 자신감을 아직 가지고 있을 때이다. 이 시기에 그가 발표한 이 두 작품 모두 영예군인과 결혼하는 여성의 이야기를 담고 있는데 북한 사회의 어려움을 개인의 희생 특히 여성들의 희생으로 충분히 이겨낼 수 있다는 지향을 보여주고 있다. 실제로 작가들은 이 시기에도 혼란을 겪고 있었다. 고난의 행군 이후처럼 그렇게 망연자실한 상태는 아니지만 사회주의 시장의 붕괴가 주는 충격을 어느 정도 실감하고 있었기에 어떻게 해야 할지 알기 어려운 상태이었다. 이 혼란을 극복하는 방법으로 김혜영이 선택한 것이 바로 남한 혹은 미국과의 대치전선에서 상처를 입은 영예군인을 부각시키는 것이다. 현재의 어려움을 극복하기 위하여 과거를 불러내는 이러한 서술적 전략은 이후 김혜영의 문학에서 일관되게 작동한다. 또한 미국과 적대적인 관계에서 불가피하게 겪어야 하는 고통을 강조함으로써 내부의 문제점을 덮어두는 양상도 존재한다. 미국을 비롯한 외부의 힘을 강조함으로써 내부적 단결과 문제 극복의 동력을 구하는 김혜영의 이러한 경향은 이후 그의 문학에서 줄곧 이어진다.

이런 점에서 김혜영은 고난의 행군 이전에 작품 활동한 세대의 여성작가에 속한다고 할 수 있다. 한정아처럼 1980년대 이미 작품을 발표한 이들을 고난의 행군 이전의 여성작가로 분류하는 데 큰 어려움이 없지만, 김혜영처럼 소련 사회주의 붕괴 직후인 1990년대에 작품활동을 시작한 이들은 자칫 고난의 행군 이후 등장한 여성작가들에 속하는 것으로 보기 쉽다. 그런데 고난의 행군은 1997년 이후를 말하는 것으로 그 이전 상황과 일정한 관계는 있지만 직접적으로 이어진다고는 할 수 없다.

김혜영은 한정아와 더불어 고난의 행군 이전의 여성작가이다. 이 작가들에게 공통적으로 확인할 수 있는 것은 현재의 어려움을 극복하기 위하여 어려움을 뚫고 나왔던 영광스러운 과거에 대한 기억을 불러오는 것이다. 현재 속에서 어려움을 극복할 수 있는 원천을 찾는 것이 쉽지 않은 이들 세대는 자신들이 직접 혹은 간접으로 겪었던 국난 극복의 시절을 되살리는 서사 전략을 구사하게 된다. 이 점은 고난의 행군 이후 등장한 여성작가들이 더 이상 과거에 연연하지 않고 오로지 정보산업시대 속에서 현재의 어려움을 극복할 수 있는 원천을 구하는 것과는 다르다. 고난의 행군 이전에 등장한 여성작가들도 정보산업시대를 다루지만 그것을 항상 과거 국난 극복의 시절과 연동시켜 낸다는 점에서 과거의 기억이 전혀 없고 또 그러한 것을 불러내려고 하지 않는 고난의 행군 이후 세대의 여성작가들과는 분명한 차이를 보여준다.

2010년에 발표한 장편 『인생의 열매』는 김혜영이 어떻게 고난의 행군을 보고 있으며 또 어떤 방식으로 이를 극복하여 나가려고 하는가를 단적으로 보여준다. 이 작품은 정보산업시대의 북한 사회를 보여주고 있지만 다른 작품들과는 소재적인 측면에서 좀 다르다. 정보산업시대라 하면 바로 떠오르는 것이 과학기술 연구와 관련된 문제인데 이것은 공장이라든가 연구소에서 일어나고 있기 때문에 그러한 곳을 배경으로 할 것처럼 기대된다. 실제로 다른 작가들은 그러한 곳을 배경으로 작품을 창작하곤 했다. 그런데 김혜영은 농촌을 배경으로 하고 있기 때문에 정보산업시대라는 시대의 화두를 빗나간 것으로 보일 수도 있지만 정보산업시대와 관계가 없어 보이는 농촌에서도 이 문제가 관철되고 있음을 보여주기에 정보산업시대의 화두를 더욱 내밀하게 드러낸다고 볼 수 있다.

이 작품은 고난의 행군 이후 매우 힘든 시기를 경험하고 있는 농촌을 배경으로 하면서 이들이 어떻게 첨단과학기술을 활용하여 이를 넘어서고 있는가를 보여주고 있어 정보산업시대와 무관하다고 할 수 없다. 제기된 문제는 크게 두 가지이다. 하나는 대용연료이고 다른 하나는 대용비료이다. 대용연료는 석유가 없기 때문에 이를 대체하는 대용연료를 개발하여 농기구를 움직이게 하는 문제이다. 비선을 통하여 위로부터 연료를 공급을 받아 농사를 짓는 것도 한 방법이지만 이는 다른 농장에 비해 특권을 누리는 것이기 때문에 관리위원장은 비선을 활용하지 않고 대체 연료를 개발하는 데 모든 것을 쏟는다.

사실 목탄차의 가스발생로를 모내는 기계에 설치할 수 없겠는가 하는 것은 그가 이미 해오던 생각이었다. 연료문제도 언젠가 정춘화네 집에서 장작을 패줄 때 참나무 등걸이 그렇게 불땀이 세다고 하던 말과 박영순이 봉황산에 참나무 원천이 풍부하다고 했던 말이 떠올라 그 생각에 골몰하고 있던 중이었다. 그런데 그것이 마침 젊은 기사들의 생각과 일치하게 되니 완전한 확신을 가지게 되는 것이었다.

"그럼 위원장 동지가 이 창안품에 명칭을 달아주십시오"

수향의 엉뚱한 제기에 준석은 웃음을 머금었다.

"명칭이라? 그렇지, 새로운 기계니 이름부터 지어야지."

잠시 생각에 잠겼던 준석이 마침내 안을 내놓았다.

"내 생각에 모내는 기계에서 직접 불을 피워 가스를 생산한다는 의미에서 '직화로'라고 명명하는 게 좋을 것 같구만."

"직화로"

수향과 금향은 동시에 부르며 마주보았다.

준석은 설계도면 위에 '직화로'란 이름을 큼직하게 써주었다.

"자 내일부터 정식으로 직화로 설계를 시작해보자!"

"알겠습니다."

금혁은 새 생명을 받아안은 듯 엄숙하고 벅찬 감동을 느끼며 대답했다. 두 젊은이는 들어설 때처럼 생기와 활력의 선풍을 일구며 돌아나갔다.[97]

준석은 젊은 기사인 금혁을 자극하여 새로운 기술을 개발하게 된다. 연료를 비선을 통해서 위로부터 구하는 대신에 농촌의 원천으로 작동하는 새 기술을 개발하는 것이다. 물론 이것은 쉽지 않은 연구이고 금혁은 숱한 역경을 겪는다. 그러나 결국은 이 새로운 기계를 개발하여 제때에 모내기 작업을 마친다. 연료 타령하면서 기다리는 것도 아니고 노력 동원을 통하여 해결하는 것도 아니고 새로운 기술을 개발하여 타개하는 것이 정보산업시대의 농촌에서 기사들이 해야 할 일이다. 이전의 방식으로부터 벗어나 새로운 정보산업시대에 발맞추어 나가는 것이 강성대국을 향한 나아가는 길이라고 믿는 것이다.

김준석 관리위원장은 대용연료뿐만 아니라 대용비료 개발에도

---

97   김혜영, 『인생의 열매』, 문학예술출판사, 2010, 121쪽.

각별한 관심을 갖고 젊은 사람들과 함께한다. 대용비료는 당비서의 딸 박수향이 담당한다.

박수향은 요즘 대용비료 때문에 눈코 뜰 새 없이 바쁜 나날을 보내고 있었다. 사실 대용비료를 만들고 시험하는 과정은 대단히 꾸준하고 완강한 노력을 요구하는 것이었다. 수향은 포전마다 각이한 내용의 자급비료를 주고 매일매일 관찰하여 그 결과를 일지에 기록하군 하였다. 아침에 일 나올 때는 진거름 초롱을 지게로 지고 나왔고 낮에는 봉황산의 깊은 수림 속에까지 들어가 삭정이를 져내렸다. 옥수천과 수로 밑의 감탕흙을 파다 혼합재료로 쓰기도 했으며 강냉이 뿌리를 태워 소토 구이한 것을 이용하기도 하였다. 이 모든 일을 송리순이 조력해주었다. 그들은 모내기를 하는 바쁜 속에서도 짬짬이 자급비료원천을 찾아다녔다. 하루에 한 번씩 시험포에 들러 조언을 주군 하던 김준석이 어느 날 군에 회의 갔다 와서 귀가 번쩍 트이는 말을 했다. 읍 농장에 농업과학원 연구사가 현지시험연구차로 내려와 있는데 그는 바로 얼마 전에 대용비료를 연구해서 박사학위를 받았다는 것이다.[98]

평양의 편하고 높은 자리를 그만두고 고향 농촌으로 내려와 관리위원장을 맡은 김준석은 대용연료는 금혁이에게, 대용비료는 수향이에게 연구를 맡긴다. 이들 젊은 농장원들은 연료와 비료를

달라고 위를 넋 놓고 바라보는 것이 아니고 자신의 처지에 맞는 것을 기술적으로 해결하려고 한다. 예전에는 농촌의 이러한 공백을 주로 도시의 노력 동원 등에 기대어 해결하는 것이 자력갱생의 모범적인 것으로 칭송받았다. 하지만 지금은 이런 것으로는 농촌문제를 해결할 수 없다는 것을 알기 때문에 현지에서 과학기술의 힘을 빌려 강성대국에 맞는 농촌을 만들려고 하는 것이다. 이렇게 젊은 세대들의 과학기술에 대한 관심을 촉발하여 농촌문제를 해결하려고 하는 지향 역시 과학기술의 힘을 빌려 이 어려운 시대를 돌파하려고 하는 사회적 노력의 한 표현이라고 할 수 있다.

과학기술을 통한 강성대국의 건설이라면 공장만을 생각하기 쉬우나 이처럼 농촌에서도 과학기술의 성과를 통하여 농사를 지으려고 한다는 점에서 이 시기 여성작가들의 작품에서 공통적으로 확인할 수 있는 과학기술에 대한 신뢰와 기대는 이 작품에서도 여실하게 드러난다고 할 수 있다.

2. 과거를 통한 현재의 극복

관리위원장 김준석은 고난의 행군 이후 절박한 농촌의 현실을 타개하기 위하여 고향에 내려온 인물이다. 평양의 높은 자리를 마다하고 농촌으로 내려온 까닭은 농촌문제가 매우 심각하다는 사실을 알고서 직접 현장에서 이를 실천하기 위해서이다. 흥미로운 것은 김준석의 아버지도 과거 이 농촌 마을에서 관리위원장으로 일하면서 전후의 농업협동화를 주도하였던 인물이라는 점이다. 김준석의 아버지 김윤기는 전후 농업협동화를 둘러싼 논의가 한창일 때 당의 지침을 믿고 무조건 이를 추진하였던 인물로 가장 먼저 농업협동화를 완성하였기 때문에 당과 정부로부터 각별한 신임을 받았다. 그의 아들 김준석도 고난의 행군 이후의 농촌의 어려운 문제를 그와 같은 맥락에서 돌파하려고 한다. 소설의 주인공 김준석 스스로 이러한 과거를 불러내면서 현재를 살아갈 뿐만 아니라 주변 인물들도 그러한 감각을 공유하고 있다. 전후의 어려운 시기에 농업협동화를 주도한 것처럼 고난의 행군의 어려운 시기에 첨단과학기술의 힘으로 어려움을 타개하려고 하는 것이다. 현재의 고난의 행군 시기를 과거 전후의 농업협동화와 겹쳐서 보여주는 것은 바로 과거를 통하여 현재를 극복하려고 하는 작가의 지향에서 나온 것이라 할 수 있다. 작가 김혜영은 과거 전후시기 어려움도 미국과의 전쟁의 결과로 생긴 것이고, 현재 겪고 있는 고난의 행군도 미국의 제재로 인한 것이기 때문에 상통한다고 보고 있다. 다음 장에서 검토하게 될 고난의 행군 이후에 등장한 작가들에게서는 볼 수 없는 이러한 인식은 앞서 검토하였던 한정아 작가에게서도 공통적으로 확인할 수 있는 특징이다.

　고난의 행군이 왜 시작되었는가 하는 문제에 대한 작가의 해석과 시각은 매우 중요하다. 사회주의 시장의 붕괴로 인하여 고난의 행군이 시작되었다고 보는 이들이 있는가 하면, 미국의 제재를 더 큰 요인으로 보는 이들도 있다. 사회주의 시장의 붕괴로 볼 경우 이 문제를 밀고 나가면 민감한 정치적 문제로 나아갈 수 있다. 즉 사회주의 전반의 문제가 대두하게 되고 이럴 경우 북한 사회도 그것으로부터 자유롭기 어렵다. 그렇기 때문에 문제를 인식한다 하더라도 이를 다루기는 쉽지 않다. 실제로 고난의 행군 이후 등장한 작가들조차도 이러한 접근은 아예 하지 않고 있다. 그런데 사회주의 시장 붕괴보다 미국의 제재를 강조하는 경우 상황은 달라진다. 이 작품의 주인공 김준석은 바로 이러한 인식을 갖고 젊은 기술자들을 독려한다.

"내 오늘 제일 기쁜 게 동무들 같은 새 세대 기술자들을 알게 된 거요."

"관리위원장 동지도 농사를 더 잘 짓자고 평양을 떠나오지 않았습니까?"

수향이 겸양을 표시하는 말이었다.

"옳소. 그런 의미에서 우리 셋은 다 같은 꿈을 가지고 하나의 목표를 향해가는 인생의 길동무들이라고 할 수 있소. 길동무가 좋으면 천 리도 지척이라는데 우리 힘겨운 짐들을 나누어지구 서로 맞들며 끝까지 한 길을 가자구, 어때 그렇게 할 수 있지?"

"예, 좋습니다."

두 젊은이를 번갈아 보는 준석의 얼굴에는 흡족한 미소가 듬뿍 어리었다.

"우선 수향이는 땅의 지력을 높이는 문제를 가지고 논문을 썼다니까 그 경험을 이용해서 대용비료를 연구해야겠소"

"알겠습니다."

이어 준석이 금혁이에게 그동안 대용연료 도입을 위한 연구 실태와
진척 정형을 물었다. 메탄가스 도입에서 불합리성을 확인하고 현재 볏
겨가스를 시도하고 있다는 금혁의 대답을 들은 그는 잠시 생각에 잠겨
있다가 심중한 어조로 말했다.

"지금 미국놈들이 우리 사회주의를 어쩌보겠다구 경제 봉쇄요 제재
요 하구 미쳐 날뛰고 있는 조건에서 대용연료, 대용비료 도입은 더 미
룰 수 없는 절박한 문제로 나서고 있소. 그 어떤 난관에도 끄덕없이 자
체로 농사를 잘 짓는 이것이 바로 우리 농촌에서 사회주의를 지키는 길
이 아니겠소?"

수향은 자기의 어깨에 실리는 책임의 무게를 새롭게 느끼며 입술을
꼭 다물었다. 사회주의를 지키는 길이라는 그 말이 그의 가슴에 엄숙하
고도 심각한 의미를 깊이 새겨주었던 것이다.[99]

사회주의 시장의 상실보다는 미국의 경제 봉쇄와 제재를 우선
하고 있는 김준석의 시선은 바로 작가의 시각이라고 할 수 있다.
따라서 현재를 극복할 수 있는 방안으로 과거 즉 미국의 위협으로
부터 자신의 공동체를 지켜냈던 전후 복구 시기의 공업화와 농촌
을 떠올리게 된다. 어려운 처지에도 불구하고 나라를 일으켜 세운

---

99   위의 책, 36~37쪽.

사람들의 노력을 자신들이 본받아야 할 모범으로 삼는 것이다.

김혜영이 등단한 이후 고난의 행군 이전까지 발표한 단편들이 모두 영예군인들이었다는 점은 이런 점에서 다시 생각해보아야 한다. 영예군인들이란 미국과의 대척 지점에서 싸우다가 몸을 상한 이들이다. 김혜영은 누구보다도 고난의 행군이 미국의 제재 탓이라고 믿고 있으며 그렇기 때문에 현재의 고난을 극복하려고 할 때 미국의 위협 속에서도 이를 잘 극복하였던 전후시기를 참조항으로 삼고 이를 불러낸다. 준석은 상부에다가 휘발유를 더 달라고 아우성치지 않는 대신에 직화로라는 대용연료를 개발하여 모내기를 하려고 하지만 마음대로 되지 않자 초조한 나머지 자기 아버지 뻘 되는 덕준 노인에게 하소연을 한다. 그러자 덕준 노인은 김준석의 아버지 김윤기의 일했던 솜씨를 이야기하면서 과거의 경험을 들려준다. 김준석은 덕준 아바이의 말을 계기로 40년 전으로 돌아가 힘을 얻게 된다.

"아바이, 제가 지금…… 되지두 않을 길을 벌려놓구 강압적으로 내미는 게 아닌지. 헐하게 할 수 있는 길도 있는데…… 이러다 모내기 기일을 보장하지 못한다면…… 제가 무슨 낯으로 농장원들 앞에……."

"아니 그게 무슨 소린가?"

덕준 노인이 곰방대를 뽑아 들고 놀란 소리를 지르며 돌아보았다. 버쩍 들린 눈귀며 귀박죽이며 어깨죽지가 한길 넝큼 솟구쳐 오르는 것 같았다. 준석은 그 기상에 눌리우듯 머리를 떨구었다. 노인의 석쉽하고

도 청높은 못소리가 울렸다.

"임자가 과연 윤기형의 아들이 옳긴 옳은가? 어쩌면 임자 입에서 그러 나약한 소리가 나올 수 있나? 헐하게 할 수 있는 길도 많다구? 그럼 뭐 때문에 대용연료를 시작했나? 중도에 이리저리 흥정하구 흔들릴 걸 시작은 왜 했나 말일세? 그게 떡먹듯 쉽게 될 줄 알구 그랬나? 아니믄 거기서 명예나 보수가 나오길 바랬댔나?"

"예?"

준석은 아바이의 노여움과 추상같은 질책이 너무도 뜻밖이어서 기가 질려 대꾸를 못했다. 아바이는 후들거리는 손에 곰방대를 쥐고 뻐끔 뻐끔 빨고 나서 절규하듯 부르짖었다.

"난 그래두 임자가 처음 평양서 고향에 내려왔을 때 윤기 형님이 살아 돌아온 것처럼 기뻤더랬네. 헌데 이제 보니 임잔 아버지를 따르자믄 멀었어. 옳다구 생각하고 일을 시작했으믄 어떡하든 끝장을 봐야 할 게 아닌가? 왜 다른 길을 넘겨다 봐? 임자 아버진 절대 그러지 않았어. 나쁜 놈들이 협동화를 시기상조요 뭐요 하면서 방해하구 압력을 가했을 때두 오직 수령님 교시밖에 몰랐단 말일세. 그래서 그놈들이 아버지를 눈에 든 가시처럼 여기구 이렇게 저렇게 흠을 잡아 못쓰게 만들려구 했던거야. 하지만…… 아버진 비록 곡절은 겪었어두 마음만은 끝까지 한 길을 걸었네."

말을 마치자 노인은 움쭉 일어나 밭이랑의 강냉이 그루 사이사이에 구뎅이를 파나가기 시작했다. 둔중한 쇠방망이를 얻은 맞은 듯 머리가 핑 돌아 한동안 그린 듯이 앉아 있던 준석은 그 어떤 충동적인 힘에 떠

밀려 벌떡 일어났다. 무슨 일이든 뼈마디가 부서져 나가게 몸을 바쳐 하고 싶었다. 어느새 거름을 지고 들고 올라온 노인 분조원들이 이랑을 하나씩 맡아 나가고 있었다. 준석은 덕준 노인이 지게에 얹어가지고 온 곽지[100]로 구뎅이마다 돼지 두엄을 날라다 묻어주고 새 이랑을 잡아 김 을 매나가기 시작했다. 어느덧 그의 얼굴에서는 눈물인지 땀인지 모를 쩔쩔한 것이 뚝뚝 떨어져 땅을 적시었다. 덕준 노인이 한 말이 그냥 귓 전을 떠나지 않았다.

"아버진 비록 곡절을 겪었어두 마음만은 끝까지 한길을 걸었네."

그 말이 뇌리에 공명을 일으키며 아버지가 들려주었던 40년 전의 이야기를 불러왔다.[101]

40년 전이란 결국 전후 복구 시기의 농업협동화를 말하는 것이 고 김준석은 이 기억을 원천 삼아 기력을 회복하게 된다. 미국과의 전쟁을 치룬 뒤 북한 전역이 폭격으로 심하게 망가졌기에 많은 이 들이 농업협동화는 시기상조라는 이야기를 할 때 김준석의 아버 지 김윤기는 한길을 걸었다.

물론 전후의 시기를 살았던 이라고 해서 모두 그러한 기억을 갖 고 사는 것은 아니다. 이 작품에서도 관리위원장 김준석은 자신의 아버지 김윤기를 통하여 기억을 전수받게 되지만 부관리위원장 민영태는 전혀 다른 인식을 갖고 있다. 관리위원장이 공석이 되었

---

100 곽지 : 갈퀴.
101 김혜영, 앞의 책, 2010, 170~171쪽.

을 때 민영태는 부위원장인 자신이 당연히 관리위원장으로 승진할 것이라고 생각하였다. 그것이 관행이었다. 그런데 이번에는 자신을 제치고 중앙에서 일하던 김준석이 관리위원장으로 내려온 것이다. 민영태는 이것이 불만스러웠지만 김준석이 과거 이 마을의 협동화를 주도하였던 김윤기의 아들이라 받아들인다. 하지만 민영태는 부위원장으로 일하면서도 사업 방식은 김준석과는 다르게 예전의 방식을 답습한다. 연료가 모자라면 상부에 올라가 비선을 이용하여 연료를 더 타온다든가 혹은 비료가 모자라면 아는 관계를 통하여 더 확보하는 그러한 방식이다. 이러한 방법으로 연료를 타 농장보다 더 많이 확보하고 이를 기반으로 생산력을 높이는 것이 자기가 응당 해야하는 일이며 이것을 능력이라고 간주한다. 심지어는 이런 사업 방식을 비판하면서 얻어 온 비료마저 반납하라고 하는 관리위원장 김준석을 농촌에 대한 애정이 없는 사람이라고 질타할 정도로 자신만의 방식을 고집한다. 김준석은 새로운 과학기술로 농촌의 어려움을 타개하려고 하는 반면, 민영태는 개인적인 관계를 통하여 해결하려고 하는 것이다.

전후의 기억을 불러낸다는 점에서 김준석과 민영태는 비슷하지만 그 방식이 다른 것이다. 김준석은 전후의 어려움을 이겨냈던 것처럼 오늘날도 고난을 극복할 수 있는 첨단과학기술의 도입이 필요하다고 믿는 반면, 민영태는 전후의 어려움을 돌파했던 경험을 오늘날 이어받기 위해서는 자기처럼 인간관계를 통하여 남보다 더 많은 자원을 확보하는 것이 필요하다고 보는 것이다. 그런 점에서 두 사람은 전후의 기억을 오늘날 살리려고 하는 점에서 공통적이지만 강성대국을 지향하는 현재 북한의 방식을 볼 때 김준석의 길이 더 타당하다고 작가는 보고 있다. 그렇기 때문에 관리위원장 김준석의 인물됨을 항상 민영태와 대비하여 묘사한다.

3. 여성성의 재구성

이 작품에서 여성작가로서 김혜영이 여성의식을 뚜렷하게 보여주는 대목은 젊은 여성기술자 수향이와 작업반장 영순이의 형상에서이다. 수향은 의대를 가라는 부모의 뜻을 저버리고 농대로 진학해서 새로운 첨단과학기술을 통하여 농사를 짓고자 하는 바람을 가지고 있다.

"그래 수향이가 농대를 지망하게 된 데도 뜻이 있을 테지?"
"예 저도 어머니가 의학대학에 가라는 걸 한사코 농업대학에 갔습니다. 저의 이상은 뭐 그렇게 요란한 건 못 되는데…… 웃지 마십시오. 전 그저 경지면적이 제한되어 있는 우리나라 실정에서 어떻게 하면 집약적으로 농사를 지어 알곡 소출을 높일 수 있는가 하고 공상하다가 위로는 벼알이 달리고 아래로는 감자가 달리는 새로운 곡식품종을 그려보았답니다."
"저런! 그것 참 희한한 공상이었구만. 그래서?"

"옳습니다. 저도 그저 낭만적인 공상이라고만 생각했댔지요. 아무리 고욤나무에 감나무를 접하고 추리[102]와 도마도를 교잡한다 해도 벼와 감자의 교잡만은 불가능하거든요. 그런데 글쎄 저의 공상이 현실로 될 줄이야 누가 알았겠습니까?"

"공상이 현실로 되다니?"

준석과 함께 금혁이도 놀라서 바라보았다. 수향은 그게 재미스러워 생긋 웃음을 짓고는 신나게 이야기했다.

"생각해보십시오. 당의 두벌농사 방침에 따라 벼 하나만 생산하던 논에서 앞그루로 밀 보리 감자를 거두어들이니 그게 바로 제가 공상했던 그 꿈의 실현이 아니고 뭔가요?"

"아! 듣고보니 정말 그렇구만, 하하……."

준석은 탄성을 지르고 수향의 등을 두드리며 웃었다. 금혁이도 놀라운 발견을 한 듯 안경 속의 눈을 빛내였다.

"전 두벌농사 방침을 우리 고향 땅에도 활짝 꽃피우기 위해 대학에서 배운 지식은 물론 나의 땀과 청춘 모든 걸 깡그리 다 바치고 싶었습니다. 두벌농사의 실효성을 높이기 위해 땅의 지력을 높인다든가 생육 기일을 앞당길 수 있는 재배기술을 연구한다든가…… 그래서 땅의 지력을 높이는 문제를 가지고 대학졸업논문을 썼거든요"[103]

대학에서 졸업논문으로 새로운 첨단과학기술을 통하여 농업 생

---

102 추리 : 자두
103 김혜영, 앞의 책, 36쪽.

산을 높이는 방법을 연구한 수향은 기술자로서뿐만 아니라 젊은 여성으로서의 당당함을 갖고 있다. 자신이 좋아하는 남자 친구와도 대조된다. 관리부위원장 아들인 금혁은 대용연료를 개발하기 위해 애를 쓰다가 실패를 거듭하자 포기하려고 한다. 이러한 금혁에 대해 수향은 가차없는 비판을 퍼부을 정도로 기술자로서의 자부심이 대단하다.

"수향이 난…… 아무래도 안 되겠소"

"뭐가 안 된다는 거예요?"

"오늘 열두 번째 시험에서 실패했소. 괜한 노릇인 것 같소"

허구프게 울리는 그 어조에서는 절망을 초월한 공허감이 느껴졌다.

"그래서…… 포기하겠다는 거에요?"

"별 수 있소?"

"그게 사나이로서, 지식인으로서 하는 말인가요?"

"더는 자신과 남들을 괴롭히는 헛공사를 계속할 수 없소. 이건 양심에 관한 문제요."

"그럴 수 없어요. 금혁동무, 열두 번 해서 안 되면 백번 천번을 해서라도 끝장을 봐야 할게 아니에요?"

"백번 천번? 흥 천진하구만."

금혁의 비웃음에는 가슴을 철렁하게 하는 그 무엇이 있었다.

"직화로 소린 이제 더 하지 마오. 직화로는 설사 성공한다 해도 전망적인 것이 못 된다 말이요. 일시적으로 난관을 극복하기 위한 궁여지책에 불과하지!"

"궁여지책이라니요?"

수향은 놀라서 되물었다. 금혁은 책상 위에 펼쳐져 있던 새로 나온 기술잡지 한 권을 던지듯 내밀었다.

"보오, 지금 세계적으로 농업기계화 수준이 어느 정도인가를!"

수향은 잡지를 얼핏 내려다보고는 볼 필요도 없다는 듯 밀어버리고 금혁을 뚫어지게 지켜보았다. 금혁이 말을 계속했다.

"생각해보오. 모내는 기계에다 육중한 무쇠로를 올려놓구 운전공이 풍구질을 해서 시동을 걸어야 하는 방법을 언제까지 붙들고 있을 순 없지 않소?"

수향은 아연해서 대꾸할 말을 찾지 못한 채 금혁의 모습을 이상한 눈으로 여겨보았다. 갑자기 전혀 다른 사람처럼 보이면서 혐오감이 불쑥 솟구쳤다. 수향은 애써 감정을 누르고 조용히 반론했다.

"지금은 긴장한 휘발유를 바라보면서 살 때가 아니잖아요? 어떻게든 우리의 힘과 지혜 우리의 원천을 가지구 농사를 잘 지어야 할 게 아니예요? 우리에겐 다른 길이 없어요."

"나도 지금까진 그렇게 생각했소. 하지만 난…… 지칠대로 지쳤소. 이젠 말할 기력도 없소."

"뭐라구요?"

순간 사나운 불길이 전신을 활활 불태워 올렸다. 그것은 분노였다. 분노를 초월한 아픔이었다. 수향은 손으로 턱을 받치고 앉은 금혁을 무섭게 쏘아보았다. 심장이 금시 흉벽을 박차고 튀어나올 것 같다. 주먹

이 부서지게 가슴을 쥐여박고 정신을 차리라고 소리치고 싶었다. 뭐 말할 기력도 없다구? 에익 이것도 남자야? 수향은 온몸을 바르르 떨다가 피나게 입술을 깨물며 돌아섰다.

"수향이! 가지 마오!"

금혁이 별안간 정신을 차린 듯 소리쳤다.

"왜요? 왜 가지 말라는 거에요?"

수향이 발끈해서 부르짖으며 돌아섰다.

"제발…… 수향이만이라도 날 이해해줘. 수향이마저 내 마음을 몰라준다면…… 난…… 견디지 못해."

금혁의 애원에 가까운 호소는 폭발점을 찾던 방금 전의 그 울분을 씻은 듯 가라앉았다. 이상스러운 안정이었다. 아니 그것은 결코 안정이 아니었다. 펄펄 끓는 가마에 부어진 찬물과 같이 사랑으로 불타던 심장에 던져진 싸늘한 얼음덩이었다. 측은한 생각이 들면서 동정심이 앞섰다. 동정은 사랑 대신 경멸감을 가져다줄 뿐이었다. 사랑은 호상이해라고 생각했건만 그것이 사랑하고 싶지 않은 사람을 억지로 사랑해야 한다는 말과 어떻게 일치되는가? 수향은 울분을 씹어삼키며 가까스로 부르짖었다.

"난 동무가 이렇게 지조가 없는 인간인 줄은 몰랐어요. 결국 ……내가 머저리였지요."

그리고는 찬바람이 일게 홱 돌아 달려나갔다.

"아니…… 수향이!"

금혁의 절망적인 부르짖음이 등 뒤에 울렸으나 수향은 돌아보지 않

았다.[104]

여자들은 생활에 지쳐 연구 생활을 그만두기 쉽기에 남자들이 이러한 여자 기술자들에게 계속해서 연구하라고 독촉하는 것이 일반적인데, 여기서는 남자가 연구 개발을 포기하고 여자가 남자를 질타하는 것으로 설정되어 있다. 수향은 이 작품에서 평양에서 내려와 관리위원장을 하는 김준석에 비해서는 비중이 낮은 부차적인 인물이지만 이처럼 강하고 당당한 여성을 등장시킨 데서 여성작가 김혜영의 젠더의식을 확실하게 엿볼 수 있다.

김혜영의 이러한 젠더의식은 비단 수향에게서만 드러나지 않는다. 작업반장 영순에게서도 드러난다. 남편은 제대로 챙기지 않으면서 남달리 일을 열심히 하여 작업반장까지 오른 영순은 승벽이 있어 다른 작업반에 뒤떨어지는 것을 참지 못한다. 쉬는 날에도 다른 분조장들을 설득하여 일을 할 정도이다. 그러다 보니 자연스럽게 남편에게 충실한 전통적인 여자가 되지 못한다. 쉬는 날이라고 아내가 해주는 밥을 먹으려고 기대했던 남편이 아내가 다른 일로 바빠 밥을 챙겨주기 힘들자 투덜거리는 다음 장면은 여성작가가 아니라면 접하기 어려운 세부이다.

영순은 같은 방법으로 4명의 분조장들에게 호소하고 집으로 돌아

---

104 위의 책, 198~200쪽.

왔다. 남편은 아직도 네 활개를 펴고 업어가도 모르게 자고 있었다. 오늘 같은 날에야 천천히 일어나 아내가 해주는 밥을 받아먹어도 되겠지 하는 뱃심인 것 같았다.

"아유, 내 이런 사람을 믿구 일을 해보겠다는 게 어리석지. 여편네가 이렇게 안타까워 죽는 걸 보면서두 무사태평이니, 원……."

영순은 있는 짜증을 다 내며 왱강쟁강 그릇소리가 울리게 동자질을 했다. 심상치 않은 그 소리를 들었는지 남편이 그제야 일어나 기웃이 문을 열었다.

"왜 그래? 어쩌다 해주는 밥을 좀 곱게 하면 못써?"

"어디 곱게 하게 됐어요? 다른 작업반장한테 떨어져 속이 타 죽을 지경인데 어떻게든 도와줄 생각은 못하구…… 상가집에 가면 울어주구 잔치집에 가면 웃어주랬는데 한 집안에서 어쩌면 그렇게 강건너 불 보듯 할 수 있어요?"

"아, 됐소 됐소. 내가 지구말아야지. 이러다 내 또 과오 범하겠다. 자 반장 동지 하라는 대로 합시다, 하자요."[105]

전통적인 아내관을 가지고 있는 남편은 항상 아내에게 밀린다. 농장 트랙터 운전수인 남편보다는 작업반장인 아내가 더 바쁜 것은 어쩔 수 없다. 그러면 이러한 시대의 변화에 남자들이 적응해야 하는데 이 남편은 그러지 못하여 사고를 내기도 한다. 또한 영

---

105 위의 책, 305~306쪽.

순은 과거처럼 집으로 들어가 사는 여성상에 반대하면서 남자가 적응해야 한다고, 그렇지 않으면 자기는 작업반장 일을 충실히 할 수 없다고 반박한다. 영순의 이러한 행동에 걱정이 태산 같은 관리위원장이 충고를 할 때에도 영순은 강하게 반발한다.

"참 만난 김에 좀 물어보자. 너 남편하구는 왜 마음을 못 맞추구 티각태각하는거냐?"

한참만에야 영순은 쓸쓸하게 대꾸했다.

"마음을 맞춘다는 게 어디 쉬워요?"

"못 맞추는 근본원인이 뭐라고 생각하니?"

"내가 작업반장을 그만두면 어떨는지? 그저 살뜰한 아내, 충실한 가정주부가 되야겠지요."

"그러니까 호영이가 너의 사업을 이해해주지 않는다는거냐?"

"그래요, 그 사람은 달라졌어요. 자기도 자존심을 가진 남자라는 거에요."

영순은 격해서 쌓였던 울분을 내쏟았다.

"아니다, 내 보기엔 영순이한테 더 문제가 있는 것 같다."

"저한테요?"

"물론 일만 일이라구 내몬 나에게도 잘못이 있지만 너도 남편을 깔아보는 버릇을 고쳐야 한다. 전에도 말한 적 있지? 여자가 제 일만 일이라구 가정생활을 홀시하면 가정의 화목이 유지될 수 없다구. 어떤 경우에도 여자는 여자다워야 하는거야. 사람들이 내세워주구 사업부담이 커지니까 남편이 점점 더 하찮게 여겨진다는 거냐? 그의 약점만 더 크게 보이구. 정말 그래?”

“······.”

“걱정이다. 그러다 점차 어느 지경까지 이르겠는가? 벌써 뜨락또르 사고를 내지 않았니? 그래 가지고 사람들의 존경받은 작업반장이 될 수 있겠니?”

“······.”[106]

여자는 여자다워야 한다고 하면서 은근히 현모양처를 강요하는 관리위원장의 말에 침묵으로 응답하는 영순의 태도에서 작가의 여성의식을 읽을 수 있다.

여성작가 김혜영은 비단 젠더 문제만은 아니고 섹슈얼리티 문제에까지 관심을 던진다. 이 점은 이 작품에서 과부와 홀아비를 결합해주려고 하는 관리위원장을 비롯한 농장 사람들의 노력에서 어렵지 않게 확인할 수 있다. 매우 우회적이기는 하지만 이러한 문제에 관심을 갖는 것 역시 남성작가들에게는 보기 힘든 대목이라고 할 수 있다.

---

106 위의 책, 269~270쪽.

제4장

리라순
다면적 여성상의 충돌

1. 이중의 짐과 생태주의

리라순은 고난의 행군 이후 문단에 등장했다. 한정아와 김혜영이 고난의 행군 이전에 작품활동을 시작하여 창작활동을 계속한 것과 대비된다. 또한 리라순은 작품에서 고난의 행군 이후의 북한 사회의 변동 즉 정보화를 통한 현대화와 이 과정에서 제기되는 문제를 여성의 관점에서 보고 있다는 점에서 매우 특이한 개성을 갖는 작가라고 할 수 있다.

리라순의 이러한 특징을 가장 먼저 보여주는 작품이 「행복의 무게」이다. 2001년 3월 『조선문학』 잡지에 발표한 이 작품은 정보화를 통한 현대화의 과정과 여성의 문제를 하나로 묶어 구성한 작품으로 이후 리라순의 작품 세계의 원형을 이룬다.

부부 연구사가 북한 공업화의 현대화 과정에서 꼭 필요한 촉매제를 함께 연구하여 성공에 이르는 과정의 우여곡절을 다루고 있다. 유경과 근석은 선후배로 만났다가 부부가 되어서도 함께 촉매제를 연구한다. 그러나 아이가 생기면서 유경이는 연구를 포기한다. 남편은 아내가 연구를 포기한 이후에도 지방 현장에 나가 열심히 촉매제를 연구했고 아내가 연구하다가 내버려둔 최첨단 촉매제를 개발하기 위하여 혼신의 힘을 쏟는다. 주변 사람들과 유경이는 현재 개발한 촉매제로도 충분한데 군이 확신이 서지 않는 최첨단 촉매제를 개발하려고 하는 남편을 이해하지 못한다.

그들이 나란히 합숙방에 들어섰을 때 유경은 남편의 얼굴을 곧추 바라보며 떨리는 목소리로 물었다.

"제가 하던 알콜법을 하고 있지요?"

책상 위의 실험일지를 바라본 근석은 말없이 빙긋이 웃었다.

어째서 아민법을…… 유경은 고집스러운 눈길로 그를 지켜보았다. 지금껏 야속함과 원망, 타는듯한 자책감 속에 수십 번을 곱씹어 굴려오던 의문이었다. 잠시 침묵을 지키던 근석은 서둘지 않고 대답했다.

"그건 합당치 않소. 설사 아민법이 성공했다 해도 몇 년 후이면 막대한 투자를 들여 세운 그 공정을 다 깨버려야 하오. 우리 과학의 발전속도에 비추어 보면 이 공장의 생상공정도 인차 고도로 현대화될 게고 그러면 값비싼 원료를 쓰는 아민법이 얼마나 불합리한가를 모두가 깨달을 게요. 그걸 알면서도 당장 목이 멘다고 아민법을 도입하는 건…… 그래서 힘들긴 하지만 과학적으로 더욱 완벽하고 값이 눅은 알콜법을 완성하자고 결심했소."

유경은 새삼스레 근석을 바라보았다. 쉽게 성공할 수 있는 아민법······ 이번 시험만 그대로 내밀었다면 그는 또다시 학계의 이목을 집중시켰을 것이고 생산에 받아들인 것으로 하여 평가도 받았을 것이다. 그러나 그는 그것이 허리띠를 졸라매는 조국 앞에 죄악으로 된다고 스스로 포기하고 바로 유경이 내버렸던 그 알콜법을 완성하려고 저리도 애쓰고 있는 것이다.[107]

과거에 남편 근석은 아민법을 연구하고, 아내 유경은 알콜법을 연구하였는데, 아내가 연구를 포기한 이후에 근석은 아내의 연구과제인 알콜법까지 연구하고 있다. 아민법으로는 현재 공장을 돌릴 수는 있지만 곧 폐기될 것이기 때문에 이것에 만족하지 않고 알콜법을 개발하려는 것이다. 공장 주변 사람들은 남편 근석의 이런 태도를 이해하지 못한다. 현재 공장이 멈출 판인데, 당장 발등에 떨어진 불을 꺼야 하는데 먼 미래까지 생각하면서 첨단 촉매법을 연구하는 근석이 어리석기까지 한 것이다. 하지만 근석은 고난의 행군 이후 강성대국을 만드는 과정에서는 더 큰 포부를 가져야 온갖 제재를 받아가면서 살아가는 북한 사회가 제대로 살 수 있다고 믿기 때문에 이를 포기하지 않는다.

이런 점들을 보면 이 작품 역시 고난의 행군 이후 부국을 꿈꾸는 북한 사회에서 과학자들에게 거는 기대를 담은 작품이라고 할 수 있다. 이는 비단 리라순 작품에서만 나타나는 것이 아니라 이 시기 여

---

107 리라순, 「행복의 무게」, 2001.3.

성작가 한정아, 김혜영 그리고 김자경에서 공통적으로 드러나는 것이다. 그런데 이 작품이 여기서 그쳤다면 그렇게 큰 문제성은 갖지 못하였을 것이다. 여성작가답게 여성이 겪는 고난 특히 여성과학자가 갖는 어려움을 잘 드러내고 있기 때문에 더 큰 의미가 있다.

주인공 유경은 "과학에는 정열과 시간이 필요하지만 난 일생을 결혼하지 않고 연구에 몰두하는 것은 반대해. 어째서 이상적인 생활을 꾸리지 못하겠니. 난 꼭 그럴 수 있다고 생각해"라고 하면서 결혼을 했다. 유경의 남편 근석은 처음에는 유경의 지도를 받는 하급생이었는데 공동연구를 하는 동료가 되었고 이제는 결혼하여 유경과 부부가 되었다. 그런데 아이가 태어나고 가사노동에 쫓기고, 결정적으로는 식량난 와중에 아이를 제대로 챙기지 못해 아이가 병원에 입원하고 간호도 제대로 하지 못한 충격으로 유경은 "촉매연구도 가정생활도 모든 게 저에게 힘에 부쳐요"라고 연구를 포기하고 훨씬 여유 있는 과학기술통보실로 자리를 옮겼다.

"아이를 잘 키우고 남편을 성공시키고 또 자기 자신도 성공하고 싶은 것은 우리 같은 여성의 이상이지. 하지만 그것이 그렇게 쉽진 않아. 여성의 성공에 비껴진 가정은 벌써 균형이 파괴되어 엉망이 되었다는 걸 의미하지. 남편이 주부가 되었든지 아니면 아이들이 때식을 번지든지……"라는 친구의 말은 유경이 처한 고통스러운 상황을 축약해서 드러낸다.

친구의 말처럼 아침에 바빠서 통강냉이를 으깰 시간이 없었기에 유경은 아이에게 통강냉이밥을 먹으면 스티커를 주겠다고 달래가면서 억지로 밥을 먹여 탁아소에 보냈다. 저녁에는 실험이 늦어져 허둥지둥 탁아소로 달려가는 와중에 새로운 착상에 정신을 팔다가 자전거와 부딪치는 사고까지 났다. 그 순간 착상은 달아나고 탁아소에 가니 아이는 배를 안고 뒹굴다가 병원에 갔다고 한다. 병원에서 아이한테 갈아입힐 옷을 가지러 집으로 가다가 다시 착상이 떠오르는 바람에 실험실로 직행해서 연구를 하다가 아이고 병원이고 깜빡 잊고 거기서 잠들어 버렸다. 그런 유경이를 두고 의사는 "한심한 여자요. 어쩌면 자식에게 이렇게 무관심할 수 있소"라고 비난하고, 동네 사람들은 유경이 남편을 '홀애비'로 만들어 놓는다고 흉을 본다. 친구인 미영이는 그러다가 이미 가정을 잃은 자기처럼 되지 말라고 충고한다. 그때 유경은 "일생 가정을 이루지 않고 험난한 과학의 봉우리를 향해 벼랑길을 톺아 뛰어가는 뛰어난 여성과학자들에 대해서도 이해가 되었다". 그래서 연구사를 그만두고 기술 통보실로 옮겨 앉은 것이다.

한동안 일상이 여유롭게 돌아가면서 좋았으나, 남편은 "실망"했다는 말을 남기고 연구를 하러 떠나 부부 사이도 멀어지고 유경은 우울증을 앓는다.

새 직무를 맡은 초기에는 모두 일이 정상궤도를 따라 흘러가는 것 같았다. 한가한 시간과 여유 있는 생활조직, 정상적인 출퇴근과 기술서적들의 분류, 맡겨진 업무만 처리하면 하루 일이 명백하게 끝나는 기술 통보실의 부원 자리는 연구과제와 복잡한 사색 그리고 실험수치들에

묻혀 돌아가던 유경에게 가정주부의 의무를 충실히 실행할 수 있는 큰 혜택을 베풀고 있었다. 모자라는 시간 때문에 엉망이 되었던 살림이 다시 정돈되고 절약과 실용성을 위주로 하여 오던 음식 차림이 단조로움을 깨고 성의껏 밥상에 올랐다. 새벽이면 늘 아래층에서 물을 길어 올리군 하던 남편의 물바께쯔도 제가 들고 나섰으며 매일이다시피 신소받던 아이의 '건강수첩'도 제때에 정리하여 탁아소에 보내군 했다.

물론 가정을 위한 살림살이 배낭도 가끔 지군 했지만 한 송이의 꽃망울처럼 싱싱하게 자라는 아들애를 바라보면 그 피곤도 가뭇없이 사라지군 했다. 익어 가는 복숭아처럼 발그스레한 두 볼, 유난히 생기 도는 별 같은 눈, 성의껏 해 입힌 고운 옷…… 귀엽고 건강하게 자라는 아이의 모습은 유경에게 어린애를 가진 어머니의 무한한 행복을 느끼게 하군 했다. 그래, 이것이 여성이 아닐까? 엄혹한 오늘날 가정 살림을 도맡아 나서고 건강한 아이를 키우면서 남편들을 여전히 사회적 의무에 충실하도록 떠미는 여기에 여인들의 강의성과 아름다움이 있는 게 아니겠는가. 그러나 유경의 생각과는 달리 그의 마음속 한구석에는 자신을 스스로 기만하고 있다는 허무함으로 하여 까닭 없이 반발심이 솟구치군 하였다. 어쩐지 원인 없이 온몸이 곤욕을 치른 것처럼 시름시름 아파 나기도 했다.

유경은 모든 것이 귀찮았다. 거기에다 이제는 돌아왔어야 할 남편까지 돌아오지 않으니 갑갑한 속마음은 더욱 새까맣게 타들어갔던 것이다.[108]

---

108 위의 글, 25쪽.

소설은 남편 근석이 유경에게 연구를 그만두는 것은 '시대의 짐'을 내려놓는 것이고 '조국의 과학적 진보'에 역행한다고 설득하여 유경이 다시 연구 현장으로 돌아가서 부부 과학자로 공동연구를 성공시키는 것으로 행복하게 마무리되었다.

이 작품에 대해 북한의 남성평론가는 "정보산업의 시대인 새 시대의 요구에 맞게 최첨단과학기술을 개발하고 도입하기 위해 애쓰는 청년과학자들의 형상을 나라의 경제발전과 강성대국 건설의 현실적 요구에 맞게 참신하게, 절절하게 그려서 대학을 졸업하고도 과학연구사업이 고달프다고 집에 들어앉거나 적당히 일하려는 적지 않은 여성들에게 교양적 가치가 큰" 작품이며, 이런 상황에서 그 이전의 작품들은 대체로 남편이 힘들어하는 아내더러 들어앉거나 아니면 쉬운 부문으로 옮기라고 하는 부정적 인물로 설정된 경우가 많은데 「행복의 무게」에서는 남편이 아내를 적극 도와서 다시 과학연구에 나서게 하는 새로움을 보여주었다고 좋게 평가했다.[109]

그러나 실제 독자가 이 작품에서 읽을 수 있는 것은 그렇게 표면적으로 드러나 있는 주제보다는 과학연구와 육아를 혼자서 다 해내야 하는 여성과학자 유경이의 고통이다. 유경이가 마주한 현실에서 연구와 육아를 동시에 성공하는 갈등의 극복은 현실에서 쉽지 않거나 거의 불가능하다. 작가는 그 쉽지 않음을 알기에 '비

---

109 리창유, 「탐구와 사색의 뚜렷한 자취-잡지 『조선문학』 주체90년 1~6호에 실린 단편소설을 두고」, 『조선문학』, 2001.9.

약'의 방식으로 그 불가능성을 보여줬다고도 할 수 있다. 이중의 부담에서 허우적거리는 고통의 절실함에 비하면 그녀를 설득하는 남편의 목소리는 공허하고 추상적이다. 유경이가 어떻게 식량과 육아 문제를 해결하고 연구 현장으로 되돌아 갈 수 있었는지에 대한 구체적 설명이 없는 급작스런 성공담은 그 성공이 허구라는 것을 역설적으로 보여준다. 그러기에 이 소설이 실제로 제기하는 것은 유경이 여성으로서 겪는 고통의 절실함이다. 또한 처음에는 여성이 연구를 선도하고 남성이 배우는 입장이었으나 육아와 가사 노동에 시달리면서 여성이 연구에서 멀어지고 그 주제를 남편이 맡아서 연구를 진척시키고 있다. 이런 상황에 대해 아내의 입장에서 보면 자신이 아이와 가정을 위해 선택한 것이었으나 다른 한편에서는 놓아버린 연구에 대한 아쉬움과 생활의 공허함을 느끼는 모순된 상황이다. 소설은 이런 상황의 여성이 느끼는 내면의 갈등을 잘 그리고 있다. 그 갈등 심리의 섬세한 묘사에 비하면 갈등 상황의 해소에 대해서는 전혀 설명이 없이 비약하여 행복한 결말을 맺는다. 그 이전의 소설에서 묘사된 여성의 부담이란 그냥 '직장에서 하는 일이 힘들어서', '남편이나 자식에게 충실하려고' 하는 정도로 일반화되어 있었다. 그런데 리라순의 소설에는 그 어려움이 매우 생생하고 절실하게 묘사되는데, '고난의 행군' 시기 가족의 생존을 여성이 떠맡아야 했던 중압감과 절박함이 그런 생생함과 거침없음을 가능하게 했을 것이다.

고난의 행군 이후 전 사회적으로 제기되는 정보화를 통한 현대화의 과정에서 여성들이 겪는 문제에 대한 리라순의 작가적 관심과 열정은 이후 단편소설과 장편소설에서도 잘 드러나고 있다.

2007년에 나온 리라순의 「내 사랑 저 하늘」은 그러한 문제에 대한 작가의 지향을 잘 보여주는 작품이다. 미혼의 주인공 경주는 먼지와 아류산 가스를 동시에 잡아내는 제진장치를 고안해내는 연구에 종사하고 있는데 자신의 일에 큰 자부심을 갖고 있다. 공장의 굴뚝에서 나오는 연기에서 오염물질을 잡아내지 않으면 하늘이 오염된다는 생각을 갖고 있기에 자신의 일이 고난의 행군 이후 새로운 미래에서 매우 중요하다고 생각한다. 하지만 공장에서 일하는 다른 사람들은 이러한 생각이 매우 사치스러운 일이라면서 반대한다. 공장을 가동시킬 수 없어서 굴뚝에 연기가 나지 않았던 고난의 행군 시절을 되돌아보면서 지금 이 공장이 멈추지 않고 더 많은 생산품을 내는 것이 중요하지 연기에서 나오는 오염물질을 잡아내기 위해 불을 끄는 것은 쓸데없는 짓이라고 생각한다. 제진장치에 쓰일 중화제를 찾기 위해 공장을 방문하였을 때 책임기사 한철묵과 그 주변 노동자들이 고난의 행군 이야기를 들먹이면서 경주의 조사를 철없는 짓으로 치부하는데 경주 자신도 이 말에 공감할 정도로 고난의 행군의 그림자는 깊다.

그렇다. 무슨 일인들 없었으랴. 고난의 행군을 겪은 이들에게……
경주 자신도 어머니가 무거운 마음으로 끓여주는 끼니를 눈물과 함께 씹어 넘기며 대학교정으로 나가곤 했었다. 누구나 이런 어려움을 겪으며 일어선 오늘이어서 자기들의 피땀이 스민 이 모든 것이 그처럼 소중하고 귀중한 것이다.

'그러기 때문에 불을 꺼야 하는 거예요! 저 하늘에 단 한 점의 티라도 날리지 않게……'

그러나 이 말은 끝내 목에 잠겨 입 밖으로 나오지 못했다.[110]

여성연구사 경주와 남성기사 철묵 모두 고난의 행군 시기의 참혹했던 일들을 기억하지만 그 기억을 불러오는 방식은 다르다. 철묵은 굴뚝의 연기가 나지 않았던 그 어려운 시절을 생각하면서 어떻게라도 생산을 많이 하려고 하는 반면, 경주는 고난의 행군을 겪은 인민들은 근본적으로 새로운 미래를 설계하여야 한다고 생각하는 것이다.

이 작품에서 가장 빛나는 것은 고난의 행군을 극복하는 여성작가의 시선이다. 작가들이 고난의 행군을 기억하고 재현할 때 가장 흔한 것은 그때 가졌던 증산의 책임감 혹은 도덕적 의무감을 환기시키는 것이다. 인민들을 행복하게 하기 위해서는 더 많이 생산해야 했다든가 혹은 어려운 시기에도 자신을 희생하면서까지 주변의 공동체를 살렸던 기억 등이다. 그런데 리라순은 이와는 전혀 다른 시각에서 이 시기를 보고 있다. 이왕 고난의 행군의 겪은 바에야 더 큰 미래를 설계할 줄 알아야 한다는 것이다. 남성기사인 철

---

110 리라순, 「내 사랑 저 하늘」, 『조선문학』, 2007.4.

묵이 거절했음에도 불구하고 경주는 자신의 의향대로 밀고 나간
다. 제진장치를 개발하는 전문적인 작업에서 남성의 주장에 굴하
지 않고 자기의 뜻을 밀고 나간다는 것이 그렇게 쉬운 일만은 아니
다. 그런데도 경주는 자신의 뜻을 굽히지 않으면서 자신의 전문적
능력을 발휘하는 여성으로서의 당당함으로 갖는다. 이전의 북한
문학에서 보기 힘든 풍경이다.

대학 환경공학부에서 강의도 하는 연구사인 경주가 자신의 계획
을 실현하기 위하여 고무공장을 여러 차례 방문하고 직접 굴뚝에 들
어가는 수고도 마다하지 않을 정도로 열심인 것을 보고 처음에 이 계
획에 대해 방관만 하고 있던 철묵 기사도 나중에는 보이지 않는 곳에
서 이 일을 돕는다. 남성이 어려운 일에 도전하고 이에 감화를 받아
서 여성들이 돕는 형식이 북한문학의 일반적인 양태인데 이 작품에
서는 여성이 도전을 강행하고 이것에 감동되어 남성이 도와주는 방
식이다. 이 작품에서 경주는 철묵의 도움을 받아 제진장치를 개발할
뿐만 아니라 북한에서 첫 여성환경공학박사가 된다.

이 작품에서 또 하나 빼놓을 수 없는 것은 전문성을 가진 여성
과학기술자와 그렇지 않은 여성의 대조이다. 작가는 여성과학기
술자의 두드러진 진출을 드러내기 위하여 그렇지 않은 여성과의
대조도 시도하고 있다. 중학 동창으로 현재 이 고무공장의 회계원
으로 일하는 홍란과의 대조이다. 물론 이 세부는 여성과 남성 사이
의 역할 전복과 같이 작품의 핵심축을 담당하지는 않지만 지나치
기 어려울 정도의 중요성을 갖고 있다.

눈에 띄게 까칠해진 경주는 그날 일요일도 쉬지 못하고 어느 기계공장에 들렀다가 맥없이 돌아오고 있었다. 극도로 피로하여 걷는 것도 힘들었다. 갑자기 걸음을 멈추었다. 웬 여자가, 안면 있는 한 여인이 그를 떡 막아서고 있는 것이었다.

"얘, 경주! 너 왜 요샌 우리한테 오지 않니?"

홍란이었다. 자기의 성미 그대로 길바닥에서 소란스럽게 떠들기 시작하였다.

"듣자니까 너 아직두 그러구 있다면서? 야, 너 이게 무슨 꼴이니? 지금 몇 살인지 알기나 하구 그래? 얘, 얘, 이젠 어머니의 속을 작작 태우렴. 그러다 시집도 못 가보구 늙겠어."

남편과 함께 곱게 차려 입힌 두 아이들의 손목을 쥔 그는 아직도 시름에 겨워 홀로 시내를 돌아치고 있는 경주가 한심하다는 듯 눈을 흘기고 혀를 찼다. 경주는 심드렁한 어조로 물었다.

"온 가족이 어델 이렇게?"

"가긴 어딜 가겠어. 극장에 가지."

대수롭지 않게 대답하고난 홍란이는 한 발 앞서가는 남편에게 아이들을 떠맡기고 누가 들을세라 경주의 귀에 바투 입을 가져다 대었다.[111]

연구소에서도 회계원 같은 일을 하는 여성들의 모습은 이전의 북한 소설에서 자주 만날 수 있다. 그런데 이 작품에서는 이런 회계

---

111 위의 글.

원과 다른 전문적인 일에 매진할 뿐만 아니라 이를 위해서는 어떤 어려움도 감수하는 여성연구사가 등장한다.

리라순의 「내 사랑 저 하늘」은 두 가지 측면에서 이전의 여성문학과 다르다고 할 수 있다. 하나는 여성과학기술자의 등장이라는 점이다. 고난의 행군 이전에도 직장장의 일을 하는 여성이 작품의 주인공으로 등장하기도 했지만 전통적으로 남성들의 영역이라고 할 수 있는 분야의 것은 아니었다. 경공업 분야의 직장에 그쳤기 때문에 환경공학과 같은 분야와 다른 것이다. 그런데 리라순의 이 작품에 등장하는 경주는 전통적으로 남성들의 영역이라고 당연시되었던 환경공학 분야에서 활동하는 것으로 설정되어 있어 일종의 성역할의 전복이라고 할 수 있다. 다른 하나는 연구를 여성이 주도하고 남성이 따라가는 방식으로 되어 있다는 점이다. 기존의 남성소설 심지어 여성작가들의 소설에서도 남성이 연구나 사업을 주도하고 여성이 이를 따르는 방식인 반면, 리라순의 소설에서는 여성이 채를 잡고 남성이 이를 따르는 형식으로 되어 있다.

흥미로운 것은 리라순의 여성상이 매우 다면적이라는 점이다. 이중의 짐에 대한 고민도 있지만 여성으로서 생태문제에 대한 관심도 지대하다. 실제로 이 작품이 발표될 때 우여곡절이 있었음을 작가는 다음과 같이 밝히고 있다.

『조선문학』 잡지가 작가로서 나를 도약시켜 준 것은 말썽 많던 단편소설 「내 사랑 저 하늘」이었다. 작품은 어느 한 처녀연구사가 화력발전소의 굴뚝에 설치한 제진장치에서 허용오차를 줄이기 위한 연구를 하는 이야기였는데 편집부에 간 첫날부터 말썽이었다. 그때『조선문학』잡지를 관여하던 출판사의 한 일군이 작품초고를 보고 웬일인지 접수할 수 없다고 하는 것이었다. 이러저러하게 이유는 많았다. 나는 물러설 수 없었다. 지금까지 여러 작품을 냈지만 이 단편이야말로 작가로서 나의 얼굴을 보여줄 작품이었기 때문이었다. 또다시 작품 완성을 위해 편집원과 함께 힘겨운 길에 나섰다. 이마를 맞대고 토론했다. 주제, 종자, 세부, 어휘표현…… 벌써 여러 번이나 원고가 수정되고 전화가 불같이 오고 갔으며 자료를 확인하고 따져보았다. 편집원은 한때 자기도 제진 장치 연구에 대한 단편소설을 쓰려고 했던 적이 있었다고 하며 그때 수집했던 자료들을 아낌없이 나에게 주기도 했다. 하여 작품이『조선문학』잡지에 실리게 되었다. 그러나 소설이 시대에 뒤떨어진 제진 장치 연구를 작품에 취급하였다는 것과 작품의 정책적 대가 튼튼하지 못하다는 평들이 쏟아져나왔다. 이때『조선문학』잡지 편집원이 작품을 옹호하여 나섰다. 발전하는 시대와 함께 과학기술도 부단히 갱신된다는 것은 초보적인 상식이다. 지난 세기의 60년대에 설치된 제진장치를 21세기인 오늘 새롭게 개조하고 혁신하는 것은 응당한 일이다. 이런 시대정신과 조국의 하늘을 이전보다 더 맑고 푸르게 하려는 꿈을 지닌 한 처녀연구사가 낡은 제진 장치를 개조하여 작은 허용오차까지도 없애려는 것이 왜 사회주의 본태에 어긋나는가 하고…… 그러면서도 고충은 컸다.[112]

112 리라순,「나의 벗」,『조선문학』, 2014.6.

물론 작가가 우회적으로 말하고 있어 사태의 실상을 정확하게 파악하기는 어렵지만 몇 번이고 퇴짜를 맞았다고 하는 것으로 미루어볼 때 국가 정책과의 갈등을 다루었기 때문이 아닌가 한다. 리라순 자신의 말에 의하면 자연보호에 대한 당의 지침이 내려왔기에 다행히 이 작품이 나올 수 있었다고 하면서 문학이 당의 정책을 앞설 수 있다고 말하고 있는 것을 볼 때 국가와 개인 혹은 국가와 사회의 긴장이 이 작품에 깔려 있음을 알 수 있다. 바로 리라순이 그동안 북한문학에서 거의 다루지 않았던 생태문제를 다루었다는 점에서 이 작품이 나올 때 여러 시비가 있었던 것이 아닌가 한다. 이것이 바로 여성작가로서 다양한 측면을 조명하고 있는 리라순의 특장이라고 할 수 있다.

　　그렇다고 해서 리라순이 처음으로 이 문제를 제기한 것은 아니다. 최련이라는 여성작가가 2004년 2월에 『조선문학』에 발표한 「바다를 푸르게 하라」라는 단편소설에서 이미 이 생태문제를 여성의 관점에서 다룬 바 있다. 그렇기 때문에 리라순의 장편소설을 분석하기 전에 참고로 최련의 작품을 잠시 살펴보고자 한다.

　　최련의 「바다를 푸르게 하라」는 두 여성과학자가 생태문제와 육아문제를 놓고 토론하며 남성관료와 남편의 반대를 뚫고 여성들의 '자매애'로 연구를 성공시키는 모습을 보여준다. 당대에 첨단적으로 제기되는 환경문제를 주제로 삼으면서 남성과 다르게 여성에게만 특별하게 강요되는 '이중의 짐' 문제를 공식적으로 제기한 데 이 작품의 의의가 있다.

「바다를 푸르게 하라」에서 여성과학자 연경이는 바닷가 마을에
와서 해초를 사용한 연구를 진행하고 있다. 남편과 아이를 몇 년간
내팽개치다시피하고 연구를 진행시켜 거의 마무리 단계에 이르렀
고 빨리 연구를 마무리하고 가족에게 돌아갈 기대로 들떠 있었다.
그런데 그 바닷가 마을에서 자라난 해송이가 나서서 연경의 방법
이 바다를 황폐하게 만들 우려가 있다고 하면서 다른 새로운 방법
을 연구해줄 것을 요구한다.

> 무슨 버력을 침광하는 시약이라나요. 그 때문에 이제 몇십 년 후이
> 면 이 기슭의 바다풀도 부족해서 점점 더 자리를 넓혀야 할 거예요. 바
> 다풀은 자라는 주기가 미처 따라서지 못하여 그걸 보금자리로 삼았던
> 물고기들은 어디론가 떠나버려야 하고…… 갈매기들도 마찬가지예요.
> 그럼 대체 이 바다에 무엇이 남을까요. 물고기도 바다풀도 갈매기도 없
> 는 바다가 무슨 바다겠어요.[113]

해송은 자연보호연맹에까지 문제를 제기하겠다고 하면서 마을
에 공장이 들어서는 것을 강하게 반대한다. 심지어 고난의 행군 이
후 외화가 없는 마당에 이런 식으로도 외화를 절약하는 것이 국가
를 위한 합리적인 자연 이용이라고 하는 사람들의 의견조차 반박
한다. 자원의 합리적 이용과 자연보호가 맞부딪치는 생태문제를

---

113 최련, 「바다를 푸르게 하라」, 『조선문학』, 2004.2.

제기하고 있는 것이다. 그 이전까지 북한문학에서 묘사하는 과학 연구 방법상의 갈등은, 비용이 많이 들지만 쉽게 성과물을 내는 연구 방법과 힘들지만 돈이 안 드는 재료를 사용하는 연구 방법을 찾는 양편 과학자 사이의 갈등으로 제시되어 왔다. 그런데 이 작품에서는 싸고 안전하지만 장기적으로는 바다를 황폐하게 만들 우려가 있는 방법을 개발한 연구사 연경과 그에 맞서 자기가 자라난 곳의 푸른 바다를 지키고자 하는 해송이가 대립한다.

북한에서 환경문제는 지도자 김정일의 이름으로 2005년 7월의 「환경보호사업은 나라와 민족을 위한 숭고한 애국사업이다」라는 문건을 통해서 공식화되었다. 사회가 발전하고 경제가 발전할수록 환경보호는 더욱더 중요한 문제가 되기에 환경보호 사업을 잘하여 사람들의 생존과 활동에 더욱 유리한 자연환경을 마련하여야 하며 공해방지대책을 철저히 세워야 한다는 내용이다. 「바다를 푸르게 하라」는 이 문제를 선제적으로 문학작품을 통해 제기한 것에 큰 의의가 있다.

그런데 연경이가 연구를 위해 집을 떠나 있는 동안 연경의 가족들이 겪어야 했던 어려움을 해송이가 알게 되면서, 연경이가 다시 또 몇 년을 새로운 연구에 바치도록 해야 하는가 하고 연경이의 가정사를 해송이가 고민하게 되었다. 그때 연구에 몰두해 있는 아내를 가정에 충실하도록 돌려세우기 위해 연경의 남편이 아이까지 끌고 나타나고, 연경이의 상관은 연경의 남편의 처지를 아는 만큼 기존의 방법으로 연경의 연구를 대충 마무리시키려고 하는 등으로 상황이 복잡해진다. 해송이는 연경이를 보면서 여성이 짊어진 '이중의 짐'을 속으로 되뇐다. 그리고 자기의 어머니가 연경이의 아이를 돌보아 주도록 주선을 한다.

'2중의 짐…….' 해송은 속으로 뇌이였다. '왜 그 훌륭한 여인은 남자들과 꼭 같은 일을 하면서도 또 하나의 짐을 더 져야 할까. 더 무겁고 더 힘든 짐을…… 연경 언니는 연구사업의 실패와 고민에 대해서는 한마디도 하지 않았지……. 그래, 그것은 그가 겪는 마음속 고통에 비해서는 너무도 하찮은 것이야. 그렇다면 행복이란 대체 뭐야? 그런 여인이 슬픔에 잠기고 고통을 받을진대 대체 행복은 누구의 것일가.' 해송은 가슴이 답답하여 길녘에 휘늘어진 버드나무의 가지를 부여잡았다.[114]

'이중의 짐'이라는 표현이 등장하는 해송의 독백은 그전까지 북한문학에서 발화된 적이 없다. 여성이 결혼하면서 좀 더 편한 일자리로 옮겨가거나 혹은 아예 전업주부로 되는 것에 대해, 여성작가의 작품에서는 여성 자신이 '안이'함을 선택하여 혁신적 노동자에서 멀어졌다든지, 남편의 이해와 도움이 부족했다든지 하는 식으로 문제를 제기해 왔다. 여성이 그런 선택을 할 수밖에 없는 사정에 대해서는 소홀했고 그런 만큼 문제의 해결에 대해서도 실제적인 고려가 없었다. 그런데 「바다를 푸르게 하라」는 이 문제가 남성

---

114 위의 글.

과는 다르게 여성이 처한 상황에서 비롯된 것임을 표나게 내세웠다. 가정일과 직장일이라는 이중부담의 문제가 여성 내부의 문제 — 한 개인이 안이하게 가정부인이 되는 것과 혁신적 노동자가 되는 것 사이에서 갈등하거나, 안이한 여성과 혁신적 여성이 서로 갈등하는 것 — 가 아니라 여성 대 남성, 혹은 여성이 속한 사회의 문제라는 점을 드러낸 것이다.

소설에서 여성과학자 연경이가 연구에 몰두하자 남편이 아이를 앞장세워 아내를 말리러 온다. 그런가 하면 연구를 관리하는 지위에 있는 남성은 바다의 황폐화는 아랑곳없이 원래의 방법대로 해서 빨리 연구를 끝낼 것을 종용한다. 반면 연경이가 해송의 진심을 이해하고 두 사람이 소통하면서 연경이는 자연환경을 보호할 수 있는 새로운 방법을 연구하기로 방향을 전환한다. 앞에서 살펴본 리라순의 「행복의 무게」에서 육아와 가사노동 때문에 연구를 포기했던 여성과학자 유경이가 남편 근석의 설득과 헌신에 의해 연구를 재개하고 성공했다고 하지만 현실적으로 근석이가 유경이가 짊어진 이중의 짐을 나누어지거나 내려놓을 수 있도록 노력한 것은 없다. 반면에 「바다를 푸르게 하라」에서는 남편이 아닌 연경이와 해송이 그리고 해송이의 어머니까지 여성 사이의 협력을 통해 갈등을 극복하는 것으로 작품이 마무리되었다.

북한의 여성들이 이러한 자의식을 드러내는 것은 고난의 행군 이후의 일이다. 사회주의에 어긋난다는 식의 비난을 고려할 필요가 없게 된 것이다.

물론 이전에도 여성들의 이러한 고민을 드러내는 작품이 없었던 것은 아니지만 그런 작품들과는 현저한 차이를 보여주고 있다. 가령 앞에서 살펴본 강복례의 「직장장의 하루」는 여성직장장이 가정뿐만 아니라 직장에서도 책잡히지 않고 잘하려고 하는 데서 겪는 내면의 고통을 드러낸 작품이다. 그런데 이 작품에서는 궁극적으로 여성이 '슈퍼우먼'이 되는 것 이상으로 다른 길을 보여주지 않고 있다. 그러다 보니 육아문제 등등 여성들이 겪는 더 큰 현실적인 고통을 다루지는 못하고 있다. 그럴 수밖에 없었던 것은 직장장과 연구사는 업무의 성격이 다르기 때문이다. 일정하게 출퇴근이 가능한 직장장과 달리 연구사는 24시간 실험실에 붙어있어야 할 때도 있고 현장에 나가서 시간을 들여 연구를 해야 하는 경우도 있기 때문이다.

　리라순과 최련의 작품을 함께 읽어보면 고난의 행군 이후 여성작가들의 진출이 왕성한 것은 물론이고 다루는 대상이나 주제 역시 이전에 상상할 수 없었던 것들이라는 점을 확인할 수 있다. 남성작가들이 여성작가들과는 다른 방식으로 과학기술의 문제를 다루기는 하지만, 생태문제 같은 것은 다루지 않고 있다는 사실을 감안할 때 에코페미니즘의 가능성도 보여주고 있다. 리라순은 이후 계속해서 여성문제를 다룬 다양한 주제의 작품을 발표하면서 자기의 세계를 넓혀나간 반면, 최련은 이후 대학의 교수로 들어가면서 창작과는 멀어졌다. 그런 점에서 여성의 다양한 측면을 의식적으로 혹은 무의식적으로 드러내는 리라순의 창작은 매우 소중하다.

2. 정보산업시대의 첨단기술과 여성

첫 번째 장편소설 『사랑하시라』는 그런 점에서 리라순의 본령을 보여주는 작품이다. 우선 소재부터 그러하다. 이 시기 여성작가들의 작품의 배경이 주로 공장이나 기업소 혹은 농장인데 이 작품은 특이하게 평양산원을 배경으로 하고 있다. 공장이나 기업소 혹은 농장을 다룰 때에는 이미 익숙한 플롯이 있기 때문에 실패할 가능성이 적지만 그동안 소설이 별로 다루지 않았던, 생소한 산부인과 병원을 배경으로 했을 때 작가는 한층 어려움에 직면할 수 있다. 정해진 익숙한 플롯이 없기 때문에 자신이 완전히 독창적으로 창안해야 하는 것이다. 바로 이런 점에서 리라순의 작가적 특성이 빛난다. 리라순은 상투성을 벗어난 영역에서 여성의식을 찾고자 하는 작가이기에 이렇게 생소하지만 여성의 삶에 중요한 현장을 작품의 배경으로 삼고 이를 엮어나가는 모험을 즐기는 것이라고 할 수 있다.

이 작품 역시 리라순이 다루는 주제인 북한 사회의 현대화에 접목되어 있다. 병원에서의 현대화는 첨단치료술 예컨대 불임 여성을 위한 체외 수정, 개복수술 대신에 복강경수술, 그리고 산통을 줄이기 위한 무통분만 등이 그러한 것이다. 그런 점에서 이 소설의 주인공이라 할 수 있는 기술부원장으로 부임한 권일학은 매우 중요한 인물이다. 권일학이 평양산원을 선택한 것은 여기서는 최첨단의료기술의 실현이 가능할 것이라는 믿음 때문이다. 그런데 그가 이 병원에 왔을 때 이 병원에서는 이미 자생적으로 이 새로운 첨단기술을 연마하고 임상에 돌입하려고 하는 의사들이 있었다. 하지만 이들은 모험주의적인 인물로 낙인찍혀 제대로 연구활동을 할 수 없는 처지였다. 서범천은 기존 분야를 떠나 첨단 분야인 복강경수술을 실현하기 위하여 다양한 활동을 하려고 하지만 여건이 제대로 따라주지 않는다. 특히 동료 의사들이 이러한 노력을 모험으로 간주하면서 좌절하게 된다. 권일학과 병원 당비서의 다음 대화는 이를 잘 보여준다.

복강경수술장은 부인과에서 자진해 나온 청년들과 설비과와 의료기구과에서 동원된 젊은 기술자들이 꾸리고 있었다. 서범천이 책임진 이 청년들 속에는 부인과는 물론 산과의 의사 간호원들도 있었다. 이들은 낮에는 환자를 치료하고 밤에는 여기에 나와 전기설비들을 날라오고 전원을 연결하며 매 장치들의 상태를 검열하기도 했다. 림숙정이 도수 높은 안경을 추스르며 권일학에게 자리를 권했다.

"여기 와 앉게."

"괜찮습니다."

"앉으라는데."

권일학은 그의 옆에 앉았다. 림숙정이 주름진 얼굴에 따뜻한 미소를 그리며 말했다.

"그래 기술부원장 보기엔 어떻소? 복강경수술을 두고 어쩌구저쩌구 말들이 많다는데……"

권일학은 잠시 한곳에 눈길을 준 채 입을 열지 않았다. 그가 처음 돌아볼 때 제일 흥분한 것 중의 하나가 바로 이 복강경수술문제였다. 이것은 외과분야에서 일어난 기술혁명이며 선진과학 기술과 최신 의학 과학기술 성과의 결정체로서 복부외과 흉부외과 비뇨기외과 산부인과 등 그 이용범위가 매우 넓고 세계적으로 날을 따라 비약적으로 발전하고 있다. 그는 기술부원장으로 부임한 첫날 세계적인 첨단기술을 소유하고 실현하는 맨 앞장에 다름아닌 평양산원이 서있다는 사실에 높뛰는 가슴을 진정할 수 없었다. 그런데 강학선은 다르게 말했다, 너무 기대를 가지지 말라고, 두고보아야 한다고…….

"비서 동지." 마침내 권일학은 머리를 들었다.

"최근 많은 나라 산부인과 분야에서는 첨단기술의 하나인 이 복강경수술을 도입하고 있습니다. 이런 세계적 추세에 우리 평양산원도 예외가 될 수는 없지 않습니까?"

림숙정이 머리를 끄덕이며 습관적으로 무릎을 주물렀다. 그리고는 아픔 때문인지 얼굴을 가볍게 찡그리며 말했다.

"몸에 칼자리를 내지 않고 수술한다는데……. 정말 꿈같은 일이지. 그런 걸 나로서야 생각이나 해봤나. 전쟁 때 부상병을 업어내 온 것밖에 없는 내가 말일세. 그런데 당에서는 제일 먼저 우리 산원에 복강경수술 장비를 보내주었지, 우리를 믿구, 헌데 아직까지 그 설비를 다루지 못하고 있으니……."[115]

---

115 리라순,『사랑하시라』(증보판), 문학예술출판사, 2017. 장편소설『사랑하시라』는 2009년에 처음 출간된 뒤 2017년에 증보판이 나왔다. 여기서는 2017

병원 기술부원장 권일학과 병원 당비서 림숙정 사이의 위의 대화는 많은 것을 알려주고 있다. 우선 이 병원에서는 권일학이 부임하기 전에 이미 서범천과 같은 젊은 의사들이 일부 동료의사들과 함께 세계적인 추세인 이 복강경수술을 성공시키기 위하여 밤낮없이 노력하고 있었다는 점이다. 낮에는 자기에게 주어진 일과를 해치우고 밤에는 새로운 기술인 복강경수술을 하기 위해 애를 썼다. 그런데 병원장 임선해뿐만 아니라 이 병원의 산과에서 가장 섬세한 수술 기술을 갖고 있는 강학선도 새로운 기술 도입에 매우 소극적이어서 젊은 의사들의 노력을 밀어주지 않고 방해하기 때문에 일이 제대로 되지 않고 있다. 그러다가 새로운 기술부원장 권일학이 등장하고 그가 첨단의료과학기술을 지지하기 때문에 새로운 단계로 넘어오게 되었다. 권일학은 서범천 등 첨단의료과학기술의 도입하려고 하는 의사들과 함께 온갖 고난을 이겨내려고 한다. 다행히 이 소설에서는 병원 당비서가 이를 지지하는 것으로 설정되어 있음을 위의 대화에서 알 수 있다.

그런데 이 병원에는 이렇게 좌절한 인물이 서범천만 있는 것은 아니다. 위인섭은 다른 방면에서 좌절하고 방황하는 인물이다. 위인섭은 임신을 하고 싶지만 임신이 안 되는 여성들을 위한 체외수정을 연구하여 여성들의 고통을 덜어주려는 양심적이고 진취적인 의사이다. 그런데 이 의사 역시 병원에서 모험적이고 불안한 의사

넌판을 사용했다.

로 낙인찍혔다. 서범천은 비슷한 좌절을 겪으면서도 병원을 떠나지 않는 반면, 위인섭은 자기의 새로운 연구가 실현될 수 있는 영역을 개척하기 위하여 병원을 떠나려고 한다. 위인섭이 병원장의 무관심으로 자신의 연구가 어렵게 되자 병원을 떠나겠다고 하는 다음 대목에서 주체적인 세계화를 성취하려고 하는 젊은 의사와 과거의 관행에서 한 치도 나아가지 못하는 병원장 사이의 긴장을 읽을 수 있다.

사람들이 문을 메우며 밀려 나가자 기다리고 있었던 듯 불임증연구실의 젊은 의사 위인섭이 방으로 들어섰다.

"무슨 일이에요?"

위인섭이 원장의 탁자 위에 종잇장을 놓고 손으로 쑥 밀었다.

"보십시오, 원장 선생이야 이걸 해결해줄 수 있겠지요?"

"이건 뭐예요"

"체외수정연구에 필요한 유발제들입니다."

한동안 그것을 내려다보던 임선해 원장은 종잇장에서 천천히 눈길을 들며 딱한 표정을 지었다.

"또 유발제군요……. 우리도 지금 이것들을 구하느라고 노력하고 있는데 아직 소식이 없군요. 어찌겠나요. 인섭 선생, 우리 좀 더 기다려 보지 않겠어요?"

그럴 줄 알았다는 듯 위인섭이 흔연하게 대꾸했다.

"그렇단 말이지요? 여전히 힘들다는 건데…… 그런데도 기술부원장은 그냥 사람들을 못살게 때려 몰기만 한단 말입니다. 실속없는 빈 약속만 가득하면서……."

그는 날카로운 어조로 계속했다.

"전 더 이상 참을 수 없습니다. 이런 산원에 더 못 있겠습니다……."

"뭐라구?!"

놀랍기 그지 없었다. 그러니 산원에서 나가겠다는건가?…… 임선해 원장은 그를 유심히 쳐다보았다. 위인섭은 이미 그런 결심을 굳혀 가지고 그를 찾아왔던 것이다.

"알 수 없구만요, 동무의 그 갑작스러운 결심이…… 우린 동무를 제일 아껴야 할 인재의 한 사람으로 보고 있었는데?"

위인섭이 어깨를 으쓱했다. 그런 말은 늘 들어보던 것이어서 별로 대수롭지 않다는 의미였다.

"고맙습니다. 그렇게 생각해주어서 ……하지만 저에게는 원장 선생이 인정해주는 그 의학지식과 재능을 마음껏 발휘할 수 있는 그런 곳이 필요합니다. 그래서 가려는 겁니다. 막지 말아 주십시오."

임선해는 이윽토록 그를 물끄러미 지켜보았다. 산원에 의사들만 해도 수백 명이나 된다. 그들 중의 한 사람이 다른 데로 가겠다고 하여 놀라운 것은 없다. 그러나 위인섭은 첨단기술을 목표로 하고 있는 산원의 인재인 것이다.

"그래서 가겠다?……"

위인섭의 두 눈에는 그 누구에게도 매이지 않으려는, 그 어떤 사정에도 구애되지 않으려는 자유분방하고 고집스러운 자존심이 짙게 비껴 있었다.

"예, 가겠습니다. 여기 산원에선 첨단기술이요, 뭐요 하면서 큰소리만 첬지 실지 해놓은 게 뭐가 있습니까? 새로 온 기술부원장 선생두 그렇지요. 세계를 굽어보는 멋쟁이라고 봤댔는데 우레소리만 요란하구 떨어지는 빗방울은……."

"하나도 없다는 거지요?"

"글세, 이건 불임증 연구사가 자기 연구에 필요한 기구와 다배란 유발제 때문에 뛰어다녀야 하니 참."

그는 별안간 손을 홱 내저었다. 마치도 실속이 없는 일군들을 빗자루로 싹 쓸어버리는 듯한 동작이었다. 임선해는 조용히 손가락으로 탁자를 두드렸다. 사실 위인섭이 말하는 그 유발제들은 외국에서 엄청난 외화를 주고 사와야 하는 것들로서 기술부원장 한 사람의 책임은 아니었던 것이다. 방금 과장 모임에서도 그가 이야기한 바이지만 각 성 중앙기관에서 산원 경영 운용에 쓸 변압기 기름을 비롯하여 수술할 때 신는 고무신이나 환자용 실내화들 공기조화기 부속품들과 환자들을 실어 나르는 승강기 쇠바줄 지어는 애기기저귀로 쓸 면천과 가루비누 소금 사탕가루 주전자와 고뿌까지 마련해주고 있는데 국가사정을 알고 있는 임선해 원장으로서는 엄청난 그 실험용 시약까지 내라고 위에 손을 내밀 수 없었던 것이다.

"조건을 보장해주지 못한 데는 제 책임도 커요. 하지만 다시 생각해 보세요. 복강경수술을 맡고 있는 서범천 선생은 그런 불리한 조건에서도가 첨단기술을 완성하려고 무진 애를 쓰고 있지 않나요."

지금껏 불만에 가득 차 있던 위인섭의 얼굴에 돌연 허심하고 진지한 표정이 어렸다.

"서범천 선생에 대해선 저도 감탄하고 있습니다. 아무것도 없는 데서 뭘 해보겠다구 뛰어다니는 그를 볼 때면 참…… 동정두 가지만 그 정열과 헌신엔 정말 머리가 숙어집니다."

그러나 인재의 길은 그것만이 아니라고 여기는 위인섭이었다. 제때에 결심하고 제때에 포기할 줄 아는 사람인 것이다. 위인섭은 기대어린 눈빛으로 자기를 바라보고 있는 원장에게 자기 생각을 이야기했다.

"전 서범천 선생처럼 고생스럽게 일하고 싶지 않습니다. 원장 선생은 포부가 큰 젊은 연구사들의 이상이 어떤 건지 압니까? 모든 것이 최신으로 갖추어진 연구소에서 자기의 두뇌를 깡그리 바치는 것, 바친 것만큼 빛이 나는 그것입니다. 전 인제 조건도 마련해주지 않는 여기서 현미경과 씨름하는 것이 싫증납니다. 차라리 새 광폭항생수가 국제적 범위에서 활용되도록 뛰어다는 게 낫지……."

임선해는 여전히 말없이 그를 바라보기만 했다. 명석한 두뇌와 뛰어난 의학적 재능을 가진 위인섭. 정열도 있고 머리도 좋은 수재이다. 그가 지금 말하는 광폭항생수도 얼마전부터 짬짬이 연구한 것인데 호평이 대단했고 하루에 톤 단위의 소독물을 처리하고 있는 산원에서도 그 덕을 단단히 보고 있었다. 그 광폭항생수가 소문 나자 어느 회사의 부사장이라는 사람이 그것을 해외에 선전하여 대방으로부터 계약을 맺자는 확스가 왔다고 한다. 그 후 회사 부원은 위인섭에게 많은 것을 약속했을 것이다.

"그렇습니다. 솔직히 말해서 이렇게 고생하느라니 차라리 무역사업으로 연구조건도 마련하면서 자기 이상을 실현하는 곳으로 옮기자는 생각입니다. 그러면 힘겨운 과제 때문에 기술부원장에게 추궁받는 일도 없고 ……또 자기가 한 것만큼 평가도 받을 수 있지요"

임선해는 저도 모르게 책상모서리를 꽉 움켜잡으며 자리에서 일어났다. 숨이 차고 목구멍이 좁아드는 것 같았다.

"놀랍군요 동무 같은 사람이…… 어떻게 우리 산원에 있는지! 헌신적이고 양심적이어야 하는 의사의 직업에 말이에요. 가세요 가고싶은 데로! ……동무같은 사람은 필요 없어요! 다신 산원에 얼씬하지 마세요!"[116]

불임수술을 연구하는 위인섭과 임선해 병원장 사이의 다툼에서 분명하게 확인할 수 있는 것은 첨단과학기술을 개발하고 이를 실천하려는 젊은 의사와 과거의 틀에서 과감하게 나아가지 못하는 기득권의 인물 사이의 대립이다. 물론 위인섭은 서범천과 다르다. 서범천은 병원에서 나가지 않고 안에서 싸우면서 복강경수술이라는 첨단기술을 실현하려고 하는 반면, 위인섭은 무역회사에서 주는 좋은 조건에서 연구하겠다고 병원을 나간다. 하지만 이 젊은 의사들이 새로운 기술을 개발하고 시도하겠다고 하는데 기존의 병원장과 의사들이 소극적으로 대하는 태도는 동일하다. 권일학은

---

116 위의 책, 163~165쪽.

나중에 병원을 나간 위인섭까지 설득하여 병원으로 복귀시키고 불임수술 연구에 매진하게 한다. 그리고 이러한 인물을 싸안지 못하는 병원장을 비판하기도 할 정도로 새로운 과학기술에 큰 힘을 들인다.

새롭게 부임한 권일학은 새로운 첨단기술을 개발하기 위하여 노력하지만 병원 내에서 인정받지 못하고 밀려나는 이러한 인물들을 직접 만나 고무하면서 이들을 일으켜 세운다. 그 과정이 평탄한 것은 아니지만 결코 굴하지 않고 싸워나간다. 심지어 병원 원장과도 싸우면서 진전한다. 병원 원장이 자신의 뜻과 어긋날 때 병원에 사표를 내면서까지 이들을 옹호하고 싸워나간다. 그런 점에서 권일학과 같은 인물을 설정한 것은 작가 리라순의 매우 참신한 노력이고 재능이라고 생각된다.

규모가 크기 때문에 오히려 보수적인 평양산원에서 권일학이 기존의 관행을 깨고 새로운 첨단기술을 도입하는 데 앞장서는 일에는 많은 난관이 따를 수밖에 없다. 작가 리라순은 바로 이러한 저항적인 인물들을 실감 나게 그려내는 데서 작가적 역량을 보여준다. 가장 대표적인 인물이 바로 병원장 임선해이다. 임선해는 권일학이 이 병원에서 새로운 첨단기술을 도입하려고 하는 서범천과 위인섭을 끌어들여 성공시키는 데에 방해가 되는 구태의연한 인물이다. 임선해 역시 여성의사들을 적극적으로 응원하면서 평양산원을 빛나게 만드는 데 큰 역할을 하지만 첨단기술을 연마하고 도입하려는 것에 대해서는 큰 의미를 주지 못하는 인물이다. 그렇기 때문에 서범천이라든가 위인섭에 대해서 깊이 이해하지 못하고 과거의 방식으로만 대한다. 이 점은 첨단기술인 체외수정을 연구하려다 좌절되자 병원을 떠나려고 하는 위인섭의 내면을 이해하지 못하고 그냥 그를 내치는 것에서 잘 드러난다. 그가 왜 병원을 떠나려고 하는지 이해하지 못하고 오로지 의리라든가 충성심 차원에서 접근하기 때문에 과학기술의 새로운 흐름을 읽어내지 못하는 것이다. 권일학이 병원장과 맞서는 것이 바로 이러한 대목들이다.

병원 기술부원장 권일학이 복강경수술을 주도하는 서범천과 불임수술을 개척하는 위인섭을 옹호하다가 병원장과 맞서게 되어 사직하려고 하는 다음 장면은 첨단과학기술을 개발하고 정착시키려는 노력이 얼마나 힘든가를 잘 보여준다.

임선해 원장은 두 팔굽을 책상에 올려놓은 채 까닥 움직이지 않고 있었다. 줄곧 말없이 앞쪽만 바라보고 있는 것이 마치 이 방에 그 누군가가 또 있다는 것을 잊고 있는 듯했다. 이윽고 임선해 원장이 그에게 눈길을 돌렸다.

"부원장 선생, 그러지 마세요. 기술부원장 선생의 결심과 의지에 따라 자기가 맡고 있는 의료 집단의 목표와 실력이 높아지거나 낮아진다는 걸 잘 알면서도 그러면 되겠어요? 절대 흔들리지 말고 자기 결심을 끝까지 내미세요."

"하지만 위인섭은……."

"그에 대해선 이미 말하지 않았어요. 의리도 모르는 사람에게선 아무것도 기대할 것이 없어요."

"그러니 원장 선생은 끝내……."

저도 모르게 신음소리 같은 것이 새어 나왔다. 탁자 모서리를 움켜쥐었던 손아귀가 아래로 처지며 맥없이 풀렸다. 더 이상 아무 말도 하고 싶지 않았다. 권일학은 갑자기 목이 뻣뻣하게 아파나는 것을 느끼며 가까스로 입을 열었다.

"정말 힘이 듭니다. 윤일 국장 동지까지 복강경수술을 반대하는 데다가 원장 선생도 그러니 ……정말 자신이 없습니다. 차라리 전 기술부원장을 그만두고 그저 의사로 일하는 것이 더 나을 것 같습니다."

"부원장 선생!"

"아니 원장 선생, 전 정말 힘듭니다……. 더는…… 기술부원장을 못하겠습니다."

"뭐 못하겠다구요?!……"

임선해 원장이 부르짖었다. 그러나 벌써 자리에서 일어난 권일학은 두 눈을 내리깐 채 문쪽으로 천천히 걸음을 옮겼다.[117]

서범천이 행하는 복강경수술을 병원장은 겨우 이해했지만 보건성 국장인 윤일이 반대하고, 불임수술을 연구하는 위인섭을 병원장이 쫓아내는 것을 보고서는 권일학은 병원장 앞에서 직을 그만

---

117 위의 책, 182~183쪽.

두겠다고 항의한다. 첨단과학기술 시대에 과거의 관행을 고수하려는 이들과 맞서서 새로운 첨단과학기술을 개발하는 것이 얼마나 어려운가를 작가 리라순은 잘 보여주고 있다. 작가는 이러한 험로를 넘어서지 못하면 북한의 미래는 없다고 보고 있기 때문에 이런 설정을 하였을 것이다.

첨단과학기술 도입에 저항하는 또 다른 인물로 권일학을 친구로 생각하면서 이 병원에 부임하는 것을 환영하였던 과장 강학선을 들 수 있다. 강학선은 평양산원에서 미세수술로 이름이 난 관록 있는 의사이다. 그럼에도 불구하고 자신의 기존 기술에 연연하여 체외수정이라든가 복강경수술과 같은 새로운 첨단기술을 시도하는 이들을 불신한다. 기존의 수술 기술도 충분히 익히지 않은 상태에서 새로운 기술에 도전하는 이들이 미덥지 않은 것이다. 그 결과 이들의 노력을 폄하하고 나선다. 다른 이도 아니고 자신을 친구처럼 보는 강학선이 병원에서 첨단기술 도입을 방해하는 인물임을 알게 되었을 때 권일학의 고민은 깊어진다. 인간적 정리에서 볼 때 그와 맞서서는 안 되는 것이다. 하지만 병원의 미래와 여성들의 행복을 위해서는 이를 좌시할 수 없다. 결국 권일학은 개인적인 우정 대신에 병원과 의료의 미래를 위해 친구와 맞서게 된다. 작가 리라순의 작가적 역량이 빛나는 대목은 이러한 갈등을 아주 실감있게 그려내는 데 있다. 결국 권일학은 강학선의 오해와 불신에도 불구하고 이를 극복하는데 그 과정이 매우 여실하게 그려져 있다.

서범천과 위인섭의 노력을 지지하면서 최첨단 기술을 보유한 병원으로 꾸려나가려고 하는 권일학의 행로를 방해하는 가장 중심적인 인물은 병원 바깥의 관료인 보건성의 국장 윤일이다. 보건성에서 일하는 윤일은 평양산원이 무난히 지속되기를 바라고 있기 때문에 그 어떤 진취적인 첨단기술의 모험을 좋아하지 않는다. 서범천이 행하는 복강경수술을 믿지 못하고 의료진을 빨리 외국에 보내 첨단기술을 익혀 오는 것이 가장 안전한 방법이라고 믿는다. 그래서 권일학에게 파견 대상 명단을 보내줄 것을 독촉한다. 서범천이라든가 위인섭 같은 인물이 행하는 작업을 믿지 못할 뿐만 아니라 이들의 노력과 태도를 지지하는 권일학에 대해서도 불신한다.

"오늘부터 복강경수술에 대해선 더 논의하지 마시오. 알겠소, 원장선생?"

그는 대답도 기다리지 않고 문을 열고 밖으로 나갔다. 원장 이하 여러 사람이 그의 뒤를 따랐다. 복도에 나서자 그는 느닷없이 걸음을 멈추고 뒤쪽의 권일학을 눈길로 찾았다.

"기술부원장, 아까부터 무슨 의견이 있는 것 같은데 ……할 말이 있으면 하오."

보건성 국장으로서 그는 여러 간호원들도 있는 자리에서는 차마 일군들을 질책할 수 없었을 것이다. 권일학은 천천히 머리를 들었다. 그의 넓지 않은 하관이 여느 때 없이 날카로워 보였다.

"국장 동지, 그럼 제 생각을 솔직히 말씀드리겠습니다. 사실 복강경수술은 첨단기술이지만 우리도 능히 할 수 있는 것이라고 저는 보았습니다……."

"그래서?……"

"물론 아직 완벽하다고 할 수는 없겠지만 우리의 복강경수술도 인제는 학술적 연구와 모든 실험을 거쳤으므로 일정한 높이에 올라섰습니다. 우린 앞으로 있게 될 과학기술 축전에 이 복강경수술을 완성하여 내놓자는 겁니다. 오늘 복강경수술을 시도한 것도 이런 토대와 목표에 기초해서 진행한 불가피한 공정이라고 저는 생각합니다."

윤일의 희끗희끗한 눈썹이 위로 치켜들렸다.

"무슨 말을 하는거요, 기술부원장? 과학기술축전? 그래서 불가피하다? ……그래 원장 선생두 그렇게 보고 있소?"

"예."

"뭐?……"

그는 뜻밖인 듯했다.

"아니, 원장 선생이야 과학적인 증명이 없이는 그 무엇도 인정하지 않는 것으로 유명하지 않았소?"

그는 아연해진 눈빛으로 원장을 여겨보고 있었다. 그러자 임선해 원장이 소리 없이 웃었다.

"국장 동지, 우린 가능하다고 보는데요."

"아니오! 이런 것이 허용되면 무슨 도깨비가 나올지 모른단 말이요. 무슨 일을 칠지……."

임선해 원장은 다시 고개를 수그리며 입술을 깨물었다. 윤일 국장이 계속했다.

"물론 실험과 모의훈련은 실지 생체 조직에 대한 여러 가지 수술조작들을 할 수 있는 많은 우점을 가지고 있지만 인체해부학적 구조상을 거쳐 임상에 적용한다구? 그다음에 과학기술축전에 나간다?! 한심한 소리!……"

원장이 조용히 눈길을 들었다.

"서범천 선생은 우리 산원에서 제일 재능있는 의사들 중의 한 사람입니다……."

윤일 국장의 부한 얼굴에 아래 일군들을 이해하는 너그러운 미소가 떠올랐다.

"원장이야 물론 제 사람이니까 두둔하는 게 옳지. 그러나 그 사람은 ……내가 보기엔 아직 어려. 다 알고 있지만 현재 발전된 나라들의 복강경수술 의사 선별기준은 부인과 의사로서 7~8년 이상의 임상적인 진단 및 개복수술 치료 경험이 있어야 하오. 학계가 인정하는 양성체계 안에서 녹화물 강의와 복강경수술 전문가의 모범 수술 관찰과 수술기구 설비들에 대한 이론적 강의를 받아야 하구……."

권일학은 어금니를 꾹 깨물었다. 옳은 말이다. 복강경수술 전문가의 자격을 받자면 그뿐만 아니라 40회 이상의 복강경 진단조작을 원만히 해야 하며 경험있는 상급 복강경 수술전문가의 조수훈련 단계를 거쳐 적어도 그의 관찰 밑에서 20회 이상의 수술방조를 해야 한다. 이렇게 매 단계 양성과정안을 마친 다음 엄격한 시험기준에 준하여 이론적 및 수기 시험에 합격되어야 자격증서를 받을 수 있으며 또 복강경수술에 경험있고 능력있는 병원들에서 거의 1년을 독자적인 수술경험과 기초를 쌓아야만 수술의 안전성과 성공을 담보할 수 있다고 공인되어 있었다.

"그 어느 하나의 양성체계도 거치지 않은 저 동무가 지금 당장 복강경수술을 할 수 있다고 믿소? 기술부원장, 어디 말해보오."

"……"

윤일 국장이 머리를 저으며 계속했다.

"그건 욕망이오! 우리에겐 얼치기 의사보다 단번에 환자를 맡을 수 있는 완벽한 집도자가 필요하단 말이요. 철저히 엄격한 양성체계를 거친 전문의사를 키워내야 하오, 시간과 품이 좀 들더라도! 기술부원장 선생, 인젠 여기에 더 미련을 가지지 말고 빨리 외국 실습에 보낼 복강경수술 양성자들의 명단을 성에 올려보내오."

"국장 동지, 그러나 우리는……."

윤일 국장이 권일학의 말을 중동무이했다.

"기술부원장, 더 긴말 말구 그렇게 하도록 하오!"

그가 다시 걸음을 옮기자 원장과 여러 사람들이 잰걸음으로 따라섰다.[118]

기술부원장 권일학은 임순해 병원장은 설득했지만 윤일 국장을 이해시키는 데는 실패한다. 윤일 국장은 요지부동이다. 윤일 국장

---

118 위의 책, 147~149쪽.

은 과거에 해오던 방식을 고수하려 하고 새로운 시도는 하지 않는다. 정해진 매뉴얼을 벗어나는 것은 큰 모험일 수 있기 때문에 과거의 방식을 고집하는 것이다. 흥미로운 것은 현대화 시대의 관료주의 모습을 작가 리라순이 아주 잘 그리고 있다는 점이다. 과거의 관료주의란 단순히 세도를 부리는 인물이었지만 이 현대화 시대의 관료주의는 새로운 첨단기술에 대한 이해가 없기에 본인은 열심히 노력한다고 하지만 결과적으로는 보수화되는 그러한 관료주의이다. 세도를 부리는 과거의 관료주의와는 다르다. 물론 현장과 거리가 먼 채 책상머리에서 모든 것을 판단하는 태도는 비슷하지만 그 구체적 양상은 다른 것이다. 첨단 기술을 공부하지 않으면 졸지에 보수화되고 낙후화되고 이를 그대로 밀고 나가면 결과적으로 관료주의가 되는 것이다.

3. 여성의 몸으로 겪는 북한 사회

리라순은 목적의식적으로 여성문학을 시도한 것은 아니지만 여성들을 삶을 면밀하게 관찰하고 세부 묘사를 생생하게 하는 가운데서 여성들이 겪고 있는 고통, 해결해야 할 문제들을 포착한 작가이다. 앞에서 언급한 단편소설「행복의 무게」에서 그런 작가의 여성의식이 어느 정도 드러났다. 『사랑하시라』에서도 마찬가지이다.

그동안 익숙한 공장, 농장을 벗어나 산부인과 병원을 배경으로 삼았다는 것 자체가 흥미롭다. 과학기술의 발전 특히 첨단과학기술의 개발이 여성들의 복지를 향상시킬 수 있다는 생각이 바탕이 되었을 것이다. 고난의 행군 이후 강성대국 건설이라는 것은 어떻게 보면 남성 중심의 서사가 될 수도 있다. 마치 근대화가 남성들의 상징이듯이 그렇게 보일 수도 있는 것이다. 한데 북한의 여성들의 몸을 담당하는 병원에서 첨단과학기술을 개발하고 적용하게 되면 그 혜택은 모두 여성들에게 돌아간다는 점에서 이 점은 매우 중요하다고 할 수 있다.

구체적으로 서범천이 개발하고 있는 기술인 복강경수술이 산원에서 행해질 때 여성들은 덜 고통스럽고 더 안전하게 된다. 그런 점에서 이 작품에서 복강경수술을 둘러싼 갈등은 일차적으로 첨단과학기술의 문제이지만 나아가서는 여성 특히 모성 보호 차원에서 매우 중요한 것이다. 전통적인 개복수술보다는 복강경수술이 여성들의 고통을 덜고 생명을 지켜주는 것이다. 하지만 이 복강경수술은 비단 산원에서만 행해지는 것이 아니라 외과 일반에서 광범위하게 사용될 수 있기 때문에 꼭 여성들에게만 해당된다고 볼 수 없다.

그런 면에서 위인섭이 개발하는 불임수술 즉 체외수정 문제는 훨씬 더 여성의 신체에 다가가는 문제이다. 복강경수술이 외과 일반에서 널리 사용되는 것과는 달리 체외수정은 여성들에게만 해당되는 것이기 때문이다.

다음은 여성의사 하경옥이 혼자서 무통법 개발에 애쓰는 장면이 갖는 의미도 눈여겨 보고 싶다. 이 작품에서 새로운 과학기술의 개발에 참여하는 이들은 모두 남성이다. 복강경수술을 하는 서범천, 불임수술을 행하는 위인섭, 그리고 이를 전체적으로 관장하는 기술부원장 권일학 모두가 남성이다. 소설 속 평양산원의 병원장과 당비서는 여자이지만 핵심적인 의사들 즉 첨단과학기술을 도입하는 의사는 모두 남성이다. 여성들이 당하는 고통을 해결해주는 이들이 모두 남성으로 설정되어 있고 여성병원장 임선해는 과거 방식을 고수하고 또 새로운 모색을 하려는 젊은 의사들을 억압한다는 점에서 이 작가의 여성의식에 의문을 가질 수 있다. 다음에 볼 김자경의 『사랑을 다 바쳐』에서 새로운 기술을 창안하고 주도하는 인물이 여성이고, 과거의 관행에 젖어 나아가지 못하는 인물들이 남성으로 설정되어 있는 것과 대조적이다. 심지어 김자경의 소설에서는 컴퓨터를 통한 정보기술 흐름을 쫓아가지 못한 남성지배인이 새로운 여성기사장에 눌려 공장을 그만두는 식으로 설정되어 있음을 생각하면 리라순의 이러한 접근은 매우 안이하다고도 볼 수 있다. 실제로 그러한 측면이 있기는 하지만 무통법을 개발하고 있는 하경옥 의사를 보면 사정이 조금은 달라진다. 하경옥은 이 소설에서 주인공인 권일학의 사랑의 대상으로만 설정되어 여성문제와는 거리가 있는 인물처럼 보인다. 사실 이 인물을 중심에 두거나 혹은 더 큰 비중으로 다루었다면 이 작품은 매우 다른 면모를 갖게 되었을 것이라는 점에서 일면 아쉽기도 하다. 그럼에도 불구하고 하경옥이 중요한 것은 여성들이 임신과 출산 과정

리라순 239

에서 누구나 직접적으로 느끼는 육체적 고통의 문제를 혼자 연구한다는 점이다. 다른 남자의사들은 세계적인 추세에 발맞추어 첨단과학기술의 성취에서 보람을 느낀다면 하경옥은 여성들이 가장 힘들어 하는 대목에 집중하여 의사로서의 연구를 하는 것이다. 이는 작가가 의식적으로 내세운 것은 아니지만 매우 중요하게 읽어야 하는 대목이라고 생각한다.

제5장

김자경
여성의 사랑과 섹슈얼리티

1. 남녀 역할의 전복

김자경은 고난의 행군 이후 등장한 대표적인 북한의 여성작가이다. 김자경이 북한의 문단에 등장한 것은 단편 「류선화」[119]가 2000년 6·4문학상 즉 전국군중문학현상응모 3등 작품으로 당선되면서이다. 고난의 행군이 한창 진행될 때라 아직 일반 인민들의 생활이 극도로 힘든 시기인데 김자경은 독특한 발상의 작품 「류선화」로 북한문학계에 등장했다. 이때 김자경의 직업이 함경남도 요덕군 출판물보급소 보급원으로 나와 있는 것을 보면 오랫동안 출판물 가까이에서 지내면서 문학소녀의 꿈을 꾸었던 것으로 보인다. 요덕군의 두메산골에서 태어나 작가의 꿈을 키운 김자경은 현재는 함경남도예술단 극작가로 소설뿐만 아니라 극작품도 창작하고 있다.

---

119 김자경, 「류선화」, 『청년문학』, 2000.11.

김자경은 등단작부터 여성의식을 뚜렷하게 함축하고 있어서 향후 북한의 여성문학에 중요한 역할을 하는 작가로 성장하리라는 예감을 주었는데 이후 발표한 단편소설 「사랑의 샘줄기」[120]와 「사랑의 향기」[121]를 통하여 여성작가로서의 확고한 자기 색깔을 드러냈다. 특히 여성의 젠더와 섹슈얼리티를 함께 의식하는 그러한 문제의식을 담고 있는 작품을 선보였다는 점에서 이 시기 다른 북한 여성작가와 큰 차이를 보여준다. 먼저 세 편의 단편소설을 중심으로 김자경의 여성의식을 살피고 현재 출판된 유일한 장편소설 『사랑을 다 바쳐』[122]를 순차적으로 검토하겠다.

「류선화」는 여성과학자 리문경의 연구를 위해 남편 김선범이 헌신하는 이야기이다. 두 사람이 처음 만났을 때부터 김선범은 리문경이 과학자라는 것을 높이 사고 그의 연구를 꽃 피우는 데 자신을 바치겠다는 의지를 내보였다. 결혼한 후 리문경은 미생물학 연구사로서 비료생산기지를 돌아다니며 연구하느라 집을 떠나 있고 군발전소건설사업소 작업반장인 선범이 아이들을 키워왔다. 그런데 선범이 부상을 당하여 건강이 안 좋다는 연락을 받고 잠시 집으로 돌아와 보니 선범은 한 달 동안은 절대 안정을 해야하는 상태였다. 남편을 간호하고 아이들을 돌보는 일과 새로운 비료를 첫 시험 생산하는 일 사이에서 갈등하다가 문경은 아이들을 자기가 데

120 김자경, 「사랑의 샘줄기」, 『청년문학』, 2002.12.
121 김자경, 「사랑의 향기」, 『청년문학』, 2007.12.
122 김자경, 『사랑을 다 바쳐』, 문학예술출판사, 2017.

리고 가서 연구와 육아를 병행할 생각을 한다. 그러나 선범이 역에 달려와서 아이들을 데려가고 문경은 선범에 대한 미안함을 과학 연구 성과로 갚겠다는 다짐을 하며 연구 현장으로 떠난다.

이 작품을 남한의 독자들이 읽으면 거부감이 클 수 있다. 김정일에 대한 언급이 자주 나오기 때문이다. 예를 들어 남자주인공이 우연히 만난 여성과학자—후에 자신의 아내가 되는 사람—를 처음 대하면서 그가 과학자라는 것을 알고 놀라 하는 다음과 같은 대목이다…….

언제인가 경애하는 장군님께서는 과학을 발전시키지 않고서는 강성대국을 건설할 수 없다고 하시면서 자신께서는 그 어떤 요행수가 아니라 과학에 의거하여 혁명을 한다고 말씀하셨더군요. 난 이 세상에서 과학을 가장 중시하시고 과학자들을 제일 사랑하는 우리 장군님의 그 믿음을 안고 사는 과학자들을 힘껏 돕겠습니다.[123]

고난의 행군 이후 북한 사회의 전도가 막연할 때 자원이 부족한 북한 사회에서 과학자들의 역할이 매우 중요하다는 것을 작중 인물이 직접 김정일의 말을 빌려서 이야기를 하고 있으니 남쪽의 독자들은 이 작품에 대해 좋은 인상을 갖기 어려울 것이다. 하지만 이 작품이 등단작이라는 사실을 감안하면 북한의 상황에서 이해

---

123 김자경, 「류선화」.

할 만하다. 등단작이기 때문에 북한문학의 관습을 거의 그대로 따르려고 했을 것으로 짐작되기 때문이다. 이후 그의 단편소설에서는 이런 것이 거의 나오지 않는 것을 보면 그런 사정을 조금은 이해할 수 있을 것이다.

이 작품에서 가장 주목되는 점은 남성과 여성의 젠더적 전복이다. 통상 남자들이 하는 역할을 여성이 하고, 여성이 하던 역할을 남성이 하는 것으로 되어 있다. 주인공 리문경은 미생물학자로서 새로운 비료를 개발하는 일을 하고 있다. 고난의 행군 시기 북한에서 가장 긴요한 일이 식량 생산인데 여기서 비료의 역할은 막중하다. 경제 제재 등으로 외국에서 사들여 오기 곤란한 상황이기 때문에 북한의 현지 여건에 맞게 비료를 만들어내는 것이 매우 중요하다. 바로 이 일을 하는 인물이 리문경이다. 그는 남편과 아이들을 떠나 외지에서 생활하는 일이 빈번하고 엄마가 없는 집에서 아이들을 돌보는 것은 전적으로 남편의 일이다. 이웃이나 탁아소, 유치원에서 아이들을 홀아비 자식이라고 여길 정도로 전적으로 아빠가 육아를 전담하고 있다. 다음 대목은 남편이 부상을 당하여 누워 있는 현실에서 과학사업 현장으로 아이들을 데려가려고 했을 때 이를 허락하지 않는 남편에 대한 여성과학자의 심정이 잘 드러나 있다.

"그럼 전 떠나겠어요. 안녕히 계셔요. 앓지 말구."
그는 서둘러 전화를 끊었다. 하면서도 남편의 체취가 느껴지던 전화기를 놓지 못하고 그냥 한 모양으로 서 있었다. 밖에서 기다리는 손님이 보이지 않았다면 그는 언제까지라도 그렇게 서 있었을 것이다. 문을 열고 밖으로 나온 다음에야 그는 지어놓은 보약을 끼니마다 꼭꼭 잡수라는 당부를 깜박 잊었다는 것을 깨달았다. 하지만 손목시계는 열차시간이 얼마 남지 않았다고 그를 재촉했다. 문경은 탁아소와 유치원에서 두 딸을 데리고 역전으로 나왔다. 차표를 사가지고 애들이 기다리는 곳으로 돌아온 문경은 호 한숨을 내쉬었다. 제비처럼 나란히 앉았던 애들이 없었다.

'그만큼 타일렀는데 어딜 갔을까'

그는 대합실 안을 두루 살펴보았다. 그의 마음을 초조하기 그지없었다. 이때 의자 한 켠에 앉았던 신문을 보던 학자풍의 중년 사나이가 그에게 얼굴을 돌렸다.

"여기 앉았던 처녀애들을 찾습니까? 방금 전에 웬 사람이 데리고 가던데요. 애들이 아버지라고 부르더군요"

문경은 의자에 풀썩 주저앉았다. 얼마 후 그는 집으로 걸음을 옮겼다. 승벽심이 강한 그의 마음속엔 남편에 대한 반발과 불만이 솟구쳐올랐다. 그는 맘속으로 부르짖었다.

'여보 당신은 어쩜 그리도 내 마음을 몰라주세요. 난 조금이라도 당신을 돕고 싶었어요. 앓는 몸으로 애들의 시중을 들며 고생할 당신을 생각해서 당분간이라도 아이들을 데리고 떠나려 했어요. 그런데······ 당신은 날 끝까지 매정하고 몰인정한 여자로 만드는 거예요? 당신은 자기 몸에 대해선 생각 안 하세요?'

어느덧 그는 집 마당에 들어섰다. 서둘러 문손잡이를 당기려던 그는 안에서 들려오는 소리를 듣고 주춤했다.

"아버지, 엄마 왜 안 오나? 엄마 데려오라."

"엄마 갔다. 엄마 데려오라."

아버지에게 조르는 두 딸의 울음 섞인 목소리. 문경은 가슴 한복판에 무딘 쇠못이 쿡 들어와 박히는 듯한 아픔을 느끼며 눈을 꼭 감았다. 이때 남편의 목소리가 들려왔다.

"은심아, 나도 엄마랑 함께 살고 싶다. 그러나 엄만 가야 해. 너희 엄만 과학자란다."[124]

여성과학자가 자신의 일을 하기 위해서 희생해야 하는 것이 어느 정도인지를 잘 보여준다. 실제로 현실의 생활에서는 김선범과 같은 남편이 흔하지 않을 것임에도 작가가 이렇게 설정한 것은 현재 북한의 여성과학자들이 겪어야 하는 고통과 어려움을 더욱더 잘 드러내기 위함일 것이다.

이 작품은 여성과학자의 처지에서 겪는 것을 잘 그릴 뿐만 아니라 남성의 처지에서 감내해야 하는 것도 동시에 잘 보여주고 있다. 군발전건설사업소에서 작업반장을 하는 남편 김선범은 엄마를 대신하여 아이들을 돌보는 일을 매우 긍정적으로 생각한다. 자기가 속한 공동체에서 가장 중요한 일이 과학을 통한 강성대국을 만드

---

124 위의 글.

는 일인데 이런 방면에서 자기보다는 아내가 더욱 중요한 역할을 할 수 있다는 것을 알고 있기 때문이다. 물론 발전소 건설도 이 시기 북한에서는 매우 중요한 작업이다. 전기가 부족하여 공장이나 사업소를 돌릴 수 없어 제대로 생산을 하지 못할 뿐 아니라 지방 군에서도 생활에 사용할 전기가 부족하여 일상생활에 큰 곤란을 겪었다. 하지만 발전소 건설 사업이 비료 생산만큼 중요하지는 않다고 생각했기 때문에 김선범은 아내가 과학사업을 잘 할 수 있도록 뒤에서 돕는 것을 큰 영광으로 알고 있다.

"엄마, 이제 안 가나?"

중소형수력발전소 설계에 대한 책을 읽고 있던 선범은 부엌에서 들려오는 딸애의 목소리에 은연중 귀를 기울였다. 아침밥을 짓느라 달그락거리는 소음 속에서도 '응' 하는 아내의 대답이 들렸다.

"계속?" 하고 딸애가 또 물었다.

"그래, 아버지가 다 나을 때까지 안 간단다."

아내의 대답을 들은 선범은 마음이 쩌릿해졌다. 고마웠다. 응당한 것으로 감수하기에는 아내의 그 정성이 너무도 극진하고 열렬했다. 그리고 행복했다. 단란한 가정의 훈향은 그의 마음을 그지없는 기쁨으로 충만하게 해주었다. 때식에 맞추어 부엌에선 고르로운 소음이 울렸고 아이들은 엄마 품에서 더 재롱을 부렸다. 아내의 유정한 목소리와 웃음 어린 얼굴은 집안 곳곳에 향기를 풍겨주는 듯 싶었다. 누가 그랬던가 아내는 집안을 비쳐주는 달님이라고. 하지만 선범은 문뜩문뜩 죄의식을 느끼군 했다.

　'얼마나 큰일이 아내를 기다리고 있는가 얼마나 큰일에 몸담아야 할 아내인가.'

　생각할수록 마음이 괴로웠다. 그의 눈앞에 아내를 기다리던 지난날들이 선히 떠올랐다. 밤일을 나가면서 재워놓은 아이들이 없어져 온 동네에 소동을 일으키던 장마철의 밤, 한밤중에 일어나 울음을 터뜨리군 하는 어린 딸을 달래다가도 어디선가 그 울음소리를 듣고 아내가 달려올 것만 같아 귀를 기울이던 그 밤.**125**

　김선범이 부상을 당한 후 아내 리문경이 집으로 돌아와 아이들과 자기를 돌보는 것을 보면서 남편 김선범이 가정의 훈기를 느끼는 대목이다. 사회가 과학자의 사업을 중시하지만 아내의 기존 역할에 대한 남편의 향수도 만만치 않기 때문에 아이들을 돌보는 엄마의 손길이나 식사를 준비하는 아내를 그리워하는 것이다. 이 정도면 남편과 아내가 충돌하고 결국 헤어지든가 아니면 아내가 하던 일을 그만두거나, 좀 더 편한 일자리로 옮기는 것이 보통인데 김선범은 스스로 강한 의지를 가지고 아내를 과학사업 현장으로 돌아가게 한다. 아이들을 데리고 가려던 아내의 계획을 좌절시키면서까지 아내의 과학사업을 돕는 것이다. 이것은 결코 쉬운 일이 아니다. 작가는 남편 김선범의 성격을 이렇게 만듦으로써 기존 남

125　위의 글.

성과 여성의 젠더를 전복시켰다.

북한 소설에서 이러한 남녀의 역할 전복은 흔치 않다. 고난의 행군 이후에야 가능한 설정이다. 그 이전의 작품에서 슈퍼우먼의 고뇌 같은 것은 있었지만 이렇게까지 남녀의 역할이 뒤바뀌는 것을 다룬 작품은 없었다. 이런 면에서 김자경의 첫 작품이라 할 수 있는 「류선화」는 매우 신선하게 여성문학의 출발을 알리는 것이라 할 수 있다. 특히 북한의 여성들이 전문직으로 많이 진출하고 이들이 사회에서 중요한 역할을 담당하게 되는 과정과 이 과정에서 겪는 사회적 가정적 갈등의 문제를 다루는 것 자체가 북한 여성문학의 새로운 면모라 할 수 있을 것이다.

또 흥미로운 점은 이 소설이 '여성은 꽃'이라고 하는 북한 사회의 여성에 대한 규정을 뒤집은 것이다. 〈여성은 꽃이라네〉라는 유명한 북한노래의 가사는 북한 사회의 가부장성을 보여주는 것이기도 하다. 가사를 인용해 보겠다.

여성은 꽃이라네 생활의 꽃이라네
한 가족 알뜰살뜰 돌보는 꽃이라네
정다운 아내여 누나여 그대들 없다면
생활의 한 자리가 비어있으리
여성은 꽃이라네 생활의 꽃이라네

여성은 꽃이라네 행복의 꽃이라네

편안한 안식처를 만드는 꽃이라네
정다운 아내여 누나여 그대들 없다면
행복의 한 자리가 비어 있으리
여성은 꽃이라네 행복의 꽃이라네

여성은 꽃이라네 사랑의 꽃이라네
세상을 따뜻하게 할 사랑의 꽃이라네
정다운 아내여 누나여 그대들 없다면
사랑과 행복 모두 비어 있으리
여성은 꽃이라네 사랑의 꽃이라네

여성은 가족을 돌보고, 편안한 안식처를 만들고, 세상을 따뜻하게 할 꽃이라고 하는 노래는 철저히 남성의 목소리이다. 가사 속의 화자 역시 남성이다. 그런데 김자경의 소설 속 남편 선범은 "남편들의 행복은 아름다운 꽃을 향유하는 데 있는 것이 아니라 영원히 나라의 꽃으로 피도록 가꾸어 주는 데 있다", "여성은 꽃이라고 노래만 부르는 데 그치는 것이 아니라 경애하는 장군님을 받들어 영원한 꽃으로 피도록 성실한 땀을 바치"는 것이 사랑이라고 말한다. 그리고 실제로 문경에게 류선화[126] 묘목을 선물하고 열심히 키우기도 한다. 북한 사회에서 내세우는 명분이나 정책을 지지하고

---

126 류선화 : 협죽도. 유도화.

선전하는 것처럼 하면서 그것에 기대어 기존의 관념이나 습관을 전복시키는 방법을 김자경은 능숙하게 구사하면서 북한 여성문학의 새로운 경지를 열어가는 것으로 보인다.

물론 이 작품이 전국군중문학현상공모의 작품이기 때문에 김정일을 거듭 언급하는 등 부자연스러운 대목이 있기는 하지만 '과학중시', '여성은 꽃'이라고 하는 바로 그 권위에 기대어 남녀 역할의 전복이라는 새로운 경지를 열 수 있었을 것이다.[127]

2. 젠더 문제의 본격화와 섹슈얼리티의 전경화

2000년 전국군중문학현상공모에 「류선화」가 당선되어 등장한 김자경은 남녀의 역할 전복이란 이전에 볼 수 없었던 흥미로운 주제를 다루어 북한 여성문학의 새로운 출발을 알렸다. 이후 같은 『청년문학』에 실은 작품 「사랑의 샘줄기」는 그가 젠더 문제에 큰 관심을 갖고 있을 뿐만 아니라 이것이 결코 단발적인 것이 아님을 더욱 잘 보여준다. 이 작품에는 이전 작품과는 달리 수령에 대한 언급이 거의 없다. 첫 등단작인 「류선화」에서 자주 수령에 대한 언급이 있었던 것이 문학상 공모라는 절차 때문이라는 것을 한층 더 분명하게 알 수 있다.

---

127 김자경은 이 소설을 똑같은 제목의 희곡으로 각색하여 『조선예술』 2009년 3월호에 실었다.

이 작품은 시골 향봉리마을에서 양어장 건설을 둘러싸고 남녀 간에 일어난 일을 다루었다. 향봉리 관리위원장인 정철진과 작업 반장인 진주옥은 서로 사귀는 사이이지만 양어장 건설문제를 둘러싸고 첨예하게 대립한다. 정철진은 조합의 논을 천 평 정도 양어장으로 풀자고 하는 반면, 진주옥은 논에는 농사를 지어야 하니 양어장에 적절한 새로운 땅을 힘들여 새롭게 구해보자고 주장한다. 의견이 달라지면서 두 사람의 사이도 서먹해지는데 주옥이가 끝내 양어장을 건설할 만한 샘줄기를 찾아내는 것으로 마무리된다.

이 과정에서 주옥은 자신의 의견이 무시당하자 바로 리당 비서에게 정철진이 "경제적인 타산과 실리를 무시하고 손쉬운 방법으로 부침땅에 양어장을 건설하려" 하는 것은 "땅에 대한 사랑이 부족"한 것이라고 신소를 하기까지 한다. 연인 사이인데 여성이 남성을 공적 사업의 의견 차이로 당에 신소 절차를 밟는다는 것은 북한은 물론 남한에서도 쉽지 않은 설정이다. 그런데 작가는 이를 끝까지 밀어붙이면서 작품을 이끌어 나간다.

진주옥은 곡식을 생산하는 일이 매우 중요한데 이미 있는 논을 쉽게 양어장으로 개발하는 것을 도저히 납득하지 못한다. 천 평이 넘는 땅이 없어진다면 거기에서 나는 알곡이 줄 것이며 이는 인민들의 삶을 악화시키는 것이다.

"위원장 동지, 내일 저와 함께 우리 농장을 돌아보자요. 산보 겸 등산 겸 안개골이랑 쇄골이랑 돌아보면서 양어장 자리를 다시 찾아 보자요. 예?"

그만에야 철진은 피식 웃어 버렸다. 샘골에 양어장을 건설한다는 것을 알고 농경지를 다치면 어쩌느냐고 처음부터 그 안을 반대한 주옥이었다.

"농경지를 침범하다니요. 알곡 생산을 늘이려고 두벌농사 세벌농사를 하는데 옥토를 파헤치다니요?"[128]

아무리 위에서 내려진 정책이라 하더라도 실정을 고려하지 않고 그냥 밀어붙이는 것은 인민을 생각하지 않는 관료적인 일이라는 것이다. 그렇기 때문에 설령 그동안 자신을 성장시켜준 관리위원장이자 현재 연인인 정철진을 리당에 신소하기까지 하는 것이다.

그런데 정철진은 주옥의 이러한 반응을 도저히 이해하지 못한다. 그동안 자신의 지도를 받아 성장했는데 자신이 주도하는 일을 이렇게까지 반대하는 것을 도저히 받아들일 수 없고 결혼을 약속한 사이임에도 불구하고 이렇게 공적으로 맞서는 것이 주옥이 건방지고 거만해진 탓에 있다고만 생각한다.

'그런데 오늘은.'

지나간 나날들을 더듬어 볼수록 철진의 마음은 그냥 분하고 서운하기만 했다. 분조장을 거쳐 작업반장이 되고 자기의 무시할 수 없는 방조

---

128 김자경, 「사랑의 샘줄기」.

속에 대학 3학년에까지 올라가게 되니 이제는 제법 코를 높이며 훈시질을 하는 것이 아닌가. 철진은 자기들 사이에 생겨난 그 간격이 다름 아닌 주옥의 그 오만해진 태도로 하여 생겨난 것이라고 확신하였다.[129]

정철진 관리위원장은 두 가지 점에서 주옥이 못마땅하다. 하나는 자신이 주옥을 이렇게까지 성장시켜 놓았는데 감히 자신의 방침을 반대하면서 달려들기에 도저히 묵과할 수 없다는 것이다. 또다른 하나는 여전히 가부장적인 우위를 점하고 싶은 마음이다. 자기와 결혼할 여자는 종전의 여성처럼 다소곳해야 하는데 옷 입는 것부터 모든 것이 남자처럼 드세기 때문에 이번 일을 기회로 다잡아야 한다는 생각을 한다. 주옥은 과거의 여성처럼 그냥 남자에게 고분고분하게 대하지 않고 자신의 의견을 언제든지 과감하게 내는 것이다. 설령 그 대상이 자신의 결혼을 약속한 사이라 하더라도 마찬가지이다.

이렇게 과거 북한의 문학에서 쉽게 볼 수 없는 새로운 여성들의 모습을 작가 김자경은 보여주고 있다. 앞선 작품 「류선화」에서는 남편과 자식이 있는 여성과학자였다면 이번에는 결혼을 앞둔 처녀이다. 미혼 기혼을 가리지 않고 작가는 이런 여성상을 창조했다. 특히 이 작품에서는 결혼할 대상이기 때문에 더욱 조심스럽고 어려울 터인데 그러한 관계도 개의치 않고 자기 주장을 하는 여성상

---

129 위의 글.

을 창조한 것이다. 그런 점에서 김자경의 젠더의식은 매우 확고하고 그가 글을 쓰는 이유 중의 하나가 바로 이런 여성들을 내세우기 위한 것이 아닌가 생각될 정도이다.

주옥의 당당함은 직급상 위에 있는 관리위원장 정철진에게만이 아니라 자기의 오빠인 주성에게도 마찬가지이다. 오빠 주성과 동생 주옥이 나누는 다음의 대화는 이를 잘 보여준다.

"그래 너 끝내 반대하겠다는 거냐 맘대루 해라. 하지만 내가 관리위원회에서 나오든지 네가 여길 떠나든지 무슨 변통을 내야겠다."

말투나 내용으로 보아 주옥을 다 몰아내는 것이 분명했다. 성정이 무던하지만 드문히 울뚝밸을 터뜨릴 때면 곁사람들을 놀라게 하는 주성이다. 허나 주옥의 켠은 잠잠했다.

'울고 있을까, 아니 새침한 기상으로 반항하는지도 모르지' 하고 철진은 침묵 속에 잠긴 주옥의 모습을 제 나름으로 추측해 보았다. 잠시 후 퍼그나 누그러든 주성의 목소리가 다시 울렸다.

"그리구 이젠 좀 성격도 고쳐라. 그렇게 막대기 같아선 못 살아. 처녀라는 게 버들가지처럼 나긋나긋 휘어들 줄도 알아야지. 마른 나뭇가지 같아서야 부러질 일밖에 더 있겠니. 닭알이 바위에 부딪쳐 이날 일은 하나도 없다. 사람이 살아가자면 제 맘에 없는 일을 할 때도 있구 또 어떤 일은 생략하구 함축해서 생각하기도 해. 우리끼리니 말이지 너 그 일 때문에 위원장 마음이 돌아서면 어쩔 테야. 이제 그만한 사람을 다시 만날 상 싶어? 잘 생각해봐라."

"오빠"

이윽고 주옥의 부름소리가 새어 나왔다.

"난 요즘 아버지의 모습이 자주 떠올라요. 마지막 순간까지 고향 땅을 위해 사신 아버지의 모습이. 오빠가 대학에 다니던 어느 해인가 농장에서는 우리 마을의 초기 관리위원장이고 영예군인인 아버지를 위해서 새집을 지어주려고 했더랬어요. 그 사실을 안 아버지는 집 지을 그 땅이라면 강냉이 한 포기라도 더 심어야 한다면서 끝내 집터를 메우게 하셨어요. 그렇게 땅을 귀중히 여기시구 고향을 사랑하였기에 안개골의 진펄을 논으로 풀다가 그곳에서 눈을 감으셨지요."130

여자는 버들가지처럼 나긋나긋해야 한다는 기존의 가부장적 여성관을 가진 오빠에게 사정없이 반박하면서 주옥은 자신의 이야기를 이어 나간다. 종합적으로 볼 때 관리위원장과 오빠 모두 기존의 여성관을 고수하는 인물이다. 그런데 주옥은 이런 고정관념을 깨뜨리는 인물이다. 이러한 점은 작가 김자경이 특히 젠더 문제에 남다른 관심을 가지고 접근하고 있는 작가라는 점을 더욱 확실하게 보여준다.

고난의 행군 이후 '불륜'을 묘사하는 작품이 등장한 것도 매우 흥미롭다. '사회주의 현실'을 주제로 하는 소설에 등장하는 남녀의 갈등은 보통 혁신의 '이상'과 작업장의 '현실' 사이에서 구성된

---

130 위의 글.

다. 언제나 '현실'에 안주하고자 하는 한편이 '이상'을 향해 혁신하고자 하는 열정을 가진 다른 한편을 오해하면서 감정상의 갈등이 생기고 그 오해가 풀리면서 행복한 결말을 맞는 것이 공식이다. 그런데 김자경의 「사랑의 향기」는 '과학기술 중시'[131]를 표면 주제로 하면서 실상은 남부러울 것 없는 가정을 꾸린 여성이 처녀 시절 자신을 스쳤던 남자를 10년 뒤에 다시 만나게 되면서 느끼는 열정을 표현하는 데 주력한 것으로 보인다.

과거 고난의 행군 시기에 도서보급원이던 예경은 주성국이 폐점 시간이 지나서 과학 서적을 구하러 온 것이 못마땅한 판에 규정을 어기면서까지 억지로 빌려 간 책을 훼손하고, 반납 기한도 지키지 못했기에 더 이상 주성국에게 책을 빌려주지 않았다. 예경은 도서보급원으로서 규칙을 지킨 것이었지만 주성국은 "동문 정말 인정이 없구만요. 종이꽃처럼 메마르고 향기도 없는……"이라고 비난했다. 이후 예경은 종이꽃에서 벗어나기 위해 헌신적으로 책 보급에 노력하게 되었고 그 모습에 반했다는 남자를 만나 결혼하여 부러울 것 없는 가정을 꾸려가고 있다. 그런 의미에서 주성국의 비난을 들었던 날은 이후 예경의 삶을 바꾸어 놓은 "운명적인 그 밤"이 된 셈이다. 그런 일이 있은 지 10년 후, 책을 구하러 온 주성국을 우연히 다시 만난 예경의 마음은 "느닷없이 소녀처럼 부풀어 올랐다". 책을 갖다준다는 핑계로 주성국의 사무실을 드나드는 예경의

---

131 소설 속에서는 "노동자들의 땀보다 과학자, 기술자들의 두뇌가 더 필요한 정보산업시대"라고도 설명되고 있다.

입에서는 절로 노래가 흘러나오고 주성국의 아내를 만났을 때는 "야릇한 충격"을 받기도 한다. 결국 연구에 몰두하다가 눈이 잘 안 보인다는 그를 위해 집에 있는 컴퓨터를 갖다주기로 마음을 먹는다. 명분은 '과학 중시'였다. 그러자 남편 리승진은 "당신은 그저 주 동무 생각 뿐이구만. 헌데 어떻게 저것까지 줄 생각을 다 했소? 몹시 알고 싶은걸?" 하면서 빈정거리고, 예경의 언니는 "여자는 뭐니 뭐니 해도 남편과 가정에 충실해야 하는 거야"라면서 예경이를 걱정하고 말린다. 그러나 예경이는 "어떤 어려움을 당한대도 후회하지 않을 거예요"라고 하면서 주성국에게 컴퓨터를 갖다주겠다고 고집을 피웠다. 부부 사이의 갈등이 고조되고 결국 남편 리승진은 종이를 내밀면서 서명을 하라고 한다. 예경은 그것이 이혼 서류인가고 긴장하면서 남편을 원망한다. 물론 갈등의 결말은 북한소설답다. 남편이 내민 종이는 관계 정리라든지 이혼이라든지 하는 것이 아니라 주성국의 상급관리자인 남편이 주성국의 연구에 모든 편의를 제공하겠다는 내용의 '서약서'였다. 이것으로 모든 갈등이 급작스럽게 행복하게 마무리되었다.

이렇게 이 작품의 표면구조는 출판보급원으로 일하는 여자가 과거 자신과 일정한 관계를 가졌던 주성국 기사를 위해 자기 집에 있는 컴퓨터를 주자고 남편에게 말했다가 오해를 살 뻔했는데 결국은 남편의 이해를 얻어 잘 마무리되는 매우 간단한 것이다. 노동자들의 땀보다는 과학기술자들의 두뇌가 더욱 중요한 정보산업시대의 흐름은 북한이라고 예외는 아니었다. 오히려 북한처럼 심한 경제적 곤란을 겪고 있는 나라에서는 이들 과학기술자들의 역할이 다른 어떤 나라들보다 더욱 중요하기까지 하다. 그렇기 때문에 컴퓨터가 절대적으로 필요한 제약회사 기사에게 컴퓨터를 제공하는 것이 조국과 공동체의 미래를 위해 매우 적절한 일이라고 마무리되는 것이다. 행정관료보다는 과학기술자가 더 우대받아야 한다는 것을 강조하는 것은 강성대국을 일으켜 세우고자 하는 정보산업시대의 북한의 모습을 단적으로 보여준다.

문제는 이러한 표면구조 밑에 남녀 간의 불륜, 특히 결혼한 여성이 과거의 남성에게 느끼는 성적 욕망 즉 섹슈얼리티 문제가 존재한다는 점이다. 독자의 입장에서 보면 '서약서'의 내용이 드러나기 전까지의 소설의 모든 부분은 예경이 주성국에 대해 느끼는 감정의 설레임, 떨림, 불안, 초조와 그것을 지켜보는 주변 사람의 불안감에 대한 묘사로 채워져 있다. 정보산업을 통해 부강한 나라를 만들기 위해서는 모든 이들이 과학기술자들을 도와야 한다는 명분으로 행정관료인 남편의 컴퓨터를 강성대국으로 만들어갈 과학기술의 전사인 옛 애인에게 가져다주려는 예경의 마음속에는 자신이 주체하지 못하는 어떤 열망이 도사리고 있다. 스스로 외면하려 하지만 야릇하게 작용하고 있는 것이다. 다음 대목은 예경의 그러한 고뇌를 잘 보여주고 있다.

남편은 아직 퇴근 전이었고 아이들은 다행히도 달콤한 꿈나라에 가 있었다. 애들이 차 던진 담요를 덮어주고 나서 실내 옷을 갈아입던 그의 눈길은 느닷없이 삼면거울에 비쳐진 컴퓨터에서 뚝 멎었다. 한동안 거울

속을 뚫어지게 들여다보던 예경은 컴퓨터를 향해 홱 돌아섰다. 문득 실눈을 지으며 애써 글줄을 더듬던 주성국 기사의 모습과 함께 그의 실험실 한 켠에 꿔온 보리짝처럼 놓여 있던 보를 씌운 컴퓨터가 동시에 떠올랐다.

'저걸 그에게 가져다준다면.'

그 무엇으로든 주성국 기사를 도와주고 싶었던 그의 가슴에서 불길이 확 일어 번지였다. '저 컴퓨터를 그의 방에 놓아준다면 자료들과 실험수치들을 입력시켰다가 필요한 때에 재생시킬 수도 있고 또,' 다음 순간 그는 자기를 꾸짖었다. '아이 참 내가 무슨 생각을 하는 걸까. 그건 안 돼.'

예경은 가슴속에 타오르는 불길에 찬물을 끼얹으며 매정스레 마음의 문을 닫아걸고 빗장을 질렀다. 집에 가져다 놓은 지 두어 달밖에 안 된 이것은 지배인으로 임명된 남편을 위해 언니가 큰마음을 먹고 마련해준 것이다. 지금 웬만한 공장 지배인들은 모두 사무실에 컴퓨터를 놓고 생산 지휘는 물론 기술적 지도를 한다고 주장하는 언니의 그 세심한 인정 앞에 그들 식구는 얼마나 감격하였던가. 컴퓨터를 집에 놓으니 소학교 학생인 아들애는 늘 거기에 붙어살다시피 하였다. 자라나는 아이들의 지능교육을 위해서도 없어서는 안 될 소중한 것이었다.

'헌데 저걸 누구에게 주겠다고?'

허구픈 웃음을 지으며 예경은 컴퓨터를 등지고 아이들의 곁에 누웠다. 하지만 그의 눈앞에는 실눈을 지으며 글줄을 더듬던 주성국의 모습이 컴퓨터와 함께 그냥 어른거리었다. 야속하기 그지없었다.[131]

예경은 조국의 부국 강성을 위해 컴퓨터가 그것을 가장 필요로 하는 기사에게 가야 한다고 생각해서 남편더러 컴퓨터를 기사에게 가져다 주자고 제안을 하지만 그 내면에는 자신도 미처 알지 못하는 과거의 애정 감정이 작용하는 것이기도 하다. 여성작가로서의 김자경은 이런 대목을 놓치지 않고 작품 속에 배치해 놓고 있다. 그래서 이 문제는 현재 지배인으로 일하고 있는 남편과 불화하는 원인이 된다. 다음 대목은 예경과 남편의 불화의 한 장면이다.

"저 당신네 공장 주성국 기사의 컴퓨터가 동작이 좀 불완전한 것 같아 그러는데 저걸 주었으면 해서, 당신 생각은 어때요?"

"주 동무에게 준다구?"

아닌 밤중에 홍두깨 내밀 듯하여 어마지두 놀랐던 리승진은 그만에야 피식 웃고 말았다.

"당신은 그저 주 동무 생각뿐이구만. 헌데, 어떻게 저것까지 줄 생각을 다 했소? 몹시 알고 싶은걸."

그는 줄곧 웃음을 머금고 정답게 빈정거리었다. 예경은 담담한 어조로 약초 배낭을 지고 오며 책을 보던 일이며 요즈음도 연구로 밤을 새우고 있는데 대해서 이야기한 다음 또다시 간청하였다.

"여보, 우리 그 사람을 도와주자요. 그 사람은 지금 항생제 문제를 풀기 위한 새로운……"

---

132 김자경, 「사랑의 향기」.

"그만하오. 나도 그건 아오."

아내의 이야기를 잠자코 듣고 있던 리승진은 곧 정색한 표정을 지었다. 워낙 농담을 즐기고 장난기와 익살로 사람들과 허물없이 어울리다가도 일단 정색해질라치면 언제 그랬던가 싶게 엄하고 냉담하기까지 하는 그였다.

리승진은 그물그물 피어오르는 담배 연기 너머로 아내를 건너다 보았다. 그 어떤 심적 고통과 모지람을 써서 고뇌의 흔적이 역력한 얼굴이었다. 리승진의 생각은 착잡하였다. 그는 공장에 부임한 후 아내를 통하여 주성국에 대하여 알게 되었고 그 시절의 두 사람을 이해하게 되었다. 아내의 평가대로 주성국은 재능있고 성실한 기술자였다. 하여 이 정직하고 견실한 사람을 도와야겠다고 결심한 리승진이었다. 지금은 노동자들의 땀보다 과학기술자들의 두뇌가 더 필요한 정보산업시대가 아닌가. 그는 아내가 지나간 시절의 감정을 털어버리고 주성국의 연구사업과 가정생활까지 성의껏 돕는 것을 보고 은근히 감탄했었다. 그런데 오늘은…… 잠시 후 리승진은 착잡한 생각을 정립하듯 헛기침을 하고나서 말문을 열었다.

"난 당신이 보급원으로서 기술자들을 도와주는 데 대하여 충분히 이해하오. 그러나 이번 일만은 심중히 생각해보길 바라오."

그는 냉담한 표정으로 윗방에 올라가 가방을 찾아들고 공장으로 나갔다.[133]

---

133 위의 글.

주성국 기사에게 컴퓨터를 주자는 아내의 의견을 받아들이지 못하고 토라진 남편의 모습이 너무나 역력하게 잘 드러나 있다. 작가 김자경은 이런 식으로 부부 사이의 갈등을 묘사하면서 긴장을 고조하여 남편이 예경이더러 컴퓨터를 가져가는 대신에 서약을 하라고 종이를 내미는 장면으로 부부관계의 파국을 암시한다.

종이를 바라보는 예경의 가슴 속에서는 남편에 대한 원망과 야속한 생각이 모닥불처럼 타올랐다.

어쩜 이리도 망칙한 생각을 다 했을까. 이렇게 편협한 사람인 줄 모르고 10년 세월을 함께 살아왔던가.

지금껏 그의 눈에 비낀 남편은 그 인격과 성품으로 보나, 직위와 능력으로 보나 누구보다 원숙하고 완벽한 사람이었다. 성격과 작풍상 부분적으로 결함이 있지만 그것은 어디까지나 남편의 허물로는 될 수 없는 것이 아니겠는가.

그런 사람의 아내인 것으로 하여 사월 줄 모르는 긍지가 숯불처럼 타오르던 예경의 가슴 속으로 열물처럼 쓰디쓴 것이 도랑지어 흘러 들어왔다.[134]

그런데 그 종이는 이혼 서류가 아니라 남편이 아내의 취지를 잘 이해하여 지배인으로서 주성국을 다양한 측면에서 돕겠다는 서약

---

134 위의 글.

서라는 것으로 '북한소설스럽게' 끝난다. 하지만 이러한 표면적 구성에만 갇혀서는 이 작품을 제대로 이해할 수 없다. 그 속에 들어 있는 불륜의 느낌 ─ 여성의 섹슈얼리티 부분을 읽어내는 것이 중요하다. 남한의 소설에서라면 전혀 새롭지 않은 상투적인 감정 묘사이겠지만 이것이 북한에서 씌어지고 발표된 것은 새로운 일이다. 소설의 결론은 북한의 현실, 체제의 요구를 말 그대로 받아들이는 것이지만 공식적인 정책을 핑계 삼아 체제가 그어놓은 경계 바깥으로 한 걸음 내밀면서 문제를 제기해 왔던 예술적 재능과 양심을 가진 이전의 북한 작가들처럼, 김자경은 고난의 행군 시기를 극복하는 방책으로 제시된 '과학기술 중시'라는 구호 아래 남편 아닌 다른 남자를 사랑하는 여성의 목소리를 내어 본 것이다.

3. 강성대국의 꿈과 주체적 여성상

장편소설 『사랑을 다 바쳐』는 단편 「사랑의 향기」의 연장선상에 있으면서 '정보산업시대의 기사장'의 바람직한 모습은 어떠해야 하는가를 묻기에 매우 문제적이다. 작가는 「사랑의 향기」에서 지금 정보산업시대는 노동자들의 땀이 아니라 과학기술자들의 두뇌가 중요하다고 이야기한 바 있다. 이러한 기조 위에서 작가는 여자기사장 송영숙을 창조하였다. 송영숙은 기존에 오리공장에서 일하고 있던 이들과는 기본적으로 다른 역량을 갖고 있다. 그는 컴퓨터를 다루는 능력이 있기 때문에 공장 내 모든 정보를 컴퓨터에 기반하여 모으고, 분석하고, 작업을 진행시킨다. 그렇기 때문에 기존의 지배인이나 기사들과는 근본적으로 다르다. 그가 젊은 여자인데도 작은 규모의 닭공장의 지배인에서 큰 규모의 오리공장의 기사장으로 승급한 것도 바로 그동안 기존의 관행에 익숙한 채로 정보산업시대에 따라가지 못하는 지배인이나 기사장 대신에 이런 인물이 필요하기 때문이다. 작가는 항상 컴퓨터를 마주하고 있는 송영숙을 통하여 정보산업시대의 새로운 기사장을 보여주고자 한다.

계획과 실적의 차이며 생산량과 판매량을 비교해보기도 하면서 구체적으로 따져보던 그는 자리에서 일어나 창문 쪽에 놓인 컴퓨터 앞으로 다가갔다. 그는 능숙한 솜씨로 컴퓨터를 켜고 연간 계획과 실적 계획 수행 정형을 다시금 대조해보았다.

한동안 자료의 세계에 파묻혀 계획 수행 정형을 파악하며 컴퓨터 화면을 바라보던 그의 눈앞에는 또다시 정의성의 모습이 떠올랐다.

그리고 상대방의 속마음을 투시해보듯 빤히 처다보던 서정관의 눈빛과 반짝거리는 송곳니가 기분 나쁘게 되새겨졌다.

다음 순간 그는 쓸데없는 생각에 빠져든 자기 자신에게 화를 내었다. 그는 소리나게 의자를 앞으로 당기고 컴퓨터 화면에 눈길을 모았다.[135]

---

135   김자경, 『사랑을 다 바쳐』, 12쪽.

컴퓨터로 모든 자료를 보고 분석하는 젊은 여기사장과 하던 대로 하려는 지배인과 기사들은 확연한 차이가 난다는 것을 보여주기 위하여 작가는 이렇게 설정한 것이다. 옛 애인이었던 정의성을 만나서 마음이 복잡했지만 그 순간에도 컴퓨터 앞에 앉아 공장의 자료를 보고 있는 것이다. 그렇기 때문에 익숙한 기존의 관행에 안주하면서 정보산업시대의 변화에 적응하려고 하지 않는 이들은 반발하게 마련이다. 장병식 지배인과 생산부기사장 서정관이 그런 인물이다.

젊은 기사장 송영숙과 지배인은 사사건건 맞서게 된다. 주택 배분과 같은 문제에서 과학자와 기술자를 우대하려고 하는 기사장과 그런 것은 과학기술본위주의라고 비판하는 지배인 사이의 갈등이 그 한 예이다.

기사장의 사업태도나 열정에 대해서는 나무랄 데 없지만 지나친 과학기술본위주의가 본신사업에 지장을 줄 수 있다는 것을 느꼈다. 더욱이 기술자들과 기능공들에 대한 지나친 관심과 우대심은 여러 차례 지배인의 불만을 자아냈다.

며칠 전 공장에서 새로 지은 다층 살림집을 배정할 때였다. 그때 장병식 지배인은 공장 입직 연한과 계획 수행자들에게 우선적으로 새집을 배정하려고 생각하였다. 그러나 기사장은 반대의견을 내놓았다. 기술자, 기능공들에게는 그 모든 조건에 관계없이 집을 배정해주자는 것이었다. 더욱이 결혼한 지 1년도 안 되는 알깨우기 직장의 책임기사에게도 집을 배정하자고 몇 번이나 제기하였다. 오래지 않아 공장이 큰 덕을 보게 될 기술자라면서 반드시 새집을 지어주어야 한다는 것이다.[136]

기술자들에게 우선적으로 집을 분배하자는 기사장의 의견과 공장에 들어와서 일한 햇수와 성과를 수행한 경력 등을 토대로 집을 주자는 지배인의 의견이 나누어지는 것이다. 과거에는 지배인의 방식이 정당하다고 생각되었지만 정보산업시대에는 더 이상 맞지 않다는 것이 여자 기사장 송영숙의 생각이고 작가는 이를 지지하는 듯이 보인다.

기사장 송영숙과 지배인이 가장 첨예하게 맞선 것은 국산첨가제 개발 문제이다. 지배인은 국산첨가제를 개발하려면 시간이 많이 걸리기 때문에 차라리 수입첨가제를 사와서 사용하는 것이 실리적이라고 주장한다. 오리털을 팔아 그 돈으로 수입첨가제를 사는 것이 훨씬 이익이라는 것이다. 그런데 기사장 송영숙은 반대의견이다. 정의성이 개발하고 있는 첨가제를 사용할 수 있다면 수입첨가제보다 훨씬 이익이고 이렇게 해야만 미국이 제재를 가하고 있는 현실에서 북한 사회가 나아갈 수 있다고 생각하는 것이다. 이 문제를 둘러싸고 양 측의 의견을 매우 팽팽하게 맞선다.

"그러니 앞으로도 첨가제 연구를 계속 시킬 생각이오?"

---

136 위의 책, 97~98쪽.

장병식 지배인은 오리들에게 눈길을 준 채 기사장의 의향을 물었다.
송영숙은 모국어를 이해하지 못하는 사람처럼 한동안 지배인을 쳐다
보기만 했다. 그리고는 마음속으로 물었다.

'그럼 지배인 동진 그만두길 바랍니까?'

그는 지배인의 벗어지기 시작한 넓은 이마에서 굵은 핏줄 하나가 알
릴 듯 말 듯 팔딱이는 것을 보았다. 불안하고 긴장된 심리가 엿보였다.

'혹시 첨가제 연구를 중지하라고 하면 어쩌는가?'

어쩐지 두려운 생각이 들면서도 한편으로는 신경이 날카로워졌다.
이 자리에서 책임적인 발언을 해야 한다고 마음을 다잡았다.

"계속해야 합니다. 첨가제가 완전히 성공할 때까지 중단하지 말고
계속해야 합니다."[137]

수입첨가제를 사용하는 데 익숙하여 새로운 국산첨가제 개발
에 두려움을 느끼는 소극적인 지배인과 과학기술의 힘을 살려 새
로운 첨가제를 개발하여 강성대국을 건설해야 한다고 믿는 기사
장의 대립이 야기한 갈등이 간단치 않음을 보여주는 대목이다. 하
지만 젊은 여성기사장은 나이 많은 남성지배인 앞에서 결코 굴하
지 않고 자신의 의견을 소신있게 토로한다. 지배인은 결국 기사장
의 의견을 접수하고 여자기사장이 남자기사장 열보다 낫다는 말
을 남길 정도다.

---

137 위의 책, 210쪽.

더욱이 하반년부터 공장첨가제와 수입첨가제를 절반씩 섞어서 생산을 보장하게 된 지금에 와서 여성기사장에 대한 그들의 기대와 믿음은 더욱 커졌다. 사실 비교측정결과와 소식을 듣고 누구보다 기뻐한 사람은 지배인이었다. 그날 지배인은 땅을 구르며 만세삼창이라도 부르고 싶은 심정이었다. 기쁜 마음을 그대로 표현하라면 기사장을 업고 공장을 한 바퀴 돌았을 것이다. 수입 첨가제를 보장하기 위해 누구보다도 머리도 많이 쓰고 밤길도 많이 걸으며 마음고생 또한 많이 해온 지배인이다. 그런데 이제는 그 수고를 절반 줄이게 되었다. 실지로 첨가제의 덕을 보게 되었으니 경사라면 이런 경사가 또 어디 있으랴. 장병식 지배인은 연구소에서 공장으로 내려온 정의성이 처음 국산화된 우리식의 새로운 첨가제를 만들겠다고 하였을 때 눈빛이 사색적이면서도 야심만만한 배짱이 엿보이는 그를 믿어 의심치 않았다. 그의 연구조건을 보장해주면서 적극 고무도 해주었다. 기사장의 의향대로 첨가제 생산실도 반듯하게 새로 지어주었다. 하면서도 마음속으로는 언제 그 덕을 보랴 했었다. 그의 생각을 증명이라도 하듯 첨가제 연구는 제자리걸음으로 한 해 또 한 해를 보내었었다. 송영숙이 수입에 의존하지 말고 우리의 원료 자재로 정상화해야 한다고 뛰어다닐 때에는 시기상조라고 생각하면서 그가 생산문제보다 기술적인 문제를 우선시한다고 은근히 언짢은 마음까지 품었었다. 그런데 오늘은 실지로 첨가제의 덕을 보게 된 것이다.

'기사장이 생각하는 품이나 일하는 잡도리가 사내 열 스물보다 훨씬 낫거든.'[137]

지배인은 공장 전체의 생산을 책임지고 있기 때문에 예상외로 빨리 송영숙 기사장이 주도하는 정보산업시대의 움직임에 적응할 수 있게 된다. 그렇기 때문에 사내 열 스물보다 낫다는 평가를 하기에 이른다. 남성보다 여성이 정보산업시대에 더 잘 맞을 수 있다는 점을 인정한 것이다.

그런데 지배인과는 달리 생산부기사장을 맡고 있는 서정관은 자신이 올라갈 자리라고 생각하던 곳에 난데없이 여성 송영숙이 오는 것 자체에 큰 불만을 갖게 된다. 승진 건으로 불만이 시작되었지만 문제는 다른 곳에 있었다. 즉 서정관은 정보산업시대에 제대로 적응하지 못하고 과거의 관행을 고수하려고 하는 인물이다. 그러니 수입 첨가제를 대체할 수 있는 국산첨가제를 개발하는 것이 갖는 의미에 대해 알려고도 하지 않고 반대부터 한다. 국산첨가제를 개발하는 이가 자기의 매부임에도 불구하고 끝까지 반대하는 것이다. 이것은 단순히 누가 승진을 하느냐 못 하느냐의 문제가 아니고 정보산업시대의 흐름을 짚을 수 있느냐 없느냐의 문제인 것이다. 송영숙은 정보산업시대에 맞게 기술자를 우대하고 공장 전체의 생산상황을 컴퓨터로 장악하고 있는 반면, 서정관은 구시대의 관행대로 일하고 직장에 부임한 순서대로 승진을 해야 한다는 견해만을 고집하는 것이다.

송영숙이 기사장으로 사업하면서부터 서정관의 생활은 뒤죽박죽되

---

138 위의 책, 280쪽.

었던 것이다. 전 기사장 밑에서는 거드름스러운 자세로 현장을 한 바퀴 돌아보는 것으로 하루 일과를 마치는 때가 드문하였다. 하지만 지금은 그런 일본새[139]로는 도무지 살아갈 수 없었다. 기사장이 새라 새롭게 설계하는 일감 때문에 오금이 쑤실 정도로 뛰어다녀도 끝이 없었다. 하면서도 기사장에게서 언제 한번 만족한 표정을 찾아볼 수 없었다.

'분수없이 오지랖이 넓다 말이야. 말끝마다 수입병 타령만 하면서.'

그렇다고 앞에서 불만을 표시하지는 않았다. 오히려 그 반대였다. 그는 이따금 기사장에 대한 의견을 품고 있는 사람들 앞에서 기사장을 화제에 올려놓고 그들이 터놓는 불만을 꾸짖는 척하면서 자기도 모르게 그 불만을 더 야기시키군 하였다. 어쩌다 기사장에 대한 뒷소리를 들으면 마음이 절로 평온해지기까지 할 정도였다.[140]

지배인이 송영숙 체제의 공장 시스템에 빨리 적응하는 것과 달리 생산부기사장인 서정관이 이렇게 끝까지 저항하는 것은 기존의 관행에 너무나 익숙해 있기 때문이다. 지배인은 공장 전체의 생산을 책임지고 있기 때문에 국산첨가제가 좋은 성과를 낸다는 것을 순순히 인정한다. 하지만 그러한 책임감이 없는 부기사장은 익숙했던 과거에서 쉽사리 벗어나려 하지 않는다. 과거 관료주의 문제와 현재 정보산업사회에 적응하지 못하는 문제는 차원이 다르다. 서정관이 살아온 세월에 대한 작가의 묘사는 이 문제가 관료주

---

139 일본새 : 일하는 모양새.
140 김자경, 앞의 책, 102쪽.

의 차원의 것이 아니라 과거에는 맞았으나 지금은 틀린, 더 이상 정보산업시대에 걸맞지 않는 행동 양식을 고수하는 것이어서 문제임을 보여준다.

서정관은 지금껏 호숫가 진펄에 오리사를 일떠세운 공장의 첫 세대이며 20년간 지배인으로 사업했던 아버지처럼 큰 일군이 되리라는 남모르는 야심을 간직하고 살아왔었다.

이런 마음을 안고 군사 복무를 마치는 길로 대학으로 달려갔었다. 그가 대학을 졸업하고 희망대로 공장에 배치되어 왔을 때에는 이미 아버지가 세상을 떠난 뒤였다. 그러나 아버지의 이름은 그의 앞길을 밝게 채색해주곤 하였다.

그는 생산과 부원으로부터 판매과장, 생산과장을 거쳐 생산부기사장이 되었다. 그에게 있어서 판매과장 시절은 그의 남다른 실력을 과시한 성공적인 날과 날들이었다. 하지만 그는 판매과장으로 만족하지 않았다. 생산과로 다시 돌아온 그는 얼마 후 공장의 생산을 좌지우지하는 생산과장이 되었고 인츰 생산부기사장으로 임명되었다.

타고난 처세술을 가지고 착실하게 한 단계 또 한 단계 높은 직무에 오른 그는 얼마 전부터 자기자신을 기사장의 자리에 앉혀보군 했었다. 그가 기사장의 직무를 바라본 것은 그닥 주제넘은 일이 아니었다. 자기의 켠은 물론이고 처가켠을 둘러보아도 공장에 자기처럼 훌륭한 배경을 가진 사람도 없었고 또 자기처럼 기사장의 직무와 가까운 사람도 없었다. 생산부기사장이 기사장으로 승급되는 것은 너무도 응당한 일이 아니겠는가?

　지금껏 서정관의 '인생열차'는 '급행'은 아니였어도 탈선되거나 연착되는 일이 없이 바라는 대로 순조롭게 내달려왔었다. 그런데……

　송영숙의 출현으로 하여 기분 좋게 내달리던 그의 '인생열차'는 드디어 정지된 것이었다.[141]

　서정관의 이러한 태도에서 확인할 수 있는 것은 흔하게 보던 관료주의가 아니라 과거 북한 사회를 추동하던 생산 방식이 문제라는 점이다. 고난의 행군 이후 북한 사회는 이러한 관행과 단절해야 살 수 있다고 생각했고 작가 김자경은 바로 이 문제를 제기하고 있는 것이다.

　이 작품의 중심 주제는 정보산업시대의 새로운 기사장 상을 제시하는 것이지만 이와 더불어 빼놓을 수 없는 것은 고난의 행군 이후 훨씬 더 공개적으로 표출되고 있는 여성의 젠더의식이다. 송영숙이 공장에서 기사장으로 일하면서 동시에 가정에서 엄마와 아내로서 짊어져야 하는 '이중의 짐' 문제가 정면으로 제기된다. 북한문학에서 가정일과 직장일을 병행해야 하는 여성이 문제는 어느 정도 다루어지기는 하였지만 이 작품처럼 전면에 나온 것을 찾는 것은 쉽지 않다. 가장 인상적인 대목은 송영숙이 오리공장에 기사장으로 부임한 직후 임신을 하는 바람에 임신중단을 고민하는 대목이다.

141　위의 책, 21~22쪽.

아이를 낳은 다음 이렇게 저렇게 손발이 얽히우고 사업에도 지장이
될 수 있다는 생각에 마음이 무거워졌다.

'할 일은 많고 많은데 어쩌면 좋담.'

남편과 어머니에게 알리지 않고 유산시켜 버릴까 하는 생각이 들었
다. 하지만 리윤옥의 앞에서 내색하지 않았다. 우선 사람들이 자기가
임신한 걸 모르게 해야 한다는데 생각이 미쳤다. 송영숙은 리윤옥에게
그것을 부탁하였다.[142]

임신과 육아가 여성에게 주는 부담, 일과 가정을 병행하기 어려운
여성의 현실, 그로 인한 경력 단절 등은 체제를 넘어선 여성의 문제
임을 아주 잘 보여주고 있다. 이후 송영숙은 임신 사실을 알리지 않
고 출산하기 30분 전까지도 배를 꽁꽁 싸매고 다니면서 공장일을 지
휘했다. 일과 가정 사이에서 고민하는 여성은 이전의 문학에도 등장
했다. 다만 그 해결책으로 소설에서는 슈퍼우먼이 된 여성을 찬양하
거나, 힘들어서 출세를 포기하고 한직으로 들어앉은 여성을 꾸짖고
계몽하는 것이 일반적이었다. 송영숙처럼 임신중단을 고민하는 여
성은 문학에서 처음 등장했다. 기실 여성이 사회 활동을 할 때 맞닥
뜨리는 제일 심각한 문제가 출산과 육아인 것은 더 말할 필요도 없
다. 이는 북한 사회에서도 당연히 존재하는 문제였을 터인데 문학작
품에서 이 문제의 해결책으로 '임신중단'을 공공연하게 제기한 경우

---

142 위의 책, 120쪽.

는 김자경의 소설이 처음이 아닌가 싶다.

실상 출산보다는 육아가 더 어려운데 송영숙은 친정어머니의 도움으로 출산과 육아, 그 외 가사노동의 어려움을 극복하고 기사장이란 중책을 성공적으로 수행할 수 있었다. 송영숙의 친정어머니 문춘실은 매우 활달하고 너름새 있는 품성으로 딸 송영숙의 가족뿐만 아니라 영숙의 친구인 수정이의 생활까지도 챙긴다. 한 여성이 자기를 펼치는 데 다른 여성의 지원을 받아야 한다는 것, 그중에서도 친정어머니의 '돌봄노동'이 결정적이라고 하는 것은 남북한에서 흥미롭게도 동일하다.

또한 송영숙이 기사장으로 일하면서 겪는 가장 큰 고민 중의 하나는 남성동료들의 무시이다. 나이 많은 남자들은 자기보다 어린 여성이 상사라는 것을 견디기 어려워한다. 여성상사에 대한 가부장적 편견에 맞서 싸우는 것도 여기사장 송영숙이 극복해야 하는 문제이다.

서정관은 사실 마음이 고약하거나 흑심이 강한 사람은 아니었다. 그러나 자기 직속 상급인 기사장이 나이가 자기보다 퍽 아래인 데다가 더욱이는 치마 두른 여자라는 것이 여간 자존심 상하지 않았다.[143]

부기사장 서정관이 이런 마음을 먹고 있으니 이를 넘어서는 것은 결코 간단한 일이 아니다. 여성상사로서 아래 직급의 남성들, 특

---

143 위의 책, 21쪽.

히 나이가 많은 남성들을 제대로 관리하는 것도 여성이 부딪히는 굉장히 중요한 문제이다.

이런 고민은 남한의 직장에서도 대동소이하다. 직장생활에서의 임신문제, 육아문제 그리고 동료 남성들과의 공존의 문제 그 모두 남북한에서 공통적으로 발견할 수 있는 것들이다. 작가 김자경은 이런 문제를 목적의식적으로 과감하게 드러내면서 북한의 여성작가로서의 면모를 확실하게 보여주었다.

김자경의 소설이 다른 여성작가들의 작품과 다른 점 중 뚜렷한 것 하나는 여성의 섹슈얼리티를 다룬다는 점이다. 『사랑을 다 바쳐』는 정보산업시대를 이끌어가는 바람직한 과학자상을 그리는 것이 주제이지만 실제 작품을 추동해가는 중요한 갈등은 송영숙과 그의 옛 애인 정의성 사이에서 생기는 미묘한 감정의 흐름이고 그것이 업무상 갈등으로 이어진다. 소설의 첫 장면과 끝 장면이 모두 송영숙과 정의성 두 사람 사이의 관계를 묘사하는 것으로 이루어진 것만 보아도 작가가 송영숙의 섹슈얼리티 문제를 얼마나 중요하게 다루고 있나를 알 수 있다. 이 작품의 처음 대목은 송영숙이 뜻하지 않은 곳에서 정의성을 만나 놀라고 설레는 모습으로 시작하며 마지막 대목은 송영숙이 그동안의 감정의 혼란을 정리하고 자신은 기사장이고 정의성은 기사임을 확인시키는 것으로 마무리 된다.

두 사람은 대학 시절 만나서 거의 결혼할 뻔했으나 정의성의 변심으로 두 사람의 관계는 깨어졌고 세월이 지나 각자 다른 사람과 결혼한 뒤 10년 만에 오리공장에서 송영숙은 기사장으로 정의성은 기사로 만나게 되었다. 소설은 이렇게 시작한다.

사람은 자기가 열렬히 사랑했던 상대자를 쉽사리 잊지 못한다. 그러나 배반당한 심장에서는 세월이 흘러도 그날의 아픔이 가셔지지 않는 법이다. 오리공장 기사장 송영숙의 마음이 그러하였다. 방금 전에 지배인과 함께 현장을 돌아보고 사무실에 들어선 송영숙은 문가에 우뚝 서며 심호흡을 하였다.
'그를 여기서 다시 만나다니⋯⋯ 그가 여기서 일하고 있었단 말인가⋯⋯.'
그것은 너무도 뜻밖의 일이였다. 정녕 꿈에도 생각지 못했던 일이였다. 송영숙은 출입문을 닫고 창문 쪽에 놓인 팔걸이 의자 쪽으로 천천히 다가갔다. 이윽고 그는 몸가짐을 흩뜨리며 의자에 주저앉았다. 푹신한 의자도 그의 마음을 눅잦혀주지 못했다. 송영숙은 한 손으로 턱을 고이고 앉아 책상 쪽을 지그시 쏘아보았다. 그의 크고 정기 도는 눈가에서 녹록치 않은 빛이 발산되였다. 이제는 10년 전의 일이여서 기억에조차 희미해졌던 일이다. 그러나 뜻밖에도 이곳에서 정의성을 만나고 보니 누를 길 없는 묵었던 감정이 해묵은 덤불을 헤치고 가슴속 깊은 곳에서 솟구쳐 올랐다. 그는 모두 숨을 내그었다. 심호흡을 할 때마다 보랏빛이 나는 밤색 잠바옷이 팽팽하게 켕기워졌다.[144]

---

144 위의 책, 2쪽.

10년 전에 집안이 좋은 여자와 결혼한다고 자기를 차버린 한 남자를 새로 부임한 직장에서 다시 만났을 때 느끼는 심정을 작가는 이렇게 강렬하게 묘사했다. 당연히 독자들은 이 작품에서 기사장 송영숙과 연구사 정의성의 관계가 어떻게 전개될지에 관심을 집중하게 된다.

하지만 이 작품에서 이러한 섹슈얼리티 문제는 독자들을 작품 속에 끌어들이는 기능 이상을 한다. 이 점은 이 작품의 마지막에서 잘 드러난다.

"고맙소. 기사장 동무! 난 동무가 첨가제 연구를 그렇게 사심 없이 도와줄 줄은 정말 몰랐소. 동문 몇 년 동안 심혈을 바쳐 연구한 모든 걸 나에게 고스란히 넘겨주었더구만. 동무의 실험일지들을 보고 난 며칠 밤을 뜬눈으로 새웠소. 지금껏 동무의 마음을 다는 몰랐던 나 자신을 꾸짖으면서 말이요. 그리구…… 동무의 가슴속에 간직된 사랑의 힘이 얼마나 열렬하구 아름다운가를 깊이 깨달았소."

"그래요, 사랑의 힘이었어요. 우리 공장과 내 나라의 부강번영을 바라는 공민으로서의 사랑이었지요. 그 사랑의 힘이 첨가제 연구를 힘껏 돕게 했던거예요."

"……."

송영숙은 정의성의 상기된 얼굴을 쳐다보았다.

"정 동무! 난 진정으로 동무의 행복과 성공을 바라요. 동문 공장첨가제에 대한 논문을 나의 이름으로 발표하겠다고 했다던데 그럴 필요는 없어요. 난 절대루 그걸 바라지 않아요. 첨가제 연구의 주인은 어디까지나 동무니까요. 난 동무가 기어이 공장첨가제를 완성하리라 믿어요. 그럼 전⋯⋯."

송영숙은 양해를 구하듯 약간 머리를 숙여 보이었다. 그리고는 돌아서서 자전거를 세워 둔 곳으로 다가갔다.

"영숙 동무."

정의성은 저도 모르게 그의 이름을 불렀다.

순간 송영숙의 어깨는 흠칫하며 굳어졌다. 그는 천천히 돌아섰다. 그리고는 담담한 어조로 꾸짖듯 말했다.

"다시 부르세요. 난⋯⋯ 기사장예요."

이윽고 그는 자전거를 타고 방뚝길을 달렸다.

정의성은 제비처럼 날아가는 그의 뒷모습을 이윽토록 지켜보았다.[145]

정의성이 송영숙의 도움으로 연구사업에서 성과를 낸 것을 기화로 과거 연인이었을 때의 기억을 얹어 '영숙 동무'라고 불렀을 때 송영숙은 꾸짖듯이 '기사장'이라 부르라고 고쳐준다. 자기가 발휘한 사랑의 힘은 옛날 연인을 위한 것이 아니라 어디까지나 나라의 부강함을 위한 것이라는 것이다. 사적인 것에 매몰되는 남자와 공적인 것을 강조하는 여자의 관계에서 성적 역할의 전복을 확인할 수 있다. 이 소설이 여성작가 김자경의 소설임을 다시금 확인하는 대목이다.

---

145 위의 책, 426~427쪽.

기사장 송영숙은 공장첨가제 연구의 성공과 나라의 부강을 위한다는 일편단심으로 자기를 배반했던 옛 남자와의 관계에서 발생할 수 있는 온갖 고뇌를 이겨낸다. 자칫 상투적으로 흘러갈 수 있는 설정인데 송영숙과 정의성의 옛 관계를 아는 송영숙의 언니 은숙이가 동생의 부부관계를 걱정하다가 공적 헌신으로 사적 욕망을 극복하는 송영숙을 '독한' 여자라고 인정하는 다음과 같은 대목이 있음으로 해서 상투성을 벗어난다.

"영숙아! 난 그 사람 때문에 너의 부부간에 조금이라도 간격이 생길까봐 걱정이구나……. 어떻든 사소하게나마 남편의 마음이 상하지 않도록 매사에 주의해라."

그의 어조는 자못 간절하였다. 언니의 말에 송영숙은 여전히 천천히 웃음을 지었다.

"언니! 우리 경아 아버진 그렇게 옹졸하구 편협한 사람이 아니에요."

그는 남편의 인간됨을 확신하는 어조로 말하였다.

하지만 은숙은 교훈적인 사랑철학을 또다시 강조하였다.

"장담하지 말아. 사랑과 질투는 쌍둥이 형제라구 하지 않니?"

언니의 진지한 충고에 송영숙의 얼굴은 그제야 심중해졌다.

"걱정말아요, 언니! 내 맘속에서 그 사람은 허울만 남았어요."

침착한 목소리와 함께 그의 눈가에서 예리한 것이 번쩍했다. 은숙은 그 눈빛을 놓치지 않았다.

'너두 보통 독하지 않은 여자구나……. 내 그런 걸 괜히…….'

은숙은 동생의 진속도 모르면서 그의 오래적 상처를 건드렸다는 미안한 생각이 들었다.[146]

송영숙의 언니 은숙이 걱정하는 대목을 삽입해서 작가는 이 섹슈얼리티의 문제를 한껏 끌어올렸고 나라의 부강을 위하여 과거의 사적인 기억에 매달리지 않는 독한 여자의 상을 만들어 냈다. 송영숙의 강인함은 이러한 섹슈얼리티의 배경 속에서 나오기 때문에 훨씬 더 진정성이 느껴진다.

송영숙과 정의성이 연애를 했지만 결혼하지 못한 이유는 단순한 정의성의 '배신' 같은 것이라기보다는 함께 꿈꾸는 미래상이 맞지 않았기 때문이었다. 연애시절, 송영숙은 정의성에게 '공동연구'를 하자고 제안했는데 정의성은 그것은 불가능하다고 생각하고 두 사람의 관계를 끝내버린다. 연구할 내용이 문제가 아니라 정의성의 입장에서는 과학자에게는 '헌신적인 부사수'가 있어야 되는데 송영숙이 자기의 부사수가 되어줄 리 없고 자기도 송영숙의 부사수가 되어줄 생각이 없었기 때문이다.

송영숙이 정의성을 결혼 상대로 해서 꾸는 꿈은 다음과 같이 퀴리 부부처럼 함께 연구하고 함께 생활하는 것이었다.

송영숙은 이런 생각도 하였다.

---

146 위의 책, 288쪽.

'큐리 부부는 결혼선물로 받은 두 대의 자전거를 타고 모험 많은 신혼여행을 했다지? 그러나 우린 오토바이를 타고 언니네 집에도 가고 동무들도 찾아갈 테야. 호숫가 마을 수정이네 집에도 가고……. 그리고 솔잎 푸른 백사장에서 또다시 섭죽도 끓일테야. 하지만 우린 곧 돌아와야 해. 어서 빨리 돌아와서 열심히 일하고 또 열심히 연구도 해야 하니까.

우리의 힘과 우리의 지혜로 번영해갈 우리의 앞날은 얼마나 아름다울까?……'

그의 공상은 끝이 없었다.

"'마리! 당신과 함께 보낸 일생은 즐거웠소……' 삐에르가 큐리 부인의 손을 잡고 말했다지?

먼 훗날 그 동무도 나의 손을 다정히 잡으며 이렇게 말할 거야.

"동무와 함께 보낸 인생은 참으로 행복하였소……"라고 말이야. 아! 그러면 나는…….

송영숙은 행복에 대한 소중한 꿈을 안고 정의성을 기다리고 또 기다렸다. 그러나 그에게서는 아무 소식도 없었다.[147]

반면에 정의성은 사업과 생활에서 성공한 사람들은 모두 헌신적인 아내나 남편의 뒷받침이 있어야 가능한 것이기에 큐리 부부는 한갓 이상이라고 생각한다. 특히 자기 형이 의사인 형수를 뒷받침하느라고 본인의 사업에서는 성과를 내지 못하는 모습을 보고 송영숙을

147 위의 책, 151쪽.

아내로 맞을 수는 없다는 생각을 분명히 한다.

그날 밤 정의성은 처음으로 송영숙을 제3자의 눈으로 냉정하게 투시해보았다.

송영숙은 물론 뭇사람들의 눈길을 모을 만한 훌륭한 처녀였다. 그리고 남다르게 열정적이었고 뛰어나게 총명하였다.

정의성은 송영숙이 언젠가는 우리나라 가금학계에 단단히 한몫을 하는 과학자가 되리라는 것을 믿어 의심치 않았다.

'그러자면 영숙 동무에게도 반드시 헌신적인 방조자가 필요하다. …… 하다면 내가 과연 그런 헌신적인 남편이 될 수 있단 말인가…….'

그는 자기를 맏형의 위치에 세워 보다가 우뚤 놀랐다. 그는 설레설레 머리를 저었다.

'아니, 아니, 난 하루도 그렇게는 못 살아! 그렇게는 절대로…….'

문득 눈앞에 "우리 함께 공동연구를 하는 게 어때요?" 하고 묻던 영숙의 빛나는 눈빛과 청맑은 목소리가 떠올랐다.

"우리 두 사람의 지혜를 합친다면 하나의 크고 훌륭한 열매를 딸 게 아니나요?……" 하고 즐겁게 말하던 처녀…….

그날 송영숙의 얼굴에는 얼마나 큰 기대와 믿음 그리고 희망과 열정이 가득 차 있었던가.

사실 송영숙의 물음은 정의성의 마음을 흔들어 놓았었다.

두뇌가 총명하고 열정적인 그와 지혜와 힘을 합친다면 학계의 주목을 끌 수 있는 크고 멋진 열매를 거두게 되리라는 믿음이 앞섰던 것이다.

하지만 곧 타산하였다.

'두 머리에 하나의 월계관을 씌울 수 없다! 물론 '우리의 것'도 귀중하다. 하지만 나에게는 '우리의 것'보다 '나의 것'이 더 귀중하다……'

정의성은 송영숙의 얼굴을 그려보며 "우리…… 우리……" 하고 조용히 입속말로 중얼거렸다. 그리고 송영숙이 그토록 정을 담아, 사랑담아 표현하군 하던 그 '우리'와 '나'를 저울에 달아보았다. 며칠 동안을 두고 반복하였지만 놀랍게도 저울추는 '우리'가 아니라 '나' 쪽으로 더 기울어졌다.

그럴 때마다 정의성은 냉정해지는 마음과 함께 야릇한 아픔을 동시에 느끼군 하였다.

처녀에 대한 그리운 정이 이성을 상대로 모질게 싸우고 있었던 것이다. 정의성은 사무치는 정에 겨워 몸부림치듯 머리를 저었다.

"아니다! 난 그와 헤어져 살 수 없어! 헤어져선 못 살겠어!"

그는 항변하듯 혼자서 중얼거렸다. 그 누구인가에 대해서 억울하게 생각되기도 하였고 저주를 퍼붓고 싶기도 한 심정이었다.

그러나 '우리의 것'이 아니라 '나의 것'에 대한 미련을 완전히 털어버릴 수는 없었다.

이성은 끝내 그의 마음속의 연연한 감정을 타승하고 '나의 것'을 선택하게 했다.[148]

---

148 위의 책, 162~163쪽.

이런 계산에서는 부모가 권하는 '해말쑥한 경리원' 처녀도 연약해서 안 되는 것이다. '부사수'가 되어줄 아내가 필요하다고 결론 내린 정의성은 송영숙에게 다음과 같은 편지를 쓴다.

얼마 후에야 나는 영숙 동무와 나 자신을 위해 우리 서로 헤어지는 것이 현명하다는 생각을 하게 되었습니다. 생활 그 자체가 곧 전투인 오늘 한 가정에도 사수가 있으면 부사수가 필요하다는 것을 비로소 느끼게 되었던 겁니다…….

영숙 동무! '큐리부부'는 한갓 이상입니다. ……나는 가금학계의 거목이 되려는 우리 두 사람에겐 반드시 헌신적인 부사수, 헌신적인 방조자가 필요하다는 것을 뒤늦게야 깨달았습니다.[149]

바람직한 남녀관계, 부부관계에 대한 논의를 바탕에 두고 '나의 것'과 '우리의 것'을 논함으로써 다른 소설가들이 단순히 개인적 이익보다는 사회적 이익을 우선해야 한다는 윤리적 판단을 앞장세울 때 갖는 호소력보다는 훨씬 강한 설득력을 가지는 것이다. 바로 이것이 김자경 문학의 힘이고 김자경이 북한문학 전체에 새롭게 제기하는 문제의식이라 할 수 있다.

북한의 소설에서 이 문제는 매우 예민한 문제이기에 그동안 잘 다루지는 못했다. 남성작가인 홍석중이 쓴 장편소설 『황진이』의

---

149 위의 책, 155쪽.

경우 과거를 배경으로 하고 있고 또한 주인공이 기생이기 때문에 소설 속에서 황진이는 자신의 욕망과 지향을 매우 솔직하게 드러낼 수 있었다. 그런데 당대 현실을 배경으로 이런 섹슈얼리티를 다루는 것은 아마도 김자경이 유일하지 않나 싶을 정도로 매우 특이하다. 특히 김자경은 여성작가이기 때문에 이 문제를 건드리는 방식이 더욱 문제적이라고 할 수 있을 것이다. 김자경이 이미 단편소설 「사랑의 향기」에서 이러한 문제를 다룬 것을 보면 『사랑을 다 바쳐』와 같은 장편소설에서 여성의 성적 욕망을 취급하는 것은 작가 스스로 이 문제에 대해 강한 자의식을 갖고 접근한 결과임을 확연하게 알 수 있다.

결론

여성문학의 미래

　고난의 행군 이후 북한문학장에서 독특한 흐름을 창출한 여성 작가들의 문학은 앞으로 북한문학 전반에서 큰 역할을 할 것으로 보인다. 우선 여성문학의 팽창을 들 수 있다. 해방 이후 북한문학 장에서 여성문학은 줄곧 있어 왔지만 매우 적은 양에 지나지 않았다. 해방 직후 북한 여성문학의 초석을 놓은 임순득의 활동이 1950년대 말 이후 위축되면서 여성문학 역시 특별한 진전 없이 겨우 현상을 유지하는 수준이었다. 만약 임순득 같은 작가가 계속 활동하여 문학장에서 일정한 역할을 하였다면 나름 한 흐름을 형성할 수도 있었을 텐데 그렇지 못하였다. 이후 북한문학장에서는 리정숙, 강복례, 최상순 등이 여성작가로서 명맥을 이었지만 남성들이 지배하는 문학계에서 이들의 목소리는 매우 미미하였다. 그런데 고난의 행군 이후 북한문학장에서는 이전과는 비교가 되지 않을 정도로 많은 여성작가들이 등장하여 자신들의 문제를 쓰기 시작했다. 북한의 남성평론가가 이를 하나의 집단적 현상으로 특기할 정도로 그 양적 팽창은 눈부신데 이러한 흐름은 향후 더욱 거세

질 전망이다. 여성작가들이 문학장에서 큰 역할을 하고 그것이 무시할 수 없는 흐름을 형성하고 있기에 많은 여성문학지망생들이 용기를 얻어 글을 쓸 것으로 보이기 때문이다. 그런 점에서 향후 북한문학장에서 이들의 역할이 매우 클 것으로 기대된다.

고난의 행군 이후 등장한 북한 여성문학가들의 작품에서 공통적인 것은 그 이전 여성작가들에 비해 젠더적 관점이 강하게 드러난다는 점이다. 한정아와 김혜영처럼 고난의 행군 이전부터 작품 활동을 한 작가들은 전쟁 이후 힘들었던 시기의 기억을 불러내어 거기서 교훈을 얻고, 그것을 바탕으로 현재 겪고 있는 고난을 극복할 수 있을 것이라는 희망을 가진 세대이다. 그들이 보기에 막 사회에 진입하던 시절 고난의 행군을 맞이한 젊은 세대들은 과거의 힘든 시절에 대한 그 어떤 기억도 없기 때문에 이러한 어려움을 어떻게 극복할지 매우 우려스럽다. 그렇기에 이들의 작품에는 미래지향적인 경향보다 과거의 흔적이 더욱 강하게 드러난다. 하지만 이들 작가의 작품에도 여성으로서 문제를 보는 시선이 드러난다. 때로는 의식적으로 때로는 무의식적으로 드러나기는 하지만 이들의 작품 속에 이러한 점은 어렵지 않게 확인할 수 있다.

한정아의 『녀학자의 고백』에서는 여성과학자들이 현실에서 겪는 어려움과 열망이 아주 세밀하게 드러나고 이와 대비하여 남성과학자들의 비굴함도 잘 드러난다. 특히 이 작품에서 외화의 주인공으로 젊은 여성과학자를 설정하고 그들의 목소리를 드러내려고 하는 작가의 노력은 무의식적 차원에서 젠더적 시야를 드러내고 있다. 과거 북한문학에서는 찾아보기 힘든 새로운 목소리이다. 사실 남성작가들의 작품에서 이런 식의 목소리를 찾는다는 것은 거의 불가능한 일이기 때문에 여성작가들이 등장하여 자기의 목소리를 내는 것은 북한문학의 다언어적 가능성을 보여주는 대목이라 할 수 있다.

김혜영의 『인생의 열매』는 한정아의 작품 못지 않게 과거 지향적이다. 전후 농업협동화의 기억을 살려 오늘의 어려운 현실을 넘어서려고 하는 과거 지향은 때로는 독자들을 심란하게 할 수도 있다. 또한 그러한 과거의 기억을 통해 현재를 극복하려는 의지를 갖는 인물 역시 남성이기 때문에 얼핏 보면 특별히 새롭다고 할 만하지 않다. 그렇지만 이 소설에서 새로운 세대의 인물로 설정된 두 인물 중에서 남성이 의지박약한 데에 비해 오히려 여성이 강한 모습을 보이는 것으로 성격화한 데서 은연중에 작가의 젠더적 관점이 드러난다.

고난의 행군 시기 이전에 등단해서 고난의 행군 시기 이후 본격적으로 작품 활동을 한 한정아, 김혜영, 둘 다 과거를 통해 힘든 오늘을 극복하려고 하는 지향은 동일하지만 여성의 목소리를 드러내는 방식에 있어서는 상당한 차이를 보여준다. 김혜영에 비해서 한정아가 훨씬 강하게 여성의 목소리를 재현하고 있다. 하지만 이 두 작가 모두 그 방식의 차이에도 불구하고 젠더적 감성을 잘 보여준다고 할 수 있다.

고난의 행군 이후 등장한 리라순이나 김자경 같은 여성작가는 젠더적 지향이 한층 강하다. 고난의 행군 이후 남성들의 무기력을 일상생활에서 접하면서 성장한 세대이기 때문에 거리낌 없이 여성의 목소리를 낸다.

이전 작가들의 작품이 보통 공장이나 농장을 배경으로 한 것과 달리 리라순은 『사랑하시라』에서 평양산원을 배경으로 했다는 것이 특이하다. 여성들만을 위한 병원인 산원 ― 산부인과 병원을 배경으로 했다는 그 자체가 작가의 젠더적 지향을 보여주는 것이라 할 수 있다. 여성들의 고통을 덜어주는 이 병원의 존재를 새롭게 인식하는 과정에서 북한 여성작가들의 목소리가 한층 다양해졌다. 특히 흥미로운 것은 무통분만이라든지 불임여성들을 위한 체외수정에 대해서 관심을 갖고 이야기를 풀어나간다는 점이다. 무통분만은 모든 임신한 여성의 문제이며, 불임은 상대적으로 소수의 문제이지만 이런 소수의 여성에게까지 관심을 갖는 것이 필요하다는 것을 보여주고 있는 것이다. 여성작가이기에 이러한 설정이 가능했을 것이다. 새로운 과학기술의 힘을 빌려 여성들의 고통을 덜려고 하는 의사들의 노력을 소중하게 그리고 있는 리라순은 '여성' 작가로서의 자의식을 가지고 여성 자신의 삶의 문제를 탐구한다고 하는 분명한 작가 의식을 보여주고 있다.

김자경의 소설 『사랑을 다 바쳐』에서 여자기사장은 뭇남성들을 능가하는 실력과 능력을 갖춘 인물이다. 첨단과학기술을 구비하고 있기에 기존의 관행에 익숙하여 거기에 따라가지 못하는 지배인이 오히려 일을 그만둘 정도로 새로운 현실에 발맞추고 현실을 개척해 나아가는 인물이다. 기존의 소설에서 이렇게 전문적인 과학기술로 무장한 여성기사장을 접하는 것이 매우 어렵다는 것을 감안할 때 이러한 설정 그 자체가 이미 젠더적 감수성을 드러낸다고 할 수 있다. 심지어 그 여자기사장은 과거에 자신을 배신했기에 감정적으로는 쉽게 받아들일 수 없었던 남자마저 새로운 과학의 길에 접어들게 만들 정도로 강한 인물이다. 그녀 앞에서는 당비서들까지도 맥을 추지 못한다. 바로 이러한 인물을 소설의 중심부에 놓고 이야기를 해나간다는 것은 그 이전의 소설에 비해 획기적인 설정이라고 할 수 있다. 그만큼 김자경은 여성의 목소리를 의도적으로 드러내려고 한다는 점을 확인할 수 있다. 의도적 도발에 가까운 김자경의 소설적 구성은 향후 이 작가가 이 방면에서 독보적인 존재가 될 수도 있으리라는 기대를 가지게 한다.

고난의 행군 이후 등장한 여성작가들의 작품은 고난의 행군을 어떻게 극복할 것인가를 고민하면서 그 과정에서 과학기술이 갖는 의미와 중요성을 집중적으로 다루는데 그 이면에서는 이렇게 젠더적 감수성을 풍부하게 드러낸다고 할 수 있다. 그렇기 때문에 이러한 목소리들은 앞으로 북한문학에 새로운 감수성을 제공할 것이며, 나아가 새로운 언어의 창출로 이어질 것이다.

다음으로 지적해야 할 것은 섹슈얼리티의 문제이다. 사회적 관계 속에서의 평등 지향, 혹은 여성의 주체성 추구에 비해서는 다소 완화되어 있지만 여성의 성적 욕망에 관련된 문제도 간과할 수 없는 수준으로 다루어지고 있다. 젠더적 요소는 의식적으로 드러나는 반면, 섹슈얼리티는 무의식적으로 드러난다고도 할 수 있다. 젠더적 측면은 여성해방이라는 오랜 사회주의적 담론의 영향으로 여성작가들이 어느 정도 자유롭게 이야기할 수 있는 반면, 섹슈얼리티 문제는 자칫 부르주아적이거나 퇴폐적인 것으로 몰릴 수 있기 때문에 조심스러울 수밖에 없다. 이 문제는 고난의 행군 이전부터 활동한 작가들에게서는 아주 미미하게 드러나고 있는 반면, 새로운 세대의 여성작가에게서는 좀 더 강하게 드러나고 있다. 특히 김자경은 이 방면에서 타의 추종을 불허할 정도여서 주목을 요한다. 이 문제가 자칫 퇴폐적으로 간주될 수도 있기에 그 경계선을 슬기롭게 넘나들고 있는 것을 확인할 수 있다.

또한 리라순과 같은 여성작가들은 당장의 생산보다는 먼 미래의 인간다운 지속 가능한 삶을 위해 환경 문제를 작품에 끌어들였다. 글쓴이들이 여성작가라는 점에서 생태문제와 여성의식의 상관관계를 생각하지 않을 수 없다. 물론 생태문제가 여성들의 전유물은 아니다. 그러나 현재 북한문학계에서 남성작가가 아니라 여성작가가 더 적극적으로 생태문제를 다루고 있다는 점은 눈여겨보아야 할 것이다. 생산력주의에 반대하고 환경을 보호하면서 지속적인 성장을 촉구하는 것이 현재 북한이 내세우는 강성대국의 표상에 일정하게 관련되어 있기는 하지만 생태의 문제를 본격적으로 다룬다는 점에서 여성문학은 북한문학의 다언어적 가능성을 내장하고 있다고 생각한다.

이 책과 관련된 저자들의 논문과 책

김재용, 『북한문학의 역사적 이해』, 문학과지성사, 1994.

_____, 「북한의 여성문학」, 『한국문학연구』 19, 동국대 한국문학연구소, 1997.

_____, 『분단구조와 북한문학』, 소명출판, 2000.

이상경, 「북한 여성작가의 작품에 나타난 여성 정체성에 대한 연구」, 『여성문학연구』 17, 한국여성문학학회, 2007.

_____, 『임순득, 대안적 여성 주체를 향하여』, 소명출판, 2009.

_____, 「임순득 소설의 '전쟁 미망인'과 북한의 '사회주의 농업협동화'」, 『근대서지』 24, 소명출판, 2021.

_____, 「국가사회주의와 여성해방의 긴장—북한에서 여성문학의 가능성」, 손지연 편, 『전후 동아시아 여성서사는 어떻게 만날까』, 소명출판, 2022.